# 노래로 엮은 『춘향전』, 『남원고사』의 서사화 방식

**저자**

**윤덕진**(尹德鎭, Youn, Dug-Jin) 연세대학교 국어국문학과를 졸업하고 같은 학교 대학원에서 고전시가를 전공하고 문학박사학위를 받았다. 연세대학교 원주캠퍼스 국어국문학과 교수로 있다.

**임성래**(任成来, Im, Song-Lai) 연세대학교 국어국문학과를 졸업하고 같은 학교 대학원에서 고소설을 전공하고 문학박사학위를 받았다. 순천대학교 국어교육과 교수를 거쳐 연세대학교 원주캠퍼스 국어국문학과 교수로 있다.

# 노래로 엮은 『춘향전』, 『남원고사』의 서사화 방식

**초판인쇄** 2016년 1월 5일 **초판발행** 2016년 1월 15일
**지은이** 윤덕진 · 임성래 **펴낸이** 박성모 **펴낸곳** 소명출판 **출판등록** 제13-522호
**주소** 서울시 서초구 서초중앙로 6길 15, 1층
**전화** 02-585-7840 **팩스** 02-585-7848 **전자우편** somyungbooks@daum.net **홈페이지** www.somyong.co.kr

값 20,000원　ⓒ 윤덕진 · 임성래, 2016
ISBN 979-11-5905-033-6　93810

# 노래로 엮은 『춘향전』, 『남원고사』의 서사화 방식

The Narrative Form of NAMWONKOSA, Songbook Version of CHUNHYANGJEON

윤덕진 · 임성래

『남원고사』는 특별한 책이다. 그 특별함을 먼저 이야기하겠다. 『춘향전』의 수많은 이본 가운데 하나이면서 『춘향전』이라는 이름 대신 『남원고사』라는 제목을 달고 있는데, 이런 제목을 가진 책은 이 책이 유일하다. 세책본의 형태를 취하고 있으면서도 실제로는 세책으로 유통되지 않고 외국인에게 판매되어서 새 책 그대로 보존되어 있다. 다섯 권 한 질로 이루어져 있지만 표지와 간지가 같은 것끼리(세 권이 같고, 두 권이 같은) 묶으면 두 종류의 다른 책이 한 질로 구성되어 있다. 우리나라에 없고 파리 동양어문화대학 도서관에 소장되어 있다. 소설책인데, 가집에 가까울 정도로 조선 후기 서울에서 유행하던 노래가 많이 실려 있다.

우리는 판소리 〈춘향가〉를 들어보고, 몇몇 명창들 이름으로 소개된 〈춘향가〉 사설집을 읽어보다가 『남원고사』에 실린 가요와 판소리의 삽입가요 사이에 별 관련이 없다는 사실을 발견했다. 그래서 판소리 발생설과 관련된 주장, 곧 광대가 근원설화에 가요를 삽입하여 노래한 것이 판소리라는 설에 의문이 생겼다. 그 의문을 해결하려면 시가 전공자와 소설 전공자가 공동으로 『남원고사』에 삽입된 가요를 논의해 보는 것이 좋겠다고 판단했다. 마침 우리는 같은 과에 재직중이어서 『남원고사』에 실린 시가를 가지고 몇 차례 토론하였고, 그 결과를 『남원고사』 연구라는 공동논문으로 몇 차례 발표하였다.

토론 과정에서 우리는 세책본으로서의 『남원고사』가 줄거리의 장형화에 시가를 적극적으로 활용한 점에 주목하였다. 주지하듯이 세책본은 기본적으로 작품의 분량을 늘려서 수익을 극대화하려는 경향이 있는데, 『남원고사』의 경우 판소리와는 무관하게 당시 서울에서 유행하던 가요를 적극적으로 활용하여 춘향과 이도령의 사랑 이야기를 장형화하였다. 이러한 사실은 『남원고사』가 필사되던 당시 서울의 유흥적 분위기와 관련이 있는 것으로 추정된다. 곧 당시 서울의 유흥문화에서 시가의 가창이 유흥적 분위기 조성에 중요한 역할을 하였을 것이다. 이런 유흥문화는 시가 향유 방식의 변화에 큰 영향을 끼쳤을 것으로 보인다. 그에 따라 다양한 시가가 가창되는 과정에서 창작과 변개가 일어났을 가능성이 크다. 우리는 이러한 근거를 『남원고사』에 실린 가요에서 찾을 수 있다고 보았다. 이런 관점에 따라 우리는 이 책에서 『남원고사』의 연구를 판소리가 아니라 시가의 변천 과정에 주목해서 논의를 폈다.

우리는 이 책을 통해서 판소리 발생설과 판소리 삽입가요 연구에 반성이 필요하다는 점을 지적하려고 했다. 이 책이 판소리와 판소리계 소설 연구에 조금이라도 도움이 되기를 희망하며 많은 분들의 질정을 바란다.

2015.12

윤덕진·임성래

# 차례


책머리에　3

**제1장　머리말**　7

**제2장　줄거리와 삽입가요 소개**　11

**제3장　삽입가요의 활용과 변개**　19
1. 제1권　19
2. 제2권　38
3. 제3권　75
4. 제4권　87
5. 제5권　113

**제4장　삽입가요를 통해 본 『남원고사』와 〈춘향가〉의 상관성**　117
1. 삽입가요의 비교　119
2. 공통 삽입가요의 내용 검토　128
3. 삽입가요를 통해 본 『남원고사』와 〈춘향가〉의 상관성　154

**제5장  『남원고사』의 시가 수록과 시가사의 관련  163**

    1. 『남원고사』 수록 시가와 가집 수록 상황의 대비  167

    2. 『남원고사』계 『춘향전』 수록 시가의 성격과 시가사적 위치  176

    3. 『남원고사』계 『춘향전』 작자의 시가관  196


**제6장  춘향 서사의 발전 단계와 『남원고사』의 서사화 방식  211**

    1. 춘향 서사의 다양한 전개와 그 양식적 귀결  213

    2. 『남원고사』계 『춘향전』의 양식적 지향  230


**제7장  맺는말  243**


참고문헌  246

색인  249

간행사  257

# 제1장

# 머리말

판소리계 소설은 판소리 사설의 정착본이라는 주장이 학계에서 정설로 통하고 있다. 이러한 주장은 판소리의 발생설과 관련되어 있다. 곧 판소리는 광대가 근원설화를 줄거리로 삼고, 거기에 기존의 가요를 삽입하여 노래로 부른 것이며, 이 판소리 사설을 문자로 정착시킨 것이 현재 전하는 판소리계 소설이라는 것이다. 이러한 주장이 매우 오랫동안 힘을 얻은 것은 그 동안 주로 판소리와 판소리계 소설의 줄거리의 상동성에 초점을 맞추어 논의가 이루어졌고, 개별 작품에 삽입된 가요와 판소리에서 불린 가요의 비교 연구가 부족했기 때문이다.

이러한 주장은 『춘향전』이라고 예외가 아니었다. 그 동안 많은 연구자들은 『춘향전』이 판소리 〈춘향가〉 사설의 정착본이라는 전제 아래 수많은 연구를 진행하였다. 예를 들어 『춘향전』의 이본 가운데 『남원고사』는 가장 많은 삽입가요를 포함하고 있기 때문에 그 동안 『춘향전』의 삽입가요를 연구하는 학자들이 그 안에 삽입된 가요의 성격을 판소리의 삽입가요라는 시각에서 논의를 전개한 경우가 많았다.

주지하듯이 『춘향전』의 이본들은 몇 가지 계열로 나뉜다. 그런데 판소리 발생 지역인 전라도와 상당한 거리에 있는 서울에서 간행된 경판 계열의 『춘향전』이 판소리 〈춘향가〉의 사설을 정착시킨 판소리계 소설이라는 주장에는 의문이 제기될 수 있다. 특히 『남원고사』 같은 경우에는, 이 작품이 세책본 소설이고, 전라도 지역이 아닌 서울에서 필사되어 유통되었으며, 내용면에서도 경판 계열로 분류되는데, 이 작품의 삽입가요의 내용을 구체적으로 연구해보지 않고 판소리 〈춘향가〉의 삽입가요라는 전제 하에 논의를 전개하는 것은 많은 문제가 있다고 본다. 이러한 문제를 해결하기 위해서는 『남원고사』에 삽입된 가요의 내용을 구체적으로 살펴서 기존 논의처럼 광대가 근원설화에 기존 가요를 적절하게 삽입하여 판소리 사설로 정착시킨 것인가를 파악할 필요가 있다. 이 글은 바로 이런 의문점을 해소하기 위한 의도에서 논의를 시작한다.

필자들은 몇 차례에 걸친 논의에서 『남원고사』의 삽입가요가 서울에서 유행하던 수많은 가요들임을 밝힌 바 있다.[1] 그리고 이 논의에서 『남원고사』의 삽입가요와 판소리의 삽입가요의 성격이 다름을 주장한 바 있다. 이 글은 그 논의의 연장선상에서 『남원고사』는 판소리 〈춘향가〉 사설의 정착본이 아니라 오히려 당시 유행하던 가요를 활용하여

---

**1** 윤덕진·임성래, 「『남원고사』 연구(1)」, 『열상고전연구』 제13집, 열상고전연구회, 2000; 「『남원고사』 연구(2)」, 『열상고전연구』 제15집, 열상고전연구회, 2002; 「『남원고사』 연구(3)」, 『열상고전연구』 제18집, 열상고전연구회, 2003; 「『남원고사』 연구(4)」, 『열상고전연구』 제22집, 열상고전연구회, 2005.

춘향 이야기의 줄거리를 장형화한 이본임을 밝히려고 한다. 이를 통해 기존 논의와 같이 경판 계열의 『춘향전』, 특히 『남원고사』는 판소리 〈춘향가〉의 사설 정착본이 아니라 춘향 이야기라는 줄거리에 당시 서울에서 유행하던 기존 노래들을 종합적으로 활용하여 세책본의 특징인 분량의 장형화를 꾀한 특이한 성격의 작품임을 밝히려고 한다.

필자들이 주목한 점은 당시 서울에서 불리던 가요를 적절하게 삽입하여 줄거리의 장형화를 꾀한 『남원고사』의 세책본으로서의 특징이다. 주지하듯이 『춘향전』은 매우 다양한 종류의 이본이 존재한다. 그런데 『남원고사』는 여러 이본들 가운데 세책본이라는 점에서 세책본 특유의 성격, 곧 줄거리의 장형화와 흥미성 제고를 위한 그 나름의 방법들을 활용한 점이 드러나는데, 『남원고사』에 당대 서울에서 불리던 다양한 가요를 삽입한 것은 이와 밀접한 관련이 있을 것으로 보인다. 따라서 필자들은 세책본 업자가 세책본의 줄거리 장형화 과정에서 기존의 춘향 이야기의 틀에다가 서울에서 불리던 가요를 어떻게 활용하고 변개시켰는가를 살펴보고, 이를 토대로 『남원고사』와 판소리의 관계를 규명하려고 한다. 그 과정의 일환으로 세책본의 줄거리 장형화 과정에서 삽입가요가 어떠한 역할을 하는지 고찰하기 위해서 『남원고사』에서는 어떤 가요가 어떻게 활용되고 있으며, 그 과정에서 기존 가요가 어떻게 변개되었는가를 살펴보려고 한다. 또한 독자들에게 흥미를 끌기 위한 세책본 특유의 방안이 『남원고사』에서는 어떻게 구현되고 있는지도 아울러 고찰하려고 한다.

이를 위해 이 책에서 다룰 내용을 간략히 정리하여 소개하면 다음과 같다. 2장에서는 『남원고사』의 줄거리를 몇 개의 단락으로 나누고 각 단락에 삽입된 가요의 제목을 간략히 소개하려고 한다. 3장에서는 5권으로 이루어진 『남원고사』에 삽입된 가요가 기존 가요를 어떻게 활용하였고, 어떻게 변개시켰는지 구체적으로 파악하기 위하여 그 내용을 각 권별로 나누어 살펴보려고 한다. 4장에서는 3장에서 살핀 내용을 토대로 『남원고사』와 〈춘향가〉에 삽입된 가요들이 어떻게 관련되어 있는지 고찰하려고 한다. 5장에서는 『남원고사』에 수록된 가요를 시가의 변천이라는 측면에서 여러 가집의 형성 시기와 수록 가요의 성립 연대를 비교 고찰하여 『남원고사』에 수록된 시가들의 사적 위치를 파악해 보려고 한다. 6장에서는 춘향과 이도령의 사랑 이야기의 서사화 방식의 차이에 주목하려고 한다. 곧 판소리 〈춘향가〉와 『남원고사』는 서사화 방식에서 서로 차이가 있는데, 그것은 향유계층의 가요 향유 방식의 다름에서 비롯되었을 가능성에 주목하려고 한다.

이 책에서 논의의 대상으로 삼은 『남원고사』의 대본은 김동욱·김태준·설성경이 공동으로 주석을 붙여 간행한 『춘향전비교연구』이다.[2]

---

2  김동욱·김태준·설성경, 『춘향전비교연구』, 삼영사, 1979. 앞으로 본문의 인용은 이 책에서 하므로 『남원고사』라고 표기하고 해당 쪽수만 밝히기로 하되 필요한 경우 김동욱·권영철·김태준의 『춘향전사본선집』1(명지대 출판부, 1977)도 함께 활용하겠다.

제2장

# 줄거리와 삽입가요 소개

　주지하듯이 『남원고사』는 세책본 소설이다. 『남원고사』는 세책본 소설이라는 특성 때문에 그 구성 방식에서 줄거리의 장형화를 지향하고 있다. 이러한 줄거리의 장형화의 방법이 『남원고사』에는 몇 가지로 나타난다. 그 가운데 하나가 삽입가요를 활용한 줄거리의 장형화이다. 그러므로 『남원고사』에서 삽입가요가 어떻게 활용되고 있는지 살펴보는 것은 이 작품을 이해하는 중요한 방법 가운데 하나이다.

　그 작업의 일환으로 여기서는 주로 『남원고사』 줄거리의 장형화에 활용된 삽입가요는 어떤 것들이 있으며, 그것들은 어떤 곳에서 어떻게 활용되고 있는지 살펴보려고 한다. 이를 위해 『남원고사』의 줄거리를 몇 개의 단락으로 나누어 소개한다. 그리고 각 단락에 어떤 가요가 삽입되어 있는지 살펴보기 위해 먼저 단락의 내용을 소개하고, 해당 단락에 등장하는 가요의 제목을 괄호 안에 넣어서 소개한다.

① 남원부사의 자제 이도령은 16세의 준수한 인물이다(허두새사설시조, 강
　호시가, 강호가새).

② 부친이 못생긴 방자로 수발을 들게 하자 이도령이 신세를 자탄한다(〈신세
　자탄가〉).

③ 봄을 맞아 이도령이 방자를 데리고 나들이를 간다(〈봄타령〉, 〈소상팔경
　시〉, 〈누대명승풀이〉, 〈나귀·이도령치레〉, 〈산천경개풀이〉[〈유산가〉,
　〈꽃타령〉, 〈나무타령〉, 〈새타령〉, 〈짐승타령〉], 〈적성가〉).

④ 이도령이 광한루에 이르러 춘향의 그네 뛰는 모습을 본다(〈추천가〉, 〈금
　옥사설〉).

⑤ 방자가 춘향을 불러와서 이도령과 춘향이 만나고, 춘향이 불망기를 요구
　하자 이도령이 불망기를 써준다(〈그른 내력〉).

⑥ 둘이 사랑가를 부르면서 놀다가 해가 지자 저녁에 춘향집에서 만나기로
　하고 헤어진다(〈사랑가〉 1).

⑦ 책방에서 이도령이 춘향을 그리워하며 책을 읽는다(〈천자뒤풀이〉).

⑧ 이도령의 보고지고 소리에 사또가 염문한다(〈보고지고타령〉).

⑨ 사또가 조낭청에게 산소를 잘 쓴 덕이라면서 아들 자랑을 한다.

⑩ 이도령이 방자의 안내로 춘향집에 찾아가서 춘향을 만나자 월매가 이도령
　에게 돌아가라고 한다[1](〈춘향집치레〉[〈정원사설〉, 〈화초사설〉, 〈사벽도
　사설〉, 〈부벽화사설〉]).

⑪ 춘향이 이도령을 맞이하여 첫날밤을 보낸다(〈춘향방 세간사설〉, 〈팔도담
　배가〉, 〈주효기명사설〉[〈기명사설〉, 〈술병사설〉, 〈술사설〉, 〈음식사설〉],

---

**1**　1권 끝. 끝부분에 "니도령 디답이 엇지되고 하회롤 셕남ᄒᆞ라 / 셰갑ᄌ 하뉵월 망간 필셔"가 있고,
　2권은 이도령이 월매를 안심시키고 난 후에 춘향의 집을 살펴보는 〈춘향집치레〉로 시작한다.

〈권주가〉[십이가사+한시], 〈백구사〉, 〈술타령〉, 〈거문고병창〉, 〈운림처사가〉, 〈천자풀이〉, 〈바리가〉, 〈글자타령〉[〈덕자타령〉, 〈한문사랑가〉, 〈비점가〉, 〈인자타령〉, 〈연자타령〉]).

⑫ 이도령과 춘향이 사랑으로 세월을 보낸다(〈사랑가〉 2).

⑬ 이도령의 부친이 공조참의로 승직하여 상경한다.

⑭ 이도령과 춘향이 신물을 교환하고 헤어진다(각종 〈이별가〉, 〈황계사〉, 시조, 가사).

⑮ 춘향이 이도령을 그리워하며 세월을 보낸다(〈상사별곡〉, 〈사미인곡〉).[2]

⑯ 신관 사또를 소개한다.

⑰ 신관이 신연 하인 길방자와 수작한 후 행차한다(〈신관노정기〉).

⑱ 신관이 도임하여 기생점고를 받는다(〈신관도임행차사설〉, 〈기생점고〉).

⑲ 신관이 춘향을 부르러 관속을 보낸다(〈군노사령치레〉).

⑳ 춘향이 이도령을 그리워하며 자탄하다가 사령이 부르러 오자 사령에게 술 대접하여 돌려보낸다.

㉑ 다시 사령이 부르러 오자 춘향이 그들을 따라가 신관에게 현신한다.

㉒ 신관이 이낭청과 춘향을 두고 수작한다.

㉓ 신관이 수청을 들라 하자 춘향이 원정을 올려 거절한다.

㉔ 형방이 제사하자 신관이 화를 내고 춘향에게 수청을 강요한다.

㉕ 춘향이 소원을 말하며 수청을 거절하자 신관은 춘향을 태장하여 옥에 가두라고 한다(〈죽지사〉, 〈십장가〉, 〈집장가〉).

㉖ 남원 왈자들이 춘향을 옥으로 데려가며 수작한다(〈선소리〉, 〈신선가〉, 사설시조,[3] 〈춘면곡〉, 〈처사가〉, 〈어부사〉, 〈송서〉[〈화용도〉, 〈수호지〉,

---

2  2권 끝.

〈서유기〉], 〈노름타령〉, 〈놀이요〉).

㉗ 춘향이 옥중에서 자탄하며 세월을 보낸다(〈옥중자탄가〉, 〈사미인곡〉).

㉘ 이도령이 장원급제하자 어사를 자원하여 전라어사가 된다.

㉙ 이도령이 변복하고 남원으로 내려오면서 염탐한다(〈어사복색치레〉, 〈어사노정기〉, 〈유산가〉, 〈새타령〉, 〈나무타령〉, 〈농부가〉, 〈산유화가〉, 선소리, 시조, 〈시절가〉, 〈옥중몽중가〉).[4]

㉚ 이도령이 춘향집을 찾아가니 월매가 그를 박대한다.

㉛ 춘향이 옥중에서 꿈을 꾸고 허봉사를 부르니,[5] 허봉사가 해몽한다(〈해몽점복사〉).

㉜ 이도령이 옥중의 춘향을 찾아가 상봉하고 위로하자 춘향은 유언한다(〈옥중상봉가〉[거 뉘기가 날 찾내]).

㉝ 월매가 이도령을 따돌리자 이도령은 객사공청에 가서 잔다.

㉞ 이도령이 신관의 생일잔치에 참석하여 작시하니, 일부 수령이 눈치 채고 자리를 뜬다(〈기생권주가〉, 〈기생욕설권주가〉, 금준미주 한시).

㉟ 이도령이 암행어사 출도하여 본관을 봉고파출한다(〈어사출도가〉).

㊱ 이도령이 좌기하여 공사를 처리하면서 춘향을 불러 수청 들라고 시험한 후 상봉한다(〈기생점고〉, 〈상봉환희가〉).

㊲ 월매가 어사 사위 얻었다고 기뻐하며 왔다가 이도령을 보고 부끄러워한다

---

**3**　3권 끝. 3권은 왈자의 〈푸른산중〉이란 시조에 이어 "여러 왈즈드리 더여가며 가ᄉ ᄒ나식 ᄒᄂ고나 무슴 가ᄉ들 ᄒᄂ고 하회롤 볼지어다 / 셰지 갑즈 칠월 샹슌 누동 필셔"란 말로 끝난다. 4권은 한 왈자가 〈춘면곡〉을 하는 것으로 시작한다.

**4**　이도령이 남원으로 내려오는 도중의 이야기는 농부들과 수작하고, 선비들에게 속아 남의 초분에서 망신을 당하며, 초동들의 노래와 농부들의 소리를 듣고 주점에서 춘향의 편지를 읽고, 면임들이 수렴하는 것을 보는 내용으로, 이 과정에 다양한 가요가 삽입되어 있다.

**5**　4권 끝.

(〈월매기쁨사설〉).

㊳ 이도령이 공사를 처결하고 춘향의 집에서 수삼일 묵은 후 츈향의 가족을
　　서울로 보내고 전라도를 순행한 후 임금에게 그 동안의 일을 보고한다.

㊴ 임금이 이도령을 응교에 제수하고 춘향에게 정열부인 직첩을 내린다.

㊵ 둘이 오남매를 두고 백년해로하니 부귀다손한다.[6]


　위에서 소개한 바와 같이 『남원고사』는 40개의 단락으로 이루어져
있다. 이 40개의 단락은 대부분의 『춘향전』 이본들이 공통적으로 가지
고 있는 단락들이다. 그런데 위에서 보는 바와 같이 『남원고사』에는
많은 단락에 삽입가요가 등장한다. 이를 구체적으로 정리하여 소개하
면 다음과 같다.

　단락 ①에는 앞부분에 허두사가 등장하는데, 이 허두사에는 『구운
몽』을 소재로 한 사설시조와 강호시가, 강호가사 형식의 가요들이 삽
입되어 있다. 단락 ②에는 이도령이 짝 없음을 자탄하는 〈신세자탄가〉
가 들어 있다. 단락 ③에는 〈이도령 복색치레〉와 봄나들이 분위기에
맞는 〈봄타령〉, 〈소상팔경시〉, 〈누대명승풀이〉, 〈산천경개풀이〉, 〈적
성가〉 같은 경치와 관련된 가요들이 많이 등장한다. 그 가운데 〈산천
경개풀이〉는 12잡가의 하나인 〈유산가〉와 〈꽃타령〉, 〈나무타령〉, 〈새
타령〉, 〈짐승타령〉 같은 다양한 타령을 포함하고 있다. 단락 ④에는 춘
향의 그네 뛰는 장면에 맞는 〈추천사설〉과 춘향의 정체를 확인하는 과

---

**6**　5권 끝. 끝에 "부모의게 영효뵈고 친쳑의게 화목ᄒ며 가즁샹하의 칭셩이 뎌뢰ᄒ니 아마도 쳔
　　고긔ᄉᄂᆫ 이분이오 츈향의 고졀은 다시 업슬가 하노라 / 긔ᄉ 구월 넘팔 누동 필셔"가 쳠긔되
　　어 있다.

정을 그린 〈금옥사설〉이 들어 있다. 단락 ⑥에는 이도령과 춘향이 처음 만나 사랑을 나누는 〈사랑가〉 1이 등장한다. 『춘향전』에 등장하는 대부분의 〈사랑가〉는 이도령이 춘향집을 찾아가서 첫날밤을 보내는 장면에 삽입되어 있는 것이 일반적인데, 『남원고사』에서는 이곳과 초야대목 다음에 〈사랑가〉가 등장하는 것이 다른 이본들과 다른 점이다. 단락 ⑦에는 이도령이 책방에서 건성으로 책을 읽는 〈서책풀이〉가 들어 있다. 단락 ⑧에는 이도령이 춘향을 보고 싶어하는 장면을 그린 〈보고지고타령〉이 실려 있다.

단락 ⑩에는 이도령이 춘향의 집을 구경하는 과정을 그린 〈춘향집치레〉가 등장하는데, 여기에는 〈정원사설〉과 〈화초사설〉, 〈사벽도사설〉과 〈부벽서사설〉 등 네 편의 노래가 들어 있다. 단락 ⑪에는 이도령과 춘향이 첫날밤을 맞이하는 장면에 여러 가요가 등장한다. 곧 〈춘향방사설〉과 〈세간사설〉, 〈팔도담배가〉, 〈주효기명사설〉, 〈권주가〉, 〈백구사〉, 〈술타령〉, 〈거문고병창〉, 〈천자풀이〉, 〈바리가〉, 〈글자타령〉 등 11편의 작품이 삽입되어 있는데, 실제로는 〈주효기명사설〉에 〈기명사설〉, 〈술병사설〉, 〈술사설〉, 〈음식사설〉 등 네 편, 〈권주가〉에 12가사 한 편과 한시 한 편 등 2편, 글자타령에 〈덕자타령〉, 〈비점가〉, 〈인자타령〉, 〈연자타령〉 등 4편이 실려 있어서 18편의 작품이 들어 있는 셈이다. 단락 ⑫에는 〈사랑가〉 2가 실려 있다.

단락 ⑭에는 여러 종류의 〈이별가〉가 집중적으로 삽입되어 있고, 그 외에 〈황계사〉와 시조, 가사도 들어 있다. 이 단락에서 불리는 〈이별가〉는 모두 일곱 작품인데, 이를 열거하면 춘향의 〈이별가〉와 이도령의 〈이별가〉인 〈음양가〉, 춘향이 이별 종류를 나열하는 〈이별가〉, 춘향과 이도령이 화답하는 글자풀이형 〈이별가〉, 춘향이 〈이별가〉로 부르는 〈황계사〉, 이도령의 시조 형식의 〈이별가〉와 가사 형식의 〈이별가〉 등이 그것이다. 단락 ⑮에는 이도령과 이별한 춘향이 홀로 지내면서 이별의 아픔을 노래한 〈상사별곡〉과 〈사미인곡〉 두 작품이 실려 있다.

단락 ⑰에는 신관의 하행길을 소개하는 〈신관노정기〉가 들어 있다. 단락 ⑱에는 신관 도임장면을 그린 〈신관도임행차사설〉과 신관의 첫 공무인 〈기생점고〉가 삽입되어 있다. 단락 ⑲에는 춘향을 부르러 가는 관노의 모습을 그린 〈관노사령치레〉가 들어 있다. 단락 ㉕에는 신관의 수청을 거절하여 춘향이 태장을 맞는 사건들과 관련된 가요로 〈죽지사〉와 〈십장가〉, 〈집장가〉가 등장한다. 단락 ㉖에는 남원 왈자들이 태장 맞아 거의 죽게 된 춘향을 옥으로 데려가면서 부르는 다양한 형식의 노래, 곧 〈선소리〉, 〈신선가〉, 사설시조, 〈춘면곡〉, 〈처사가〉, 〈어부사〉, 송서[〈화용도〉, 〈수호지〉, 〈서유기〉], 〈노름타령〉, 〈놀이요〉 등 9편의 가요가 등장한다. 그런데 실제로는 이 장면에서 왈자들이 송서 형식으로 〈화용도〉와 〈수호지〉, 〈서유기〉를 노래하고 있어서 이 작품이 세 편의 송서로 이루어져 있기 때문에 단락 전체로 볼 때는 11편의 작품이 삽입되어 있는 셈이다. 단락 ㉗에는 춘향의 〈옥중자탄가〉와 이도령을 그리워하는 〈사미인곡〉이 등장한다. 단락 ㉙에는 이도령이 남원으로 오는 도중에 있었던 여러 사건들과 관련된 가요들, 곧 어사의 〈복색치레〉와 〈노정기〉를 비롯해서 〈유산가〉, 〈새타령〉, 〈나무타령〉, 〈농부가〉, 〈산유화가〉, 〈선소리〉, 시조, 〈시절가〉, 〈옥중몽중가〉 등 열 편의 가요가 삽입되어 있다.

단락 ㉛에는 허봉사가 춘향의 꿈을 해몽하는 〈점복해몽사설〉이 들어 있다. 단락 ㉜에는 춘향이 자신을 부르는 소리를 듣고 옥중에서 노래하는 〈옥중상봉가〉, 곧 〈거 뉘기가 날 찾나〉라는 작품이 들어 있다. 단락 ㉞에는 신관의 생일연에서 이도령을 앞에 두고 기생이 부르는 〈권주가〉와 〈욕설권주가〉, 이도령의 〈금준미주〉 한시가 등장한다. 작품의 클라이맥스에 해당하는 단락 ㉟에는 〈암행어사출도가〉가 삽입되어 있다. 단락 ㊱에는 이도령의 분부에 따른 〈기생점고〉와 두 사람의 〈상봉환희가〉가 등장한다. 단락 ㊲에는 월매의 기쁨을 표현한 〈월매기쁨사설〉이 들어 있다.

이상에서 살핀 바와 같이 『남원고사』에는 가요가 삽입되지 않은 단락도 일부 있으나 대부분의 단락에는 다양한 가요가 삽입되어 있다. 그것도 한 단락에 한 두 편의 가요가 아니라 여러 편이 삽입되어 있는데, 몇 단락에는 10편 이상의 가요가 삽입된 경우도 있다. 이로 미루어 볼 때 『남원고사』는 줄거리의 분량을 늘리기 위한 방법 가운데 하나로 다양한 가요의 삽입을 적극 활용하였다고 할 수 있다. 여기서는 그 상황이 어떠했는지 각 단락에 삽입된 가요의 제목을 소개하는 것으로 간단히 언급했는데, 이와 관련된 구체적인 내용은 다음 장에서 다시 다루기로 한다.

# 제3장

# 삽입가요의 활용과 변개

여기서는 『남원고사』에 삽입된 가요가 어떻게 활용되고 변개되었는 가를 살펴보려고 한다. 『남원고사』는 모두 5권으로 이루어져 있어서 한꺼번에 논의를 펴는 것이 번잡하므로 여기서는 각 권별로 나누어 각 권에 삽입된 가요를 중심으로 논의를 펴려고 한다.

## 1. 제1권

『남원고사』 1권에서는 주로 서두부와 풍광묘사에 다양한 삽입가요 가 활용되고 변개가 이루어지면서 줄거리 확장이 일어나므로 이를 중

심으로 논의를 펴되 그 외의 삽입가요도 논의에 포함시켜서 살피기로
한다.


## 1) 서두부

서두부에는 사설시조 형식과 강호시가 형식, 강호가사 형식의 삽입가
요를 활용하여 이야기의 전개를 위한 준비과정을 설정함으로써 줄거리
의 확장을 꾀하고 있는 것이 특징이다. 이것은 대부분의 고소설이 이야
기를 풀어나가기 위해 활용하는 허두사의[1] 확장으로 볼 수도 있고, 판소
리 광대가 본창으로 들어가기에 앞서 부르는 허두가로 볼 수도 있다. 중
요한 점은 판소리 〈춘향가〉[2]와 달리 『남원고사』의 서두에서 허두사의
형식으로 몇 가지 형식의 삽입가요를 등장시키고 있다는 점이다.


### (1) 사설시조 형식

텬하 명산 오악지중에 형산이 놉고 놉다. 당시졀의 졀문 즁이 경문이 능통ᄒᄆ
로 농궁의 봉명ᄒ고 셕교상 느즌 봄바람의 팔션녀 희롱ᄒᆫ 죄로 환싱인간ᄒ여 츌
당입상타가 티ᄉ당 도라들 졔 뇨됴졀디드리 좌우의 버러시니 난양공쥬 영양공
쥬 딘치봉 가츈운 계셤월 젹경홍 심요연 빅능파와 슬커졍 노니다가 산종일셩의

---


**1**　허두사는 고소설에서 이야기를 풀어나가기 위해 발화하는 첫 단어를 이른다. 고소설에서 허
　　두사로 가장 많이 쓰이는 단어는 '화설'이다.

**2**　〈춘향가〉의 허두사는 "숙종대왕 즉위초에"로 시작하거나 "절대가인과 영웅열사가 생겨날제"
　　로 양분되는데, 후자가 전자보다는 길지만 『남원고사』와 비교하면 둘 다 간단한 편이다. 구체
　　적인 내용은 뒷부분에서 다시 언급한다.

ᄌ든 꿈 ᄭ거다. 아마도 셰샹명니와 비우희락이 이러ᄒᆞᆯ가 ᄒᆞ노디라(33쪽).[3]

『남원고사』의 서두부에 실린 위의 인용문은 작품 전체의 줄거리를 풀어나가기 위한 실마리 구실을 하고 있는 대목이다. 『남원고사』는 전체의 서사 단위가 큰 만큼 다른 이본보다 허두사의[4] 내용도 다양하다. 위에 인용한 것은 사설시조 형식의 허두사로, 『구운몽』을 소재로 한 작품인데, 『구운몽』이 당시 독자들에게 매우 인기가 높았던 서사물이라는 특성 때문에 채택되었을 것으로 보인다.

이 사설시조는 연민본 『청구영언』을 비롯한 여러 가집에 실려 있는데, 대체로 같은 내용이다. 다만 중장 앞부분의 "당시졀의 졀믄 즁이 경문이 능통ᄒᆞ므로"가 다른 가집에는 "六觀道士(大師) 說法 大乘(濟衆) 홀졔 弟子僧(上佐 中) 靈通才(者)로" 되어 있어서 차이를 보인다.

여기서 주목할 점은 이 허두사가 〈춘향가〉의 여러 이본들에는 없는 『남원고사』만의 독자적 내용과 형식을 담고 있다는 점이다. 물론 다른 이본들에도 단가 형식의 허두가가 있지만 여기서 채택된 사설시조와는 형식이 다르고, 내용도 다르다. 예를 들어 신재효 창본 〈춘향가〉 남창은 "졀ᄃᆡ가인 싱길 적의 강순졍긔 타셔난다. 져라슨 약야계에 셔시ᄀᆞ 죵츌ᄒᆞ고 군순만학 부형문에 왕쇼군이 싱쟝ᄒᆞ고 쌍각순* 슈려ᄒᆞ야 녹쥬가 싱겨시며 금강활이아미수에 셜도환츌ᄒᆞ여더니 호남좌도 남원부는 동으로 지리순 셔으로 젹셩강 순슈졍긔 어리여서 츈향이가 싱

---

**3**   김동욱·김태준·설성경, 앞의 책, 33쪽. 앞으로 『남원고사』의 인용은 모두 이 책으로 하므로 해당 쪽수만 밝히겠다.

**4**   여기서 판소리 용어인 '허두가'란 단어를 쓰지 않는 까닭은 『남원고사』가 판소리 창본이 아니라고 보기 때문이다. 판소리 창본인 경우에는 '허두가'란 용어를 쓰겠다.

겨구나"[5]와 같은 가사(단가) 형식의 허두가가 등장하고, 백성환 창본도 이와 같은 형식과 내용을 택하고 있다. 장자백 창본 〈춘향가〉나 박기홍 창본 〈춘향가〉 등은 "슉종디왕 직위 초의 셩덕이 너부시사 (…하략…)"로[6] 시작하는 완판 84장본 『춘향전』의 서두형식과 같은 내용의 서두부가 등장한다.

『남원고사』는 『춘향전』의 이본들 가운데 이른 시기에 이루어진 작품이라고 하기는 어렵다. 그럼에도 불구하고 이처럼 다른 이본의 서두부의 내용이나 형식과는 달리 『구운몽』을 소재로 한 사설시조 형식의 허두사를 채택하고 있다. 이것은 이 작품의 필사자가 당시 많이 알려진 판소리 〈춘향가〉 창본의 서두부의 형식이나 내용을 무시하고 당시인들에게 인기를 끌던 『구운몽』을 소재로 삼아 사설시조화한 허두사를 작품의 도입부에 삽입시켜 독자의 흥미를 유발하려는 의도를 드러낸 대목이다. 그런데, 더욱 재미있는 사실은 종장에서 서사적 전개의 굴곡을 암시하면서 작품 전체의 대주제를 함축하고 있다는 점이다. 이것은 『남원고사』의 필자가 원본을 자의적으로 해석했다고 볼 수 있다. 그리고 이런 태도가 여러 가지 노래를 자유롭게 배합하여 서사의 전개과정에 맞도록 적절하게 변개해 나가면서 일관되게 유지되고 있다는 점에서 흥미롭다.

### (2) 강호시가 형식(단가)

청이 조흔 남니상의 니화방초 고든 길의 쳥녀완보 드러가니 산여옥셕층층님의 만학군봉 소스 잇고 쳥수쥬분졈졈비의 빅도뉴쳔 기러잇다. 층암졍슈졀벽간

---

5 　강한영 교주, 『신재효 판소리 사설집』, 민중서관, 1972, 2쪽.
6 　김동욱 편, 『고소설판각본전집』 3, 인문과학연구소, 1973, 315쪽.

의 져 골 꾀꼬리 종달시는 셕양쳥풍 플플날고 만학젹요 깁흔 골의 귀쵹도불여
귀라 두견시 슬피울고 무심흔 져 구룸은 봉봉이 걸녀는디 빅당뉴ㅅ징요쉬라.
나무마다 얼의엿고 식식이 붉은 쏫촌 골골마다 영롱ㅎ니 일군교됴공졔홰라.
가지가지 낭즈ㅎ다. 힝진쳥계불견인은 무릉도원이 어디메뇨. 만학쳥암쇄모연
을 낙이산즁 니러흘가. 벽도화 쳔년 봄은 풍결즈의 프르럿고 한가ㅎ다. 츈산계
화졈졈홍의 붉어시니 방장봉니 어디메오. 영쥬삼산이 여긔로다. 요간부상삼빅
쳑의 금계계타일륜홍은 지쳑일시 분명ㅎ다. 오초는 어이ㅎ여 동남으로 터져
잇고 건곤은 무삼 일노 일야의 써 잇느니, 강안의 츈롱ㅎ니 황금이 쳔편이오 누
하의 풍긔ㅎ니 빅셜이 일장이라. 창오모운월쳔츈의 잠연낙무 경도 죠타. 무산
십이 놉흔 봉은 구룸밧긔 쇼소 잇고, 동졍칠빅 너른 물은 하늘과 흔빗치라. 망
망평호 가는 빈는 범녀의 오호쥬오 평스십니 나는 시는 셔왕모의 쳥됴로다. 강
안비회초월오는 옥누쳥풍 물가마다 한가로히 안즈 잇고, 산토황금진졉잉은 쳥
포셰류 두던 우희 비거비리 왕니ㅎ니 원상한산셕경스는 니젹션의 일흥이오 쇼
쇼낙목귀마슈는 빅낙쳔의 유취로다. 즈미동남션아유는 날과 몬져 노랏노라.
이런 경기 다 본 후에 어디메로 가즛 말고(33~35쪽).


위에 인용한 노래는 앞의 사설시조에 잇대어 나온다. 역시 이 노래도
다른 『춘향전』의 이본들에는 없는 내용이다. 이 노래는 현재 전하는 가
집들에서 동일한 형태를 찾지는 못하였지만 판소리 허두가 가운데 〈大
觀江山〉(『창악대강』 명명)이나 〈萬古江山〉 등과 유사한 분위기를 지니고
있다. 특히 인물 전고를 통한 인용 부분이 그러하다. 〈大觀江山〉의 "이
젹션이 기경ㅎ니 치셕강의 임즈업고 소동파의 임슐노름 적벽강만 나머
쑤나 일난즁스 츄식원은 가티부의 셔름이요 풍엽젹화 심양강의 빅향순

어디갓노”[7] 같은 부분이 『남원고사』의 “원상한산셕경ᄉ는 니젹션의 일
흥이오 쇼쇼낙목귀마슈는 빅낙쳔의 유취로다 ᄌ미동남션아유는 날과
몬져 노랏노라”와 유사함을 확인할 수 있다.

다음 단락으로 넘어가는 전환의 구실을 하는 “이런 경긔 다 본 후에
어디메로 가ᄌᆺ 말고”는 강호시가의 공간 이동 부분에서 흔히 보이는
관용적 어구인데, 여기서는 다른 형태의 노래들을 결합하는 데 적절하
게 활용하였다.

### (3) 강호가사 형식

① 산은 첩첩 천봉이오 슈는 잔잔 벽계로다. 긔암층층 절벽간의 폭포쳥파 ᄶ러
지고 힝심일경 빗긴 길에 창송은 울울 벽도화 난만즁의 ᄭᅩᆺ 속의 잠든 나뷔
ᄌ최 소리의 펄펄 날고 노화홍요 젹막ᄒᆞᆫ디 아희야 무릉이 어듸메니 도원이
여긔로다. 화간졉무분분셜의 류상잉비편편금이라. 도원도리편시츈은 어
이 그리 슈히 가노. 우양은 하산ᄒᆞ여 외양을 ᄎᆞᄌ가고, 슉됴는 죽지ᄭᅵ고 군
비투림 ᄒᆞᄂᆞᆫ고나.

② 삼간초옥 젹막ᄒᆞᆫ디 일편셕문 다ᄃᆞ두고 니화월빅 붉은 날의 두견셩즁 홀노
안ᄌ 칠현금 빗기 안고 쳔니고인 싱각ᄒᆞ니 산당슈원 먼나몬디 안졀어침
더욱 셜다. 오동츄야 붉은 달과 호졉츈풍 긴긴 날의

③ 산가촌젹을 어부ᄉ로 화답ᄒᆞ고

④ 일엽어션 흘니져어 장장어ᄉ 긴 낙디로 낙조강노 빗겻ᄂᆞᆫ디 ᄌ믹풍진 미친
긔별 산간어옹 니 몰나라. 은닌옥쳑 씌노ᄂᆞᆫ디 야슈강텬 ᄒᆞᆫ빗치라. 거구셰
린 낙가너니 송강노어 불얼소냐. 십니샤장 나려가니 빅구비거 ᄲᅮᆫ이로다.

죽댱망혜 단표즈로 쳔니강산 드러가니 만학쳔봉 구름 속의 초옥싀문 도라
드러 금셔소일 ᄒᄂᆫ 곳의 유쥬영쥰ᄒ여셰라. 댱가단젹 두세곡의 일비일
비부일비라. 퇴헌옥산 취호 후의 셕두한팀 잠을 드러 학녀일셩 ᄭᅵ다릭니
계월삼경 ᄲᅮᆫ이로다. 고거ᄉ마 ᄯᅳᆺ이 업고 미쥬가효 흥이 난다. 승단치지 노
리ᄒ고 셕젼츈우 밧출 가니 댱우텬지 이 아니며 갈텬민인 나 ᄲᅮᆫ이라. 등동
고이셔쇼ᄒ고 림쳥류이부시로다. 남젼곡식 미리 업고 운지고산 시비 업
다. 셰상 영욕 다 바리고 물외강산 오며가며 일디계산 젹막ᄒᆫ디 셕조강어
ᄲᅮᆫ이로다. 범범창파 이 닉 흥을 녹녹셰인 졔 뉘 알니. 쳔지만지 억만지롤
여ᄎ여ᄎ 늙으리라(35~37쪽).<sup>8</sup>

위의 인용문은 앞에 소개한 노래의 연속으로 이루어진 간락이다. 이
대목은 잡가 〈유산가〉와 흡사하다. 특히 〈유산가〉의 "창송취죽은 창
창울울헌디 긔화요쵸 난만즁에 쏫속에 잠든 나뷔 자최 업시 나라난다
유상잉비는 편편금이요 화간졉무는 분분셜이라"<sup>9</sup> 같은 대목은 어구를
공유하고 있기도 하다.

『남원고사』의 도입부 서사는 여러 종류의 노래들을 결집하여 춘향
이야기의 서사적 전개를 압축, 암시하고 있다. 시조, 가사, 잡가 등 당
대에 유행하던 가요들을 교묘하게 편집하여 서정적 세계를 구축하고
있는데, 〈강촌별곡〉의 일부(④의 부분)는 그 강호지향적 분위기를 통하
여 허구의 세계로 도입하기 직전의 전환적 독서 공간을 마련하는 구실
을 하고 있다.<sup>10</sup> 『남원고사』의 가요 차용 원리에 따라 서사 부분의 강

---

8   번호는 필자들이 넣었다. 이하 같다.
9   정재호·김홍규·전경욱 편, 『주해 악부』, 고려대 민족문화연구소, 1992, 259쪽.

호 도입의 산문적 분위기를 생략하고 곧장 船遊釣魚의 일락적 본사부로 들어간 데에서 전달자의 의도를 읽을 수 있다. 대신, 〈長思歎〉[11](②의 부분)이라는 서정적 분위기의 연정가사를 전반부로 대체함으로써 한 편의 가사 작품이 지니는 유장한 가락을 유지하고 있다. 이 두 편의 가사 작품이 결합한 현상은 『남원고사』 자체의 구성원리에 따른 것이겠지만, 한편 같은 시기의 노래들이 신축성 있게 교합할 수 있는 시기적 특성을 암시하고 있기도 하다. 『남원고사』의 작자 자신이 여러 가지 노래들을 자유롭게 재배합할 정도의 조예를 지니기도 했겠지만 그 당시가 시가 발전 과정에서 장르상의 벽이 무너져서 상호의 영향을 쉽게 받을 수 있는 유동적 단계에 도달했기 때문에 가능했던 현상일 것이다.

③은 〈낙빈가〉에서 차용하였다.

④는 〈강촌별곡〉의 본사부 이후인데, 〈강촌별곡〉의 이본간에 가장 차이가 심한 결사부에서 역시 『남원고사』대로의 개성을 보이고 있다. 곧, "셰상 영욕 다 바리고 물외강산 오며가며 / 일디계산 젹막ᄒ디 셕조강어 쑌이로다 / 범범창파 이니 흥을 녹녹셰인 졔 뉘 알니 / 쳔지 만지 억만지룰 여츳여츳 늙으리라"의 앞 두 행은 『잡가』본 〈은사가〉의 "獨向山中 혼가혼디 朝采紫芝 아젹먹고 閑來溪上 경죠혼디 夕釣江魚 져녁먹시"나 『청구영언』(육당본) 〈강촌별곡〉의 "朝來碧溪 景조혼디 晝向松林 閑暇ᄒ다 朝採山薇 아젹먹고 夕釣江魚 졔녁먹세"의 축약 변개로 볼 수 있고, 뒤의 두 행은 『잡가』본 〈은사가〉의 "泛泛滄波 이내흥을 碌碌世

<hr>

10  설성경, 「남원고사 연구」, 『동방학지』 제67집, 연세대 국학연구원, 1990, 282쪽.
11  연세대 도서관 소장 『가곡』에 소재함.

人 제뉘알니”나 『청구영언』본 〈강촌별곡〉의 “泛泛滄波 이닉興을 擾擾
塵世 졔뉘알니”에 마지막 결구를 덧붙인 결과이다.

이러한 원본의 자의적 해석 태도는 『남원고사』의 작자가 여러 종류
의 노래에 익숙할 뿐만 아니라 그 노래들을 재배합하여 새로운 장편시
가의 서사적 전개를 펼쳐보일 수 있는 역량까지 갖추었음을 드러내 보
인 것이라 할 수 있다. 가사에 관하여는 특히 가사가 행이나 연 단위의
이동 변개가 가능하고 소주제를 중심으로 단락을 형성해 나가는 방식
이 전편 구성의 요체이기 때문에 다른 시가보다 손쉽게 자의적 변개를
할 수 있다는 특성을 잘 활용한 것으로 볼 수 있다. 중간 부분의 “듁댱
망혜 단표ᄌ로 쳔니강산 드러가니”는 강호시가의 강호도입부에서 흔
히 보이는 관용구의 차용이다.

지금까지 살핀 바에서 알 수 있듯이 『남원고사』는 장형의 허두사를
독자적으로 개발하여 이를 활용하고 있다. 이 허두사는 본 이야기가 시
작되기에 앞서 작품의 분위기를 조성하려는 목적에서 변개가 이루어진
것이다. 그렇지만 한편으로는 세책가의 입장에서 더 많은 수입을 올리
려는 목적에서 책의 분량을 늘리기 위해 이런 장형의 허두사를 삽입하
였을 것이다. 그리고 이런 영리적 목적을 달성하기 위해 특히 당시인들
에게 인기 있던 『구운몽』을 허두사의 소재로 활용하거나 당시에 유행하
던 노래들을 변개하여 서사 확장의 수단으로 활용한 것으로 보인다.

## 2) 자연 풍광 묘사에 인용된 시가

여기서 살펴볼 삽입가요는 주로 작품의 배경인 경개와 관련된 내용의
작품들이다. 곧 광한루를 구경하기에 앞서 광한루의 경치를 비유한 〈소
상팔경가〉라든가 이도령이 방자를 데리고 가서 본 광한루 주변의 모습
을 노래한 〈유산가〉나 〈꽃타령〉, 〈나무타령〉 등이 여기에 해당한다. 이
제 이들이 『남원고사』에서 어떻게 활용되고 있는지 살펴보기로 한다.

### (1) 〈소상팔경가〉

힝힝점점정한ᄉᆞ호니 욕하한공슈원시라. 괴득편만이별안호니 촉조인어격격
홰라. 평ᄉ낙안경이오니 이롤 구경호랴 호오? 힝쥬미긱ᄉ아동호니 힝화인인걸
슌풍을 뇌시호신능범웅호니 풍범지거슈져동을 원포귀범경이오니 이롤 구경호
랴 호오? 풍엽노화슈국츄호니 일강풍우ᄉ편쥬롤 청년고범무인도호니 단근창
오원야슈라. 소상야우경이오니 이롤 구경호랴 호오? 반희초긱삼경혼호니 만경
츄광범소되라.

호상의 슈취절적인가 벽연무제안항괴라. 동정츄월경이오니 이롤 구경호랴
호오? 낙일관관함원슈호고 귀호인인상한종을 어인거입노화소호니 슈졈츄연
만깅청을 어촌낙됴경이오니 이롤 구경호랴 호오? 류져비공욕하지호니 가화낙
지역다시라. 일슌츠도강무쥬호니 관도ᄉ응권도시라. 강텬모셜경이오니 이롤
구경호랴 호오? 막막평림츄가련호니 누더은초격나침을 하상권지풍취거오 한
이왕가관식산을 산시청남경이오니 이롤 구경호랴 호오? 일북단청전무지호니
슈항슈묵등무릉을 부릉진필응즉농이라. 남ᄉ종잔북ᄉ종을 연ᄉ모종경이오니
이롤 구경호랴 호오? 이슈문이난진이라. 동정호 가랴 호오(45~47쪽).

이 〈소상팔경가〉는 〈소상팔경시〉에 현토한 정도의 원형적 모습을 보이고 있다. 원래 〈소상팔경가〉는 연원이 오래된 한시 형태의 노래인데, 우리나라에서는 한시의 범위를 넘어서 시조, 잡가, 판소리의 단가로 재창작이 이루어졌다. 그런데 『남원고사』에 등장하는 〈소상팔경가〉는 익재 이제현의 〈소상팔경〉을 수용한 작품이다.[12] 익재의 〈소상팔경〉이 ① 平沙落鴈 ② 遠浦歸帆 ③ 瀟湘夜雨 ④ 洞庭秋月 ⑤ 山市晴嵐 ⑥ 漁村落照 ⑦ 江天暮雪 ⑧ 煙寺暮鍾의 순인데, 『남원고사』의 〈소상팔경가〉는 ① 평스낙안 ② 원포귀범 ③ 소상야우 ④ 동정츄월 ⑤ 어촌낙됴 ⑥ 강텬모셜 ⑦ 산시쳥남 ⑧ 연스모종의 순으로, 두 작품의 순서가 1~4까지는 같고, 익재의 5번 '山市晴嵐'이 『남원고사』에서는 7번으로 자리를 옮겼고 나머지는 같은 순서를 따르고 있다.[13] 가사도 '소상야우'와 '동정추월'의 한 두 구를 제외하면 한 두 글자의 넘나듦은 있으나 대체로 같은 내용으로 이루어져 있다.

여기서 흥미로운 점은 이처럼 같은 내용을 작품에 수용하더라도 그 수용과정에서 우리말 시가의 특징을 지닌 그 나름의 변개를 보인다는 점이다. 예를 들어 익재의 〈소상팔경〉에는 없는 "~경이으니 이롤 구경ᄒ랴 하오"와 같은 반복구가 『남원고사』에서는 각 작품이 끝나는 대목마다 반복되고 있다. 이것은 한시와는 달리 우리말 시가는 가창을 위주로 하기 때문에 가창에 적합한 형태를 찾으려는 과정에서 이런 변개가 등장한 것으로 보인다. 우리말 시가의 가창성을 살리기 위한 변

---

12　류재일, 「이제현의 작품을 수용한 『남원고사』의 「쇼상팔경」 연구」, 『연민학지』 제2집, 연민학회, 1994, 62~63쪽.
13　위의 글, 64~65쪽.

개는『악부』(고대본) 같은 데 보이는 〈소상팔경가〉의 한 景, 곧 "슈벽스 명양안틱에 불승청원각비리라 나라오난 져 기럭기 갈슌 ᄒ나흘 닙에 다 물고 일졈 이졈에 졈졈마다 항열 지어 쩌러지니 평사락안 이 안인 냐"와 같은 대목에서 더욱 두드러지게 나타난다. 곧 앞부분은 한시에 현토하고 뒷부분은 우리말 노래로 내용을 풀이하여 내용의 이해와 가창이 가능하도록 변개하였다.

이 〈소상팔경가〉는『춘향전』의 다른 이본에는 등장하지 않는 노래이다. 그러므로『남원고사』의 작자는 상당한 분량을 가진 〈소상팔경가〉를 의도적으로 작품에 삽입한 것으로 보인다. 그렇다면 이 대목은 서사의 틀과는 상관없이 당시 독자들에게 익숙한 시가를 활용하여 작품의 분량을 늘려 상업적 이익을 얻으려는 세책본 업자의 의도가 작용한 것과 관련이 있는 것으로 보인다.

### (2) 〈유산가〉 / 〈백구사〉

산은 첩첩 천봉이오 슈는 잔잔 벽계로다. 긔암층층 절벽간의 폭포청파 쩌러지고 장송은 울울ᄒ고 벽도화 난만ᄒ디 꼿 속의 잠든 나뷔 자최 소릭의 헐헐 날고 연상의 노는 빅구 우성변의 한가ᄒ다. 치어다 보니 만학천봉 구버보니 층암은 절벽이라. 원산은 중중 근산은 첩첩 틱산은 쥬춤 낙화는 동동 간슈는 잔잔 이 골 물 져 골 물 한딕 합슈ᄒ여 구뷔구뷔 출넝출넝 흘너갈 졔 꼿츤 픠엿다가 졔졀 노지고 입흔 픠엿다가 한졀을 당ᄒ면 광풍의 다 쩌러져 속졀업시 낙엽이 되여 아조 펄펄 홋날니니 그도 쏘ᄒ 경이로다(55~56쪽).

위의 인용문은 〈유산가〉를 변개한 노래로, 〈유산가〉와 〈백구사〉를 혼합하여 변개한 것으로 보인다. 앞부분은 가사 형식으로 〈유산가〉의 일부를, 뒷부분은 〈백구사〉의 일부를 혼용하여 변개를 시도하여 경개풀이로 활용하였다. 예를 들어, "원산은 중중 근산은 첩첩 틱산은 쥬츔 낙화는 동동 간슈는 잔잔 이 골 물 져 골 물 한 딕 합슈ᄒ여 구뷔구뷔 츌넝츌넝 흘너 갈 졔"는 『악부』 〈유산가〉[14]의 "원산첩첩 틱산쥬츔 긔암은 칭칭 장송은 낙낙 응구부러져 광풍에 흥을 겨워 우줄 활활 츔을 춘다 칭암절벽 상에 폭포슈는 콸콸 슈정념 드리온 듯 이 골 무리 슈르륵 져 골 무리 쏼쏼 열레 열골 물이 한디로 합슈허여 천방즈 지방즈 널츌지고 방울져 속구라지고 펑퍼져 건는 병풍셕으로 스르렁 콸콸 흐르는 물결이 은옥 갓치 흣터지니 소부 허유 문답허든 긔산 영슈가 예 아니냐"를 변개한 것이고, 뒷부분의 "쏫츤 픠엿다가 졔졀노 지고 입흔 픠엿다가 한졀을 당ᄒ면 광풍의 다 쪄러져 쇽졀업시 낙엽이 되여 아조 펄펄 훗날니니 그도 쏘ᄒ 경이로다"는 〈백구사〉[15]의 "명스십리 히당화는 다 퓌여 모진 광풍 건듯 불 젹마다 쑥쑥 쩌러져 아쥬 펄펄 나라드니 근들 아니 경일소야"를 변개한 듯하다.

경개풀이로 활용되고 있는 이 〈유산가〉 대목은 「고본 춘향전」을 제외한 다른 이본에는 보이지 않는다. 다만 완판 84장본 『춘향전』에는 〈유산가〉가 광한루에서 춘향을 보는 대목에 나타난다는 점에서 『남원고사』와 차이를 보인다.[16] 이처럼 『남원고사』에서는 작품의 서사를 해치지 않는 범위 안에서 당시 유행하던 노래를 적절히 변개하여 삽입시키는 방법으로 작품 분량의 확장을 꾀하고 있다.

---

14  정재호 · 김흥규 · 전경욱 편, 『주해악부』, 고려대 민족문화연구소, 1992, 259쪽.
15  위의 책, 266쪽.
16  김동욱 · 김태준 · 설성경, 앞의 책, 61쪽.

## (3) 〈꽃타령〉 / 〈나무타령〉

쏘 혼 곳 바라보니 각식초목 무셩ᄒ다 어쥬츅슈이산츈ᄒ니 무릉도원 복셩화
꼿, 초문쥬가하쳐지오 목동요지힝화꼿, 북창삼월쳥풍춰ᄒ니 옥창오경잉도화
꼿, 위셩조우읍경진ᄒ니 긱스쳥쳥버들꼿, 난만화즁쳑쵹화 고츄팔월진암초ᄒ
니 만지츄상국화로다. 동졀츈싱졀ᄒ니 요님군의 명협화 셕양동풍 희당화 졀벽
강산 두견화 벽희슈변 신이화 요슈부목 무궁화 길픠화계 무금화 훤초 난초 크
ᄀ튼 파초 모란 작약 월계 스계 치즈 동빅 죵녀 오동 왜셕뉴 화셕뉴 영산홍 왜쳑
쥭 포도 다리 으흐름 너츌 얼그러지고 뒤트러졋다.

쏘 혼곳 바라보니 온갖 잡목 다 잇더라. 동녕슈고불변식의 군즈졀은 창송이
오 츈하츄동스시졀의 졍졍독닙 젼나무 만경창파빅쳑당의 슈궁즁의 무회목 투
지목과 낙지경거 뒤틀니ᄂ 모과나무 오즈셔의 분묘 압희 츙셩홀손 가목이오 망
미인혜텬일방의 님 그리ᄂ 상스목 쳥산영니부운간의 됴셕녜불 북나무 슈쳑지
휘랑공불기 아름드리 긔지목 즈단 빅단 산유즈 박달 용목 향목 침향 금픵 율목
잡목 텬두목 지두목 힝즈목 빅즈목 느러진 장송 부러진 고목 넙젹 쩍갈 황계피
무푸레 단목 측송 보리수 드렁드렁 널녀고나 모과 셕뉴 가지가지 광풍의 휘느
러졋고(56~58쪽).


앞부분의 〈꽃타령〉(동종의 여러 가지를 늘어놓음으로써 자연의 다채로운 변
화상을 제시하는 수사의 노래를 보통 "~타령"이라 부르는 데 따라 필자들이 임의로
명명함)은 같은 노래를 다른 데서 찾지 못하였지만, 여성가사인 〈화조
가〉[17] 등에서 꽃과 새를 제재로 하여 열거 나열한 것과 유사한 분위기
를 지니고 있다. 그러나 가사 〈화조가〉는 "말잘하는 鸚鵡聲은 만세만

---

세 호만세요 / 글잘하는 할미새난 군사만년 축수한다 / 흉년기새 삐죽
새난 금년춘을 미리알고 / 뒷동산 소쩍새난 금년풍조 미리 전코”나 “一
杖紅 秋季花는 태양따라 피여있고 / 錦江春風 군자화난 蓮葉酒를 獻壽
한다 / 閑山九月 처사국은 陶淵明을 벗을 삼고 / 줄기좋은 출장화난 무
삼일로 내쳤든고”처럼 4음보격에 충실한 반면『남원고사』의 〈꽃타령〉
은 한 가지로 규정되지 않는 좀 더 긴 호흡의 문장을 사용하고 있어서
차이를 보이고 있다. 또한 여기서는 漢詩句를 많이 차용하고 있다. ‘어
쥬쥭슈이산츈’은 王維의 ‘桃園行’에서, ‘츳문쥬가하쳐지오 목동요지힝
화솟’은 杜牧의 ‘淸明’에서, ‘위셩조우읍경진ᄒᆞ니 긱스쳥쳥 버들솟’은 王
維의 ‘送元二使安西’에서 시구를 따와서[18] 나름대로 변개시켜 활용하고
있는 것이 특징이다.

〈나무타령〉은 같은 내용을 찾지는 못했는데, 나무를 소재로 한 타령
은 이도령과 춘향의 〈사랑가〉에서도 등장한다. 그런데『남원고사』에
서는 〈나무타령〉에서도 한시구를 적절히 활용하여 작품의 분량을 늘
이고 있는 것이 특징이다.


## 3) 기타

### (1) 〈신세자탄가〉

니도령이 쵝방의 홀노 안즈 탄식ᄒᆞ는 말이 셰사롤 곰곰 헤ᄋᆞ리니 묘창ᄒᆡ지일
속이라. 남기라도 은ᄒᆡᆼ목은 즈웅으로 마조 셔고 물이라도 음양슈는 격을 츳즈

---

도라들고 시라도 원앙조는 웅비즈종 나라들고 풀이라도 화반초는 스시장츈 마
조나고 돌이라도 망쥬석은 둘이 셔셔 마조보고 원앙지샹낭낭비오 봉황누하쌍
쌍되라. 날짐성도 쌍이 잇고 긜버러지도 짝이 잇고 헌고리도 짝이 잇고 헌집신
도 짝이 잇네. 나는 어인 팔지완대 어졔밤도 시오잠 즈고 오늘밤도 시오잠 즈고
미양 장상 시오잠만 즈노. 엇던 부모는 즈부 어더 아들 낫코 쌀을 나하 닙장츌가
시킨 후의 아들의 손즈 쌀의 손즈 안고자고, 지롱보고, 엇던 부모는 쥬변이 업고
마련이 업고 된데가 업셔 다만 즈식 나흐나 두고 쳥츈이십 당흐도록 독숙공방
시기는고. 춤아 셜워 못 살깃다(40~41쪽).


　위의 인용문은 이도령이 책방에서 자신의 총각 신세를 탄식하는 내용
이다. 그런데 이런 종류의 〈신세자탄가〉는 그 형식과 내용이 다양하다.
〈시집살이요〉와 〈초부가〉, 〈자탄가〉 형식의 노래들에서 이런 내용이
많이 발견된다. 그만큼 이런 형태의 노래가 민간에 많이 전래되었다는
뜻이다. 요즘 채록되는 민요에도 이와 유사한 내용의 〈자탄가〉가 많이
존재하고 있다. 예를 들어 임동권이 채록한 민요집에는 〈팔자요〉란 제
목으로, “어떤사람 팔자좋아 고대광실 높은집에 부귀영화 잘사는데 이
놈팔자 어찌하여 날만새면 지게갈퀴 떠날줄을 모르던가 심심산천 깊은
골로 나무하러 나는가네”(진도지방민요)[19]와 같은 가사가 실려 있는데, 민
요집에서는 이와 같은 내용의 〈자탄가〉를 여럿 찾을 수 있다.[20] 이러한
민요 형태의 〈자탄가〉는 판소리에도 등장하는데, 〈흥보가〉에서 흥보

---

19　임동권, 『한국민요집』 II, 집문당, 1980, 297쪽.
20　“애고답답 서름이야 이노릇을 어찌할고 어떤사람 팔짜좋아 대광보국 숙록대부 상공육경 되어
　　있어 고대광실 좋은 집에 부귀공명 누리면서 금의옥식 쌓여있고 나같은 팔자 어이이리 곤궁하
　　여 말만한 오막사리에”(임동권, 『한국민요집』 I, 집문당, 1980, 583쪽.)

내외가 형 놀부집에서 쫓겨나와 오막집을 짓고 살면서 고생할 때 흥보 처가 탄식하는 〈가난타령〉 대목에도 나온다.[21] 이런 점에서 이도령의 〈신세자탄가〉는 당시 유행하던 〈자탄가〉 형식을 이용하여 작품의 줄거리에 맞도록 내용을 변개시켜서 줄거리 확장에 활용한 것으로 보인다.

### (2) 〈새타령〉

쏘 져편 숨혀보니 각식 금슈 나라들 졔 연작은 나라들고 공작은 긔여든다. 청 즈됴 흑즈됴 닝금졍 외금졍 쌍보라미 산진이 슈진이 희동청 보라미 썻다. 보아 라 종달시 청텬을 박츠고 빅운을 무롭쓰고 호즁텬지 써잇는디 밧졍마즌 할미시 요망스런 방울시, 이리로 가며 호로로 빗죽, 져리로 가며 뱟죽 호로로 픵당그르 르 마리산 갈가마괴 돌도 츳돌도 못 어더먹고 티빅산 기슭으로 골각갈곡 갈으 렝 갈으렝 울고간다. 츔 잘 츄는 무당시 졍냥 쏘는 호반시, 슈루루 층암졀벽 우 희 비르르 장그렁 나라들고, 소상강 쎄기러기 허공즁의 놉히 써셔 지리지리 슬 토록 우러예고. 것츠로는 비루먹고 쇽은 아모것도 업시 휑뎅그려 뷔엿는 고양 나무 우희 부리 쑈죡 허리 질눅 쏭지 묵둑헌 져 쌋져구리 거동보소. 크나큰 디부 동을 한아름 드립써 허험셕 드러잡고 오르며 쑤드락짝짝 나리며 쑤드락짝짝 ᄒ 며 낙낙장송 느러진 가지 홀노 안즈 우는 시. 밤의 울면 두견시 낫계 울면 졉동 시, 흔 마리는 나려 안고 쏘 흔 마리는 놉히 안즈 공산야월 젹닥흔디 촉국강산 넉시 되여 귀촉도 불여귀라 피나게 슲히 울고, 벅국시도 우름 울고 슉국시도 우 름 울고 풍년시는 솟젹다, 흉년시는 솟텡텡 약슈삼쳔니 요지연의 쇼식 젼튼 쳥 됴시 샤마샹여 쥴쇼리의 오유스방 봉황시, 부용당 운무병의 그림ᄌ튼 공작시,

---

21  배연형 채록, 「유성기음반 판소리 사설(5) ― 오케판 홍보전(창극)」, 『판소리연구』 제13집, 판
소리학회, 2002.4, 433쪽.

일천년 화표쥬의 물시인비정위학 미셩료의 글귀 속의 교교호음잉무시, 칠칠가
긔 은하슈의 다리 노튼 오작시, 녹양 수이 북이 되여 봄빗 뜨는 꾀꼬리, 일빵비
거각두회라 원불상니 원앙시, 상님원의 글 젼ᄒ던 별포귀리 홍안시, 셕양비홀
청산식ᄒ니 냥기상망 희오리 범범중뉴 지향업시 상친상근 빵비오리 곳곳지 츔
을 츄고(58∼60쪽).

〈새타령〉은 민요에서 유래한 것으로 보이는데, 이 작품의 〈새타령〉
은 『악부』에 실린 〈새타령〉과 거의 같은 내용의 부분이 있다. 물론 이
『악부』의 〈새타령〉은 위의 인용문보다 길이가 길다. 앞부분에는 매우
장황하게 노래가 전개되는데, 뒷부분의 일부 내용은 거의 같다.

또 한편을 바라보니 봄새 우름 한가지라 春情을 못이긔여 各色 새가 모여들졔
鶯雀은 나라들고 九雀은 긔여든다 청자됴 흑ᄌ됴 내금졍 외금졍 도래금졍 셰금
졍 甫羅매 水陳이 海東靑 쩌다 보아라 종달새 靑天을 박차고 白雲을 무릅쓰고 虛
空中天 쩌잇난대 방졍마진 할미새 妖妄스런 방울새 이리로 가며 호루록 쌧족 져
리로 가며 호루록 쌧족 팽당그르르 가불갑족 가불갑족 摩尼山 갈가마귀 차돌도
바회 못어더먹고 太白山 기슭으로 골각골각 갈의렁 갈의렁 갈골 갈골 쌀곡 쌀
곡 울고간다 춤잘추난 무당새 졍량쏘난 虎班새 수루루 層岩絶壁 우헤 비로로 뎅
그렁 나라들고 柯枝 柯枝 노든새난 平林으로 나라든다[22]

위의 인용문은 『남원고사』에 등장하는 〈새타령〉과 비교하기 위해
서 『악부』(고대본)에 실린 〈새타령〉의 일부를 인용한 것이다. 앞에서 언

---

22  김동욱 · 임기중 편, 『교합 악부』, 태학사, 1982, 146쪽.

급한 바와 같이 이 『악부』의 〈새타령〉은 앞부분이 장황하고 뒷부분은 『남원고사』에 실린 〈새타령〉과 같은 내용이고, 그 다음부터는 내용이 다시 달라진다. 이런 점을 고려할 때 『남원고사』에서는 당시 유행하던 〈새타령〉을 작품에 삽입시키기 위해서 변개한 것으로 보인다. 또한 이 〈새타령〉이 판소리 허두가의 주요 곡목이라는 데에서 긴 호흡의 문장 이 유래한 곳을 짐작할 수 있다.

### (3) 〈짐승타령〉

길즘싱도 긔여든다. 산군은 호표요 셩슈는 긔린이라. 당셩불亽 미록이오 亽과 츈산 국노로 시위상셔 코기리, 이리져리 긔여들고 돈피 셔피 일희 승냥이 희달피 청셜모 다람쥐 진납이 파람ᄒ고 청긔고리 복질흔다. 금듭겁이 시남ᄒ고 쳥멧쏘 기 당고 치고 흑멧쏘기 져룰 불고 돌진 가지 무고 치고 도야지 밧출 갈고 슈달피 고기 잡고 암곰이 외입ᄒ니 슈톡기 복통흔다. 다람이 그 꼴 보고 암상닌다(60쪽).


이러한 〈짐승타령〉은 민요에도 존재하는데, 그 내용은 다양하다. 여 기에 실린 〈짐승타령〉은 다른 이본에는 존재하지 않고 『남원고사』에 만 등장한다는 점에서 『남원고사』의 『춘향전』 이본으로서의 독자성을 보여주고 있다는 점을 지적하는 정도에서 그치고자 한다.

## 2. 제2권

　제2권은 이도령이 춘향집을 찾아가서 사랑을 나누는 대목에서 시작하여 춘향이 이별 후에 이도령을 그리워하며 지내기까지가 중심 내용이 된다. 이에 따라 여기에 삽입된 가요들도 춘향의 집치레에서 시작하여 두 사람이 사랑을 나누다가 이별 후에 춘향이 홀로 지내면서 이도령을 그리워하는 데까지에 적합한 작품들로 채워져 있다. 여기서는 그 과정에 삽입되어 있는 주요 가요를 중심으로 살펴보기로 한다.

### 1) 〈춘향집치레〉(〈명당가〉 / 〈성조본가〉, 〈황제풀이〉)

　01 디문작 좌우편의 울지경덕 진숙보오

　02 즁문에는 위징선싱 스면활작 놉흔 집을 입구즈로 지엇는디

　03 상방 삼간 쌍벽장의 협방 이간 디쳥 늇간

　04 월방 스간 부억 삼간 고왕 오간 둥집 스간

　05 늬외분합 물님퇴의 술미살창 가로다지

　06 구을도리 션즈츈혀 바리밧침 부연 다라셔 믭시 잇게 지엇는디

　07 동편의는 고왕이오 셔편의는 마구로다

　08 양지에 방아 걸고 음지에 우물 파고

　09 문젼의 학종선싱 길버들 휘느러진 장송

　10 광풍의 흥을 겨워 우슼우슼 츔을 츄고

11 압쓸의 기를 노코 뒤쓸의 닭을 치고

12 딕 심어 울울ᄒ고 솔 심어 졍지로다

13 뽕 심어 누에치고 울 밋히 벌 안치고

14 울 밧긔 원두 노코 쓸 아릭 연졍 지어

15 쥭졍으로 면을 밧쳐 네모 반듯 괴야ᄂᆫ딕

16 못 가온딕 셕가산을 일층 이층 삼스층의 졀묘ᄒ게 무어 노코

17 비오리 쌍쌍 증경이 넙흘 딕접긋ᄒ 금부어ᄂᆫ

18 못 ᄀ온딕 노니ᄂᆫ딕 온갓 화초 다 픠엿다

19 동의ᄂᆫ 벽오동 셔의ᄂᆫ 빅미화

20 남의 홍모란 북의ᄂᆫ 금스오쥭 한가ᄒ다

21 한가온딕 황학녕 월계 스계 졍녀 파초

22 즈약 영산홍 왜쳑촉 연포

23 도화 국화 미화롤 여긔져긔 심어두고

24 잉무 공작 쳥죠 ᄒ 쌍 소식을 맛져두고

25 합환초 연니지의 비익됴 다졍ᄒ다

26 오동츠양 츈혀마다 옥풍경을 다라시니

27 쳥풍 건듯 불 젹마다 잉그렁 징그렁 소리 요량ᄒ다

28 비치ᄒᆫ 것 도라보니 빅능화로 도빅ᄒ고

29 당유지 굽도리의 쳥능화 씌롤 씌고

30 동셔남북 계견스호 문 우희 십댱싱

31 지게문의 남극션옹 벽화롤 붓쳐ᄂᆫ딕

32 동벽을 바라보니 송단의 상산스호

33 바독판을 둘너안즈 흑빅이 난만ᄒ딕 낙즈 졍졍 그려 잇고

34 뇩녀화상 셩진이가 츈풍 셕교상의 팔션녀롤 만나보고

35 집허던 뇩환당을 빅운간의 훗더지고

36 합당ᄒ여 뵈는 형상 녁녁히 그려 잇고

37 셔벽을 바라보니 딘쳐ᄉ 도연명이 펑틱녕 마다ᄒ고

38 빅학을 몬져 노코 오두미롤 후리치고

39 츄강산 비롤 씌여 쳥풍명월 흘니져어

40 소상으로 가는 경을 두렷시 그려잇고

41 부츈산 엄ᄌ릉이 간의티우 마다ᄒ고

42 빅구로 벗을 숨고 원학으로 이웃ᄒ여

43 동강상 칠니탄의 낙시티롤 더진 거동

44 상연이 그려 잇고 남벽을 바라보니

45 삼국풍진 요란ᄒ디 한종실 뉴황슉이

46 거름 조흔 젹도마롤 두덕구벅 밧비 모라

47 남양초당 풍셜즁의 와룡션싱 보려ᄒ고

48 지셩으로 가는 경을 완연이 그려 잇고

49 시즁 텬ᄌ 니티빅이 포도쥬롤 취케 먹고

50 어션의 빗기 안ᄌ 물 밋히 빗쵠 달을 ᄉ랑ᄒ여 잡으랴고

51 두 손목 물에 너흔 거동 션명ᄒ게 그려잇고

52 북벽을 바라보니 위슈 어옹 강티공은

53 션팔십 궁곤ᄒ여 달삿갓 슉이 쓰고

54 삼십뇩조 곳은 낙시 츠례로 드리오고

55 낙티롤 거두칠 졔 잠든 빅구 놀나는 경

56 조디상의 안즛다가 쥬문왕을 반기만나

57 안거스마로 가는 경도 한가ᄒ게 그려 잇고

58 영천 한슈 흐르는 물의 소부는 귀롤 뼷고

59 허유는 귀 ᄲᅵ손 물 소 먹을가 쇠곡비롤 거스리고

60 괴산으로 가는 경도 쳥아ᄒ게 그려잇고

61 유상곡슈 귀거리ᄉ 죽님칠현 어초문답

62 만경창파 셰류강의 어변셩룡 그려잇고

63 면장에도 임슐지츄 칠월긔망야의 소즈쳠이

64 젹벽강의 범쥬ᄒ여 노는 경도 신긔로이 그려 잇고

65 부벽셔로 볼작시면 왕즈안의 등왕각셔

66 도연명의 귀거리ᄉ 니틱빅의 쥭지ᄉ 쇼즈쳠의 젹벽부

67 닙츈셔로 볼작시면 원득삼산불노초ᄒ야 비헌고당빅발친을

68 북궐은광은 회슈졉이오 남산가긔계헌영을

69 작소치봉함셔지ᄒ니 금일텬관ᄉ복너라

70 문작의는 국틱민안가급인죡 문신호령가금불상

71 문우희는 츈도문젼증부귀라 귀머리가지 붓쳐시니 만벽셔화 더욱 조타

72 방치례롤 볼작시면 각댱장판의 당유지 굽도리

73 빅능화 도빅ᄒ고 쇼란반즈 혼텬도의

74 셰간긔명 볼작시면 농장 봉장 궤 두리칙상 갑계슈리 들믜장

75 작긔함농 반다지 면경 쳬경 왜경디며

76 쇄금 들믜 삼층장 계즈다리 옷거리며

77 농두머리 장북비 쌍농 그린 빗졉고비 벽상의 거러노코

78 왜상 벼로집 화류셔안 교즈상

79 딕쳥의는 귀목두지 농층항과 칠박 귀박 두리박

80 학슬반 ㅈ기반을 충충이 언져노코

81 산유ㅈ ㅈ리상의 션단뇨의 디단니블

82 원앙금침 잣벼기롤 반ㅈ갓치 **빠**하노코

83 은침갓튼 가즌 열쇠 쥬황ㅅ 씬을 다라 본돈 셧거 쎄여달고

84 청동화로 젼디야며 빅통 유경 놋촉디

85 시별갓흔 요강 타구 짓쪄리 등물 **빵빵**이 더져노코

86 인물병 산슈병의 공작병도 둘너치고

87 오동복판 거문고롤 시쥴다라 세워두고

88 양금 싱황 히금 장구 여긔져긔 노화두고

89 눅목 팔목 빵뉵 골픽 댱긔 바독 좌우의 버려잇고

90 가즌 즙믈 세간 치레 황홀이도 버려고나 얼수 조흘시고(128~136쪽)


『남원고사』 2권에서 가장 먼저 등장하는 노래는 〈춘향집치레〉로, 춘향의 집을 묘사하는 대목에 등장한다. 이 대목은 '춘향집 墻園' 사설이라고도 할 수 있는데, 비슷한 구절을 가사 〈명당가〉(『기사총록(奇詞總錄)』)에서 찾을 수 있다. 예거하면 다음과 같다(숫자는 〈춘향집치레〉의 해당 행번, = 이하는 〈명당가〉의 해당 구절).


07 = 셔편의 곡간 짓고 동편의 마고 짓고

08 = 양지의 방아 걸고 음지의 우물 파고

11 = 압쓸의 황계 놋코 뒤쓸의 황국 놋코

12 = 솔심어 송졍 숨고 디심어 쥭졍 숨고

13 = 뒤동산의 과목이며 울밋히 벌안치고 / 쏭ㄴ무 울을삼고 파격ㅎ는 언문칙과

16 = 디우희 셕가산을 니외 금강셕으로 응ᄒ여 무어놋코


『기사총록』은 1821년에 이루어진 필사본 가사집이다.[23] 〈춘향집치레〉는 일단 〈명당가〉를 차용한 것으로 볼 수 있다. 그러나 〈춘향집치레〉(전90행)는 『기사총록』의 〈명당가〉(전32행)보다 분량이 훨씬 많다. 〈춘향집치레〉에서 확대된 부분은 '四面 壁畫 사설'(32~71행)과 '춘향방치레 사설'(72~90행) 부분인데, 이 부분을 서울 지역에서 전해온 〈成造神歌〉 '황제푸리'에서 찾을 수 있다.[24] 한편, 1934년에 편찬된 『악부』[25]에 실린 〈명당가〉의 서두에는 다음과 같은 'ト地' 대목이 첨가되어 있다.


빅두산이 혈믹 되여 경승지지 되엿셰라 / 현무산이 쥬작 되고 좌청룡 우빅호가 역역히 숨겨셰라 / 뒤헤는 화운니 다긔봉허고 압헤는 쥰슈만스틱이라


---


23  윤덕진, 「가사집 '기사총록'의 성격 규명」, 『열상고전연구』 제12집, 열상고전연구회, 1999 참조.
24  "그림 치쟝 헌 연후에 사방부벽이 업슬소냐 / 동편에 진쳐사 도연명이 평패형을 마다하고 / 추강에 배를 씌어 심양으로 가는 형상 녁녁히 그럿구나 / 서편을 바라보니 삼국풍진 소란시에 / 한종실 유현덕이 격토마를 빗겨타고 / 남양초당 설한중에 와룡선생 기다리는 형상 녁녁히도 그럿구나 / 남벽을 바라보니 서산대사 성진이가 / 석교에 올나 팔선녀를 히롱하며 / 합쟝 배례 하는 형상이요 / 북벽을 바라보니 위수에 강태공이 / 선팔십이 곤궁하야 고든 낙시를 물에 넛코 / 쥬문왕을 기다리는 형상 녁녁히도 그럿구나 / 부벽치쟝 이만할 졔 방치쟝이 업슬소냐 / 안방을 들어서서 치여다보니 소란반자 내려다보니 각쟝장판 / 통쟝 봉쟝 삼층쟝 의거리 자개함롱 반다지 / 각계수리 나뷔 쟝식 화류쟝이 더욱 좃타 / 그 위를 치여다보니 자개 경대며 왜경대며 / 피롱이며 목롱이 쌍을 채 언쳣구나 / 방치쟝을 볼작시면 보료 담료 쌀엇구나 / 층함이며 사방탁자 진쥬 안석 노왓구나 / 화류문갑 노왓구나 대병풍 소병풍 곽분양이며 / 행락도의 소자 병풍 백자 동병 병풍을 둘넛구나 / 쌍봉 그린 빗졉고리 주홍 당사 별매듭에 맵씨 잇게 걸엇구나 / 샛별 갓튼 요강 재터리 타구들을 여기저기 더져 놋코 / 전대야며 합대야며 작은 대야 큰 대야를 / 죽을 채여 주실 황제 대활례로 놀으소사."(赤松智城·秋葉隆 편, 『朝鮮巫俗의 研究』 上卷, 1937, 240~243쪽).
25  자료는 고려대 민족문화연구소 간, 『주해 악부』의 것을 이용했다.

이러한 '卜地' 대목은 이미 지어진 춘향집을 완상하는 『남원고사』의 〈춘향집치레〉에서는 불필요한 대목이므로 빠졌다. 그러나 이 대목이 원래 〈명당가〉에 있었음은 〈成造神歌〉 '황졔푸리'에 이 대목이 있는 것으로 확인할 수 있다.[26] 『기사총록』의 〈명당가〉에서 이 대목이 빠진 것은 『기사총록』의 성격에서 말미암는다. 『기사총록』에 실린 노래의 주종은 유흥적 상사연정 또는 취락에 관한 것이다.[27] '卜地' 대목이 이런 유흥적 분위기에 적합하지 않을 것임은 쉽게 이해할 수 있다. 마찬가지로 '四面 壁畫 사설'과 '춘향방치레 사설'의 세세한 부분도 생략되고 단지 노래의 흥취를 돕기에 어울리는 줄거리만 채택되었다.

지금까지 논의된 〈명당가〉의 생성 변화의 경로를 다음과 같이 정리할 수 있다.

'卜地－墻園[28]－四面 壁畫－방치레'의 네 대목이 갖추어진 原〈明堂歌〉는 무가인 〈成造神歌〉 '황졔푸리'에서 나온 것으로 보인다. 이 原〈明堂歌〉가 『기사총록』에 실리는 단계(1821년)에서는 유흥적 분위기에 어울리지 않는 '卜地' 대목이 빠지면서 墻園－四面 壁畫－방치레의 세 대목이 줄거리 중심으로 축약되었을 것이다. 그러나 이런 축약된 형태와 아울러 原〈明堂歌〉도 사라지지 않고 불리다가 그것이 『남원고사』에 차용되면서 '卜地' 부분이 빠지게 된다. 이런 과정을 거쳐서 1934년에 수습된 『악부』의 〈명당가〉는 네 대목의 뼈대는 지키되 『기사총록』본과 같이 줄거리만 수용하는 축약된 형태가 되었을 것이다.

---

26  赤松智城·秋葉隆 편, 앞의 책, 232~233쪽. 〈성조신가〉 '황졔푸리'의 '복지' 대목.
27  윤덕진, 앞의 글 참조.
28  『남원고사』의 〈춘향집치레〉의 1~31행에 해당하는 대목으로 담장과 화단 등 마당 주변의 풍치를 묘사한 대목이다. 이 대목은 〈成造神歌〉 '황졔푸리'부터 『악부』 〈명당가〉까지 모두 갖추고 있다.

## 2) 〈권주가〉

01 잡으시오 잡으시오 이 슐 한 잔 잡으시오

02 이 슐 한 잔 잡으시면 슈부다남 ᄒ오리라

03 이 슐이 슐이 아니오라 한무뎨 승노반의

04 니슬 바든 거시오니 쓰나 다나 잡으시오

05 인간영욕 혜아리니 묘창ᄒ지일속이라 슐이나 먹고 노스이다

06 딘시황 한무뎨도 댱싱불ᄉ 못ᄒ여셔

07 녀산무릉 송빅즁의 일부황토 긔 아닌가 슐만 먹고 노스이다.

08 인간칠십고릭희라 칠슌힝낙이 덧업도다 아니 놀고 무엇 ᄒ리

09 뉵산포림 걸슈라도 이 슐 한 잔 ᄉ라실 젹 분이로다

10 솟츨 썩거 슈룰 노코 무진무궁 먹스이다

11 우리 ᄒ번 도라가면 뉘라 ᄒ잔 먹ᄌᄒ리

12 종졍옥빅부죡귀오 단원댱취불원셩을

13 구십츈광일쳑발이 화하박슈창산긔라

14 지상화긔능긔일이냐 셰상인간능거시오 슐이나 먹고 노스이다.

15 작됴화종금죠화오 명됴화락슈츄최라

16 화젼인시거년시오 거년인비금년쇠라

17 금일화긔우일지ᄒ니 명됴닉관지시슈라 아니 취코 무슴 ᄒ리(145～146쪽).


단락 ⑪에는 이도령과 춘향이 첫날밤을 맞이하는 장면어 여러 가요가
등장한다. 곧 〈춘향방사설〉과 〈세간사설〉, 〈팔도담배가〉, 〈주효기명사
설〉, 〈권주가〉, 〈백구사〉, 〈술타령〉, 〈운림처사가〉, 〈천자풀이〉, 〈바리

가〉, 〈글자타령〉 등 11편의 작품이 삽입되어 있는데, 실제로는 〈주효기명사설〉에 〈기명사설〉, 〈술병사설〉, 〈술사설〉, 〈음식사설〉 등 네 편, 〈권주가〉에 12가사 한 편과 한시 한 편 등 2편, 글자타령에 〈덕자타령〉, 〈비점가〉, 〈인자타령〉, 〈연자타령〉 등 4편이 실려 있어서 18편의 작품이 들어 있는 셈이다. 〈권주가〉서부터는 춘향과 이도령 양인의 주연 수작에 수반되는 노래로서, 두 사람이 번갈아서 부른다.

〈권주가(사)〉는 주연과 관련된 노래이기 때문에 여러 군데의 가집에서 흔히 볼 수 있는 노래이다. 연 구분을 기준으로 두 계열로 나뉘는데, 『청구영언』(육당본), 『기사총록』, 『협률대성』[29] 등 앞 시기의 가집에는 비련체로 나타나고, 『증보신구잡가』(1915), 『악부』(1934)와 현행 십이잡가에서는 분련체로 나타난다. 비련체는 두 배 가량 부연되어 있는 『기사총록』본을 제외하고는 17~20행 정도의 길이를 유지하고 있으며, 대개 앞의 반 가량이 같은 어구로 되어 있고 나머지 반은 여기저기의 한시 구절을 따와서 약간씩의 차이를 보인다. 『남원고사』본도 1~11행까지는 다른 본들과 비슷한 일반적인 어구를 공유하고, 12~17행은 『남원고사』에만 보이는 한시 구절로 이루어져 있다. 이 중 12행은 이백의 〈장진주사〉에서 따왔고, 나머지는 인생무상을 개탄하는 일반적인 한시 구절을 열거하였다. 송강의 〈장진주사〉에서 빌어온 10행의 내용과 같은 취락과 인생무상을 노래한 것 가운데 유흥적 분위기에 적합한 한시 구절을 골라 배열하였다.

---

29 『가곡원류』 계열의 시조 가집. 가곡의 악조 편성에 따른 배열을 하고 남창 여창이 구별되어 있다. 말미에 가사가 첨록되어 있다.

## 3) 〈백구사〉

01 빅구야 펄펄 나지 마라 너 잡을 닉 아니로다

02 성상이 바리시니 너롤 조츠 예 왓노라

03 오류츈광 경 조흔 디 빅마금편 화류가즈

04 운심벽계 화홍류록흔디 만학천봉비쳔시라

05 호즁텬디 별건곤이 여긔로다

06 고봉만당청계록흔디 녹듁창송이 놉기롤 닷토왓다

07 명스십니 힉당화눈 다 피여셔 모진 광풍의 쑥쑥 쩌러져

09 아조 펄펄 훗날니니 얼스 조타 경이로다(147쪽).


위의 가사는 이도령의 요청으로 춘향이 부르는데, 〈백구사〉는 십이가사의 한 곡목으로서 여러 가집에 실려 있으며, 노랫말도 크게 차이가 없다. 길이에 따라 두 계열로 나뉘는데, 『남원고사』본처럼 아홉 줄만 불리는 경우와 그 뒤에 "黃金 갓흔 쇠고리는 버들스이로 往來흔다 / 白雪 갓치 흰나뷔는 곳을 보고 반기 너겨 두날익 펼치고 나타든다 / 쩌든다 가마케 종고라케 달것치 별것치 / 아조 펄펄 나라드니 권들 아니 景이런가"(육당본 『청구영언』)가 덧붙는 경우가 있다. 현행 〈십이가사〉에서의 가창 방식을 보건대 앞의 아홉 줄과 나머지 뒷부분은 동일한 박자의 악절로 반복되는 것으로 파악된다. 이 반복 악절들은 대개 마지막 줄에 "근(권)들 아니 景이(일)런가"라는 후렴구가 있어 종곁의 기능을 수행하는 것인데, 『남원고사』에서는 이 부분을 "얼스 조타 경이로다"로 바꾸었다. 이런 독특한 후렴구는 『남원고사』에 차용된 다른 노래[30]에

도 나타나는 것으로, 『남원고사』의 작자가 당대의 노래들을 능동적으로 재수용하고 있다는 사실을 반영한 것이라고 할 수 있다.


### 4) 〈술타령〉

쫄쫄 부어라

풍풍 부어라

쉬지 말고 부어라

노지 말고 부어라

바스락 바스락 부어라

왼 병의 치온 술이

뉴령이가 먹고 간지

반 병일시 젹실ᄒ다

마ᄌ 부어라 먹ᄌ고나(147~148쪽).


아주 범박한 가사의 민요 형태의 노래이다. 이런 민요 형태의 노래는 〈세장가〉[31]나 〈농아가〉[32]에서 확인되는 것으로, 『남원고사』 당시의 주요한 노래 종류였음을 알 수 있다.

---

[30] 〈바리가〉의 종결부에 보이는 "얼스 됴흘시고" 또는 〈상사별곡〉의 종결구에 덧붙은 "익고 익고 셜운지고."

[31] 알캉달캉 알캉달캉 / 서울가서 사온 밤을 / 뒤주 위에 두었더니 / 한톨은 쥐가 먹고 / 남은 톨이 하나 없네(이운영, 『諺詞』).

[32] 은자동아 금자동아 / 항아국의 션ᄌ동아 / 무가지보 빅옥동아 / 칠보단장 슈식동아 / 칠보현금 보빅동아 / (…중략…) / 은을 쥰들 너을 스며 / 금을 쥰들 너을 스랴(『기사총록』).

## 5) 〈운림처사가〉

인간이 소쇄커늘 셰스롤 쓰리치고

홍진망 쮜여나셔 졍쳐업손 이니 몸이

산이야 구름이야 쳔니만니 드러가니

천회벽계와 만첩운산은 가지록 시롭고나

층암졀벽의 구분 늙은 댱숑

청풍에 흥을 겨워 날 보고 우즑우즑

구룡소 늙은 룡이 여의쥬롤 엇노라고

구뷔롤 반만 니여 벽파슈롤 뒤치눈듯

현익표도는 구름의 연흐엿고

녹림홍화는 츈풍의 분별 잇고 조화의 교틱겨워

간듸마다 구십소광 즈랑ᄒ니 운림만경 즐거오미 긔지업다

무졍셰월은 믈 흐르듯 ᄒ눈고나

산즁의 드러오니 날 츠즈리 뉘이시리

어화 즐겁고나 이거시 어듸멘고

청풍명월은 갑슬 쥬라 스랴마는

날과 유졍ᄒ지 간 듸마다 좃니눈가

녯스람 니른 말이 퇵불쳐인이면 언득지라 ᄒ니

식거한쳐롤 이곳지야 홀 듸로다

발셔 못 온 쥴을 금일이야 씨닷쾌라

이왕을 불간ᄒ고 장니롤 가측ᄒ즈

손홍공의 산슈부롤 목니여 맑게 읇고

이제야 허리 펴즈 이 아니 즐거오냐

니 몸을 지흐리라 일간초옥을

암혈의 얽어미여 구름 덥허 더져두고

청산은 스벽이오 빅운은 기초로다

돌솟히 밥을 짓고 단이의 치지흐니

이리와 한가키도 역텬지명이로다

산듕의 드러안즈 일월이 하오러니

금텬즈셩데는 아뫼귄 줄 니 몰너라

화긔로 지륜흐고 엽낙으로 지츄로다

산즁의 칙녁 업셔 졀 가는 줄 니 몰너라

망셰간지 갑즈흐고 취호리지 건곤흐즈

토상의 면폭흐니 헌 누비 니 분이오

와쥰의 쳔감흐니 두쥭이 시로왜라

마의초좌흐니 일신이 안졍흐다

모쳡의 듀졍흐고 계슈의 풍쳥이라

갈건포의로 쳥녀댱 힘을 슴아

유흥을 못니긔여 송하의 구분 길노

앙공댱소흐여 임의로 도라가셔

청산 어니골의 셕경으로 도라오니

단이만쳡의 쳥풍이 진울흐고

검각쳔니에 빅운이 깁허도다

지는 히 여른 빗치 셔왕모 요디상의 산슈병 둘너는 듯

프르거든 희지 말고 희거든 붉지 마쇼

프론 거슨 청산이오 흰 거슨 빅운이오 붉은 거슨 낙됴로다

송목의 지혀셔셔 원산을 바라보니

거문고 가진 아히 쥬긔롤 늣게 메고

구름 속의 날 츠즈니 젹송즈 오단 말가

림화졍이 아니면 소부와 허유로다

이 밧긔 졔 뉘 와셔 날 츠즈리

머리롤 두루혀셔 솔 쇽으로 여허 보니

산즁의 늙은 어룬 오건을 졋게 쓰고

쳥의 닙은 아희드리 압뒤로 둘너 셔셔

잡거니 밀거니 두세번 지 오는고나

셕단의 마조 나와 팔미러 읍례ᄒ고

솔가지 손조 꺽거 쳥퇴롤 쓰리치고

년츠로 안즈면셔 깃기는듯 반기는듯 즐거오미 긔지업다

와쥰의 소요주롤 박잔의 가득 부어

잡거니 권ᄒ거니 췌토록 먹은 후의

령령칠현금을 졍즁의셔 드러이니

의의호 산슈곡을 녁녁히 알니로다

인간의 먹은 귀가 오날이야 널녀고나

어와 지긔로다 종긔롤 긔우ᄒ니 쥬유슈이하참ᄒ랴

산즁의 뜻이 깁허 셰스롤 니져시니

고량의 여윈 술이 췌쥴기의 다 지거다

단이의 월빅ᄒ고 계슈의 풍쳥ᄒ니

빅운심쳐의 즈는 학 슬퍼운다

텬고지형ᄒ니 각우쥬지무궁이오

홍진비리ᄒ니 식영허지유슈로다

예도 조커니와 ᄯᅩ 조흔 디 잇ᄂᆞ니라 긔약ᄒ고 가스이다

봉니 방장 영쥬산에 모리로 가스이다

곤륜산 북녁희 셔왕모 찻습기 란하파로 가스이다

장공 구만니란 거북 타고 가스이다

망망우쥬간의 졍쳐업시 바린 몸이 취ᄒ여 공산의 지니

텬지가 화당이오 송빅이 금침이로다

두어라 만학산두의 쥬인될가 ᄒ노미라(151~154쪽).


위의 유장한 가락의 강호가사는 다른 가집에는 나타나지 않고 19세
기 후반에 편찬된 것으로 추정되는 『해동유요』에 〈雲林處士歌〉라는
가명 아래 "淸陰"이라는 작자명을 병기하여 실려 있다. 이 작품을 『남
원고사』에서 수용하게 된 경로는 『해동유요』에 실린 작품들의 성격 파
악에서 찾아질 수 있다. 『해동유요』는 15편의 한시 사부 및 문장까지
합쳐 총 55편의 작품이 실린 가사집이다. 대부분의 작품이 가사 장르
에 해당하는 것이고, 그 가운데 여러 편이(〈목동가〉, 〈권주가〉, 〈귀전가〉,
〈용저가〉 등) 1821년에 편찬된 것으로 추정되는 가사집 『잡가』와 동일본
을 수록하고 있어서 두 가사집이 밀접한 관련이 있음을 시사하고 있다.
이 가사집에 실린 작품의 작가로 추정되는 인물을 기준으로 1711년을
성립 연대로 보기도 하였으나,[33] 〈상사곡〉, 〈상사별곡〉, 〈상사가〉,
〈한별가〉 등의 애정 주제 작품과 〈유산곡〉, 〈화류가〉 등의 유흥적인

---

33  이혜화, 「『해동유요』 소재 가사고」, 『국어국문학』 96집, 국어국문학회, 1986.

가사가 실려 있고, 〈호남가〉, 〈호서가〉, 〈영남가〉 등의 지명 소재 가사를 지역 별로 갖추었는데, 이 중 〈호남가〉를 『잡가』의 〈호남곡〉과 대조하면 후대 전승의 흔적을 보이고 있기도 하다. 가사의 종류가 다양하고 같은 유형의 작품이면 총집해 놓으려는 작가의 의도를 읽을 수 있다. 이런 여러 가지 요소로 보아 이 작품의 창작이 18세기 초반에 이루어진 것으로 보기에는 무리가 있다. 오히려 19세기 전반의 가사 향유상을 반영하고 있는 가사집 『잡가』와의 친연성으로 보아 이보다 후대인 19세기 후반의 산물로 봄이 합당하겠다.[34]

『남원고사』에서 인용하고 있는 〈雲林處士歌〉는 뒤에 십이가사의 한 곡목으로 정착하는 단형화된 〈처사가〉와는 이종으로서 장형에서 단형으로 변이하는 〈처사가〉 이본 발전 단계로 볼 때에 초기 발전 단계를 반영하고 있는 이본으로 추정된다. 특히, 淸陰 金尙憲(1570~1652)을 작자로 비정한 사실로 볼 때에 〈처사가〉 생성 단계 발생 원본의 가능성을 지니기도 한다. 『남원고사』의 〈처사가〉 인용 조건을 살필 때에 19세기 전반의 『잡가』 이전 가사집으로서 한시 사부와 유흥가사를 함께 수록한 『해동유요』 계통의 선행 가사집을 상정하게 된다. 이에 대한 논의는 뒷부분에서 유흥가사를 다룰 때 다시 하기로 한다.

---

**34** 윤덕진, 「가사집 『잡가』의 시가사상 위치」, 『열상고전연구』 제21집, 열상고전연구회, 2005, 175~203쪽.

## 6) 〈천자풀이〉

주시에 싱텬ᄒ여 광디무스부ᄒ니 호호탕탕 하ᄂᆞᆯ 텬 튝시에 싱디ᄒ여 오ᄒᆡᆼ을 맛타이셔 만물창싱 ᄯᅡ 디 춘풍셰우 호시졀의 현묘남남 감을 현 금목슈화토 오ᄒᆡᆼ 즁의 듕궁을 맛타시니 토지졍식 누루 황 금풍삽이셕긔ᄒ니 옥우징영 집 우 안득 광한천만간의 살기 조흔 집 쥬 구년지슈 어이 ᄒ리 하우텬디 넘블 홍 셰상만스 밋지 마라 황당ᄒ다 거츨 황 요간부상 삼빅쳑의 번듯 도드니 날 일 일낙함디 날 져물고 월츌동녕 달 월 동원도리편시츈의 낙화분분 출 영 미식 불러 슐 부어라 넘쳐간다 기울 칙 하도낙셔 잠간 보고 일월셩신 별 진 원앙침 비취금의 훨젹 벗 고 잘 슉 냥각 번듯 츄혀들고 스양 말고 벌 열 두 손목 덤셕 마조 잡고 온갓 졍담 베풀 댱 셜만궁항 어늬써냐 디한쇼한 찰 한 어화 그날 참도 찰스 어셔 오ᄂᆞ라 올 니 동지셧달 차다 마는 뉵월념텬 더울 셔 졍든 님이 언졔 오리 긔약 두고 갈 왕 금 풍이 소슬ᄒᆞᆫ디 엽낙오동 가을 츄 님이 손슈 지은 농스 뉘 손디여 거들 슈 츈하츄 동 다 보닉고 낙목한텬 겨으 동 그리는 님 언졔 올고 온갓 의복 감츌 장 관산원노 망견ᄒ니 쳔니만니 나믈 여 이 몸 훨훨 나라가셔 쳔스만스 일울 셩 츈하츄졀 다 보닉고 송구영신 ᄒᆡ 셰 안ᄒᆡ 밧긔 못ᄒᆞᄂᆞ니 디젼통편 법즉 율 녜 비 트고 션유ᄒᆞᆯ 졔 두 귀 잡고 법즉 녀 나 부는 싱황 소리 거문고로 화답ᄒ라(155~156쪽).


이 작품은 뒤의 〈바리가〉와 더불어 이도령이 부르는데, 그 설명이 "울며 부르는 京城 소리"나 "듯지 못ᄒ던 別소리"로 되어 있는 점이 주목할 만하다. 춘향이 부르는 노래들이 지방에도 익히 알려진 오래된 종류의 노래라고 한다면 이도령의 이 노래들은 서울 지역에서 새롭게 생성되던 노래라는 사실을 알려주고 있기 때문이다. 이러한 사실은 이 노래의 내용이 판소리 〈춘향가〉의 〈천자뒤풀이〉와는 전혀 다른 내용으로 전개되고 있음을 보아서 확인할 수 있다.[35] 이 노래들은 대체로 경쾌한 가창보다는 늘어지는 낭송에 적합한 완만한 율격을 띠고 있어서 판소리의 율격 구조와 구별된다. 다만 형태 면에서는 판소리 〈춘향가〉의 〈천자뒤풀이〉처럼 장형화된 시가에 어울리는 형태를 지니그 있다.

다른 『춘향전』 이본에서는 이 노래를 '책방 서책풀이' 대목에 넣었는데, 『남원고사』의 작자는 이 노래를 당대의 여러 종류의 노래들을 배열하여 이도령과 춘향의 화합에 어울리는 흥겨운 분위기를 자아내도록 되어있는 '춘향의 방중 사설' 대목에 넣음으로써 이 노래드 다른 노래와 마찬가지로 당대의 주요한 시가 장르였음을 명시하고 있다. 말하자면 당대 노래의 전체적인 향유상을 잘 파악하고 있던 『남원고사』의 작가는 춘향의 방중을 빌려 하나의 노래판을 차림으로써 노래를 통해 흥청거리는 당대의 사회상을 간접적으로 전달하였다고 볼 수 있다. 이 점이 서사적 접근에 치중해 있는 다른 『춘향전』과 『남원고사』의 성격을 나누게 하는 주요 요인이라고 할 수 있다.

---

[35]  판소리 〈춘향가〉에서는 〈천자풀이〉를 〈천자뒤풀이〉라고 한다. 이 〈천자뒤풀이〉는 창자에 관계없이 거의 같은 내용으로 이루어져 있는데, 『남원고사』의 〈천자풀이〉에 비해 분량이 짧고 그 내용도 차이가 난다. 명창 정정렬이 부른 〈천자뒤풀이〉의 내용을 일브 소개하면 다음과 같다. "자시생천 불언행사시 유유피창의 하늘천. 축시어 생지허여 금목수화를 맡어서 양생만물 따지. 유현미묘 흑정색에 북방현무 감을현. 궁상각치우 동서남북 중앙토색으 누르황. 천지사방 몇만리 팔우광활 집우. 연대국토 홍망성쇠 왕고래금으 집주 (…하루…)"

7) 〈바리가〉

　　황성의 허됴벽산월이오 고목이 진입창오운이라 ᄒ던 니틱빅으로 혼짝치고 삼년적니관산월이오 만국병젼초목풍이라 ᄒ던 두ᄌ미로 혼짝치고 낙하는 여 고목졔비ᄒ고 츄슈는 공당쳔일식이라 ᄒ던 왕ᄌ안으로 웃짐쳐서 빅노는 횡강ᄒ고 슈광은 졉텬이라 ᄒ던 소동파로 말 물녀라 둥덩. 좌무슈이 종일ᄒ고 탁쳥텬이ᄌ결이라 ᄒ던 한퇴지로 혼짝치고 삼입악양인불식ᄒ니 낭음비과동졍호라 ᄒ던 녀동빈으로 혼짝치고 유상곡슈의 혜풍이 화창이라 ᄒ던 왕희지로 웃짐쳐셔 부광은 약금ᄒ고 졍녕은 침벽이라 ᄒ던 범중엄으로 말 물녀라 둥덩. 어양비는 동지니ᄒ니 경파예상우의곡이라 ᄒ던 빅낙쳔으로 혼쪽치고 분슈탈상증ᄒ니 평셩일편심이라 ᄒ던 밍호연으로 혼쪽치고 쳥산슈쳡의 벽계일곡이라 ᄒ던 도연명으로 웃짐쳐셔 통만고지득실ᄒ고 감뎨왕지흥망이라 ᄒ던 ᄉ마쳔으로 말 물녀라 둥덩. 위쳔어부로셔 쥬쳔팔빅년긔업을 창기ᄒ던 강틱공으로 혼쪽치고 운쥬유악지중ᄒ여 결승쳔니지외ᄒ던 댱ᄌ방으로 혼쪽치고 티몽을 슈션각고 평셩을 아ᄌ지라 ᄒ던 졔갈공명으로 웃짐쳐셔 빅일공ᄉ는 니양의 일조오 연환묘산은 젹벽의 슈공이라 와룡으로 졔명ᄒ던 방ᄉ원으로 말 물녀라 둥덩. 농셩오치 망긔ᄒ고 옥결을 ᄌ로 드던 범아부로 혼쪽치고 빅등의 히위ᄒ고 뉵츌긔계ᄒ던 딘평으로 혼쪽치고 팔십일쥬슈륙군 티도독으로 젹벽오병ᄒ던 쥬공근으로 웃짐쳐셔 강남의 긔가 불너 금능으로 도라드던 됴빈으로 말 물녀라. 빅슈변졍의 탕소요진ᄒ던 마원으로 혼쪽치고 광초구군ᄒ여 망ᄉ보국ᄒ던 긔신으로 혼쪽치고 미보국은ᄒ고 공ᄉ졀의ᄒ던 장슌으로 웃짐쳐셔 신ᄉ슈졀ᄒ여 튱관빅일ᄒ던 허원으로 말 물녀라 둥덩. 영빅만지ᄉᄒ여 젼필승공필취ᄒ던 한신으로 혼쪽치고 두발이 샹지ᄒ고 목지진열ᄒ던 번쾌로 혼쪽치고 남궁운더에 중

홍공신 이십팔댱듕 졔일공되던 등우로 웃짐쳐서 튱의졍셩이 양관빅일ᄒᆞ던 곽
ᄌᆞ의로 말 물녀라 둥덩. 발산녁긔셰ᄀᆞ는 초픽왕의 버금이오 츄상졀녈일튱은
오ᄌᆞ셔의 우희로다 봉금괘인ᄒᆞ고 독힝쳔니ᄒᆞ옵시던 관공으로 ᄒᆞᆫ쪽치고 장판
교상의 퇴병빅만ᄒᆞ던 댱익덕으로 ᄒᆞᆫ쪽치고 댱판파구아두의 일신이 도시담이
라 ᄒᆞ던 됴ᄌᆞ룡으로 웃짐쳐서 셔량명댱으로 보젼뉵댱ᄒᆞ던 마밍긔로 말 물녀라
둥덩. 오호의 편쥬 타고 범소빅 ᄯᅡ라가던 셔시로 ᄒᆞᆫ쪽치고 회두일소빅미셩의
뉵궁분디무안식이라 ᄒᆞ던 양옥진으로 ᄒᆞᆫ쪽치고 만월영옥장하의 츄파의 눈물
지던 우미인으로 웃짐쳐서 영웅의 댱쳐근지를 일됴의 이간ᄒᆞ던 초션으로 말 물
녀라 둥덩. ᄾᆞ마상여 봉황곡의 ᄭᅵ다라 드러가던 졍경파로 한쪽치고 츈심궁익
빅화번ᄒᆞᆫ디 영작이 비러보희언이라 ᄒᆞ던 니소화로 ᄒᆞᆫ쪽치고 안소부디남비거
ᄒᆞ니 삼오셩의졍지동이라 ᄒᆞ던 진치봉으로 웃짐쳐서 위쥬츙심은 보보샹쥬부
잠시라 위션위귀ᄒᆞ던 가츈운으로 말 물녀라 둥덩. 월듕단계를 슈션졀이냐 금
디문댱ᄌᆞ유인이라 ᄒᆞ던 계셤월노 ᄒᆞᆫ쪽치고 하북명창으로 삼졀식쳔명ᄒᆞ던 젹
경홍으로 ᄒᆞᆫ쪽치고 복파영듕의 월영이 졍류ᄒᆞ고 옥문관외의 츈식이 이희라 ᄒᆞ
던 심요연으로 웃짐쳐서 쳥슈담의 슈졀ᄒᆞ여 음곡의 셩츈이라 ᄒᆞ던 빅능파로 말
물녀라 둥덩. 동졍 츄월ᄀᆞᆺ고 녹파 부용ᄀᆞᆺᄒᆞᆫ 츈향으로 ᄒᆞᆫ쪽치고 낙양과긱 풍뉴
호ᄉᆞ 니도령으로 한쪽치고 종긔를 긔우ᄒᆞ니 쥬류슈이하참ᄒᆞ던 거문고로 웃짐
쳐서 화란츈셩의 만화방창홀 졔 월하승 되던 방ᄌᆞ놈으로 말 물녀라 둥덩 둥덩
실 얼수 됴홀시고(158~162쪽).

이 노래의 직젼에 "아조 이상ᄒᆞᆫ 십상소리 ᄒᆞ마. 그칠 졔마다 거문고
로 늑게 맛초와 쥬면 잘 ᄒᆞ려니와 그러치 아니ᄒᆞ면 ᄒᆞ다가도 그만 두는
니라"라는 대목이 있는 것으로 보아 이 노래도 일정하게 정해진 악절

에 따라 거문고로 반주하던 병창의 형태를 지닌 것으로 여겨진다. 실제로 이 노래는 "~으로 흔 짝 치고 ~으로 흔 짝 치고 ~으로 웃짐 쳐서 ~으로 말 물녀라(둥덩)"의 구조를 한 단위로 하는 12개 악단의 되풀이로 되어 있다.

이 노래는 『춘향전』의 다른 이본에도 나타나는데, 「고본 춘향전」[36]에는 "또한 신통한 소래를 하리니 귀절마다 거문고를 높게 마초아주면 하고 아니 마초아주면 하다가도 그만 두느니라"라는 도입 부분에 이어 『남원고사』본과 거의 차이 없는 노래가 이어진다. 한편 고대본 『춘향전』[37]에는 "잇디 츈향이 거문고 줄 골라 무릅 우의 올여 놋코 옥슈로 희롱헌이 디현은 농농하야 죠용의 소리 갓고 소현은 영영ᄒ야 청학의 우음이라 둥덩지두덩" 하는 다소 다른 도입 부분에 이어 「고본 춘향전」이나 『남원고사』본보다는 축약된 형태의 노래[38]가 이어진다. 『악부』(1934)에 실린 〈짝타령〉에 "디현은 농농 로롱의 소리요 쇼현은 징징 청학의 우름이라 둥덩지덩"이라는 도입 부분이 보이고, 『남원고사』본과 거의 같은 노래가 이어진 다음 "츈향이 ᄒ는 말이 도련님 그 쇼리 미오 좃소 그 소리 일홈이 무엇시라 ᄒ오 이도령 디답ᄒ되 그 소리 일홈이 짝타령이라 ᄒ는이라 (…하략…)" 운운의 연결 부분이 덧붙은 것으로 보아 이 노래는 처음에 『춘향전』에 차용된 원 노래가 축약되거나 노랫말이 바뀌는 변화를 겪으면서 『춘향전』의 일부로 존속하다가 〈소춘향가〉나 〈십장가〉 따위의 잡가처럼 따로 떨어져서 전승된 것으로 파악된다.

---

36 자료는 『문장』 제3권 제1호(1941. 1. 1)에 실린 것을 이용하였다.
37 자료는 구자균 교주 『춘향전』(교문사, 1984, 신정판)의 것을 이용했다.
38 『남원고사』의 12악단이 여기서는 6악단으로 줄었을 뿐만 아니라 노래 말에도 다소 차이가 있다.

그리고, 이런 종류의 노래가 19세기 중반에 성창되었음은 『기사총록』의 〈십티가(十駄歌)〉를 통해서 확인할 수 있다. 앞부분을 예거하면 다음과 같다.

> 각시님 거문고타쇼 나는노리 불너봄세
>
> 청풍은 혼짝인데 명월노 짝을지어
>
> 화향으로 웃짐언져 소동파로 말을모라
>
> 적벽강 지날적의 그아니 혼바린가
>
> 셔시로 혼짝치고 유직으로 짝을지어
>
> 니빅도화 웃짐언져 여동빈으로 말을모라
>
> 영쥬로 나갈적의 그아니 두바린가

인물고사를 바탕으로 한 일종의 어희가 중심을 이룬 졷이 〈천자풀이〉와 유사하다. 결국 『남원고사』의 〈바리가〉는 〈십티가(十駄歌)〉류의 어희요가 발전되어 이루어진 것으로 『춘향전』에 차용되면서 더 부연된 꼴로 바뀐 것으로 파악된다. 〈천자풀이〉, 〈비점가〉 등과 더불어 이런 종류의 노래가 성창되는 데에는 이 시기의 양반 중심 문화가 유흥적 취향을 띤 사실이 반영된 것으로 볼 수 있다.[39]

---

**39** 따라서 이런 노래들을 고대본 『춘향전』에서처럼 춘향이 부르는 것은 부적절하다. 이런 노래들은 서울 지역에서 생성 유통되기 시작한 것이기 때문에 이도령이 부르게 한 것이 노래의 실상을 잘 아는 작가라는 방증이 된다.

## 8) 〈사랑가〉

> 어허어허 닉 스랑이야, 아마도 네로고나.
>
> 월침침 야슴경의 어셔벗고 잠을 즈자.
>
> 다졍ᄒ니 쌍흥합이오 유의ᄒ니 냥각기라.
>
> 동요ᄂ 유아스녀니와 심쳔은 임군지라.
>
> 족무슴경월이오 금셩일진풍이라.
>
> 낙월은 공산숙이오 한계ᄂ 노슈경이라.
>
> 하상공지만만야오 니빅이여이로 동스셩을.
>
> 츈몽이 다졍커든 양왕운우 불월소냐?
>
> 그ᄂ 그러ᄒ거니와 야심인젹ᄒ고 만뇌구젹ᄒ니
>
> 놀기ᄂ 닉일이니무진이라 어셔 벗고 잠을 자즈(165~167쪽).

이 〈사랑가〉는 이도령과 춘향이 첫날밤에 노는 모습을 노래한 '초야 사설'의 도입 부분에 등장한다. 판소리 〈춘향가〉의 해당 대목에도 〈사랑가〉가 둘 나오지만 모두 가사가 이와 다르다. 〈춘향가〉의 첫 번째 〈사랑가〉는 "사랑 사랑 내 사랑이야 어허 둥둥 내 사랑이지. 만첩청산 늙은 범이 살찐 암캐를 물어다 놓고 이는 다 담쑥 빠져 먹들 못허고 으르릉 아앙 넘노난 듯 단산봉황이 죽실을 물고 오동 속의 넘노난 듯 (…하략…)"[40] 처럼 비유적 표현으로 일관하는 작품이고 두 번째 〈사랑가〉는 "이리 오너라 업고 놀자 사랑 사랑 사랑 내 사랑이야 사랑이로구나 내 사랑이야 이이이 내 사랑이로다 아마도 내사랑아 네가 무엇을 먹을랴느냐 둥글

---

[40]  김소희 창 〈사랑가〉.

둥글 수박 웃봉지 떼띠리고 강능 백청을 다르르 부어 (…하략…)"[41]처럼
민요풍의 가사로 이루어진 작품이다. 이에 비해『남원고사』의 〈사랑
가〉는 한문을 이용하여 작시하였다. 그러므로 이 노래는『남원고사』의
작자가 두 사람의 첫날밤의 분위기를 돋우기 위한 방안으로 새로운 내
용의 〈사랑가〉를 즉흥적으로 창작하여 실었을 것으로 추정된다.


### 9) 〈글자타령〉


여기서 〈글자타령〉이라고 한 것들은 모두 이도령과 춘향의 '초야사
설'에 등장하는 내용이다. 판소리 〈춘향가〉에서는 이를 모두 〈사랑가〉
와 연결시켜 노래하고 있으며, 그 가사 내용도『남원고사』의 〈글자타
령〉과는 차이를 보인다. 여기에 등장하는 〈글자타령〉은 〈춘향가〉의
해당 대목과 마찬가지로 '초야사설'의 도입부인 〈사랑가〉에 이어서 나
오기 때문에 구성 방식은 같다. 그러나 내용은 〈춘향가〉의 내용과 다
를 뿐만 아니라 길이도 장형화되어 있다. 여기서는 편의상 〈사랑가〉
앞에 나오는 〈덕자타령〉을 생략하고, 〈비점가〉, 〈인자타령〉, 〈연자타
령〉이라 이름하여 간략히 언급하기로 한다.


### (1) 〈비점가〉

우리 두리 맛나시니 만날 봉즈 비졈이오

빅년가약 미즈시니 미질 결즈 비졈이오

---

우리 두리 누어시니 누을 와즈 비졈이오

우리 두리 버셔시니 버슬 탈즈 비졈이오

우리 두리 덥허시니 덥흘 부즈 비졈이오

금일침상 즐겨시니 즐길 낙즈 비졈이오

우리 두리 입맛초니 법즉 녀즈 비졈이오

우리 두리 비 다히니 비 복즈가 비졈이오

네 아리 구버보니 오목 요즈 비졈이오

니 아리 구버보니 니밀 쳘즈 비졈이오

두 몸이 혼 몸 되니 모들 합즈 비졈이오

나아갈 진 믈너날 퇴즈 줄 빈즈 비졈이요

조홀 호즈 실 산즈 믈 슈즈 다 비졈이라(167~168쪽).


## (2) 〈인자타령〉

님하하증견일인 월명고루유여인

금일번셩임고인 비입궁당불견인

쳔니타향봉고인 양뉴쳥쳥도슈인

불견낙교인 풍월야귀인

귀인 명인 병인 걸인 노인 소인 등인으로 인연ᄒ여

냥인이 혼인ᄒ니 증인되니 즐겁기도 긔지업다(168~169쪽).


## (3) 〈연자타령〉

우락즁분미빅년 호긔당구오륙년

인노증무깅소년 쌍빈명조우일년

적막강산금빅년 함양유협다소년

경셰우경년 한진부지년

일년 십년 빅년 쳔년 거년 금년

우리 두리 우연이 결연ᄒ여 빅년을 인연ᄒ니 빅년이 쳔년이라(169쪽).


위의 세 작품은 글자로 유희하고 있다는 점에서 '어희요(語戱謠)'라고
할 수 있다. 첫 번째의 〈비점가〉는 가사 형식을 따르고 있는 데 비해 뒤
의 〈인자타령〉과 〈연자타령〉은 한시형을 기본으로 하면서 뒷부분을
'인'자와 '연'자가 들어가는 말놀음으로 변형시킨 것이 특징이다. 이런
형태의 글자풀이는 민요의 숫자풀이처럼 다양한 변이가 가능한 것이
특징인데, 이 작품에서는 가사 형식과 한시 형식의 활용이라는 점이 흥
미롭다. 이 노래들은 판소리 〈춘향가〉에는 없는 내용으로, 『남원고
사』의 작자가 이도령과 춘향의 첫날밤 분위기에 맞춰 흥미 위주의 내
용을 지닌 이런 노래들을 창작했을 것으로 추정된다.


## 10) 〈사랑가〉 2

안거라 보즈 셔거라 보즈

유리ᄀ흔 각장당판의 고은 발은 외씨 ᄀ다

삽분 회쪽 거러올졔 회목 단쥭 치량이면 졔가 졀노 안기인다

안고 썰고 즌져리 치고 몸셔리 치고 소름돗칠졔

인간지낙이 이분인가 ᄒ노미라(170쪽).

이 노래는 이도령과 춘향이 첫날밤을 보내고 난 후, 곧 어느 정도의 기간이 경과한 후에 사랑을 나누는 과정에서 부르는 두 번째 〈사랑가〉로, 〈춘향가〉의 〈사랑가〉와 달리 마지막 구를 시조의 종장 형태로 마무리한 것이 특징이다. 시조 형식의 노래는 이 외에도 몇 군데 더 나온다. 이를 『남원고사』에서는 '이별조'라고 했는데, 그 예는 다음과 같다.

간다 잘 잇거라 조히 다시 보즈 조히 잇거라
간들 아조 가며 아조 간들 니즐소냐
즘 씨여 것히 업스니 그롤 슬허 호노미라(193쪽).


울며 잡는 소미롤 썰더리고 가지 마오
도련님은 댱부라 도라가면 니즈려니와
소첩은 아녀진 고로 못 니즐가 호노미라(194쪽).


위의 첫 번째 시조형은 이도령이 부른 것이고, 두 번째는 춘향이 이도령의 노래에 화답한 것이다. 이런 시조형의 노래는 이 대목 외에도 여러 곳에 등장하지만 이별대목에 등장하는 것이 많다. 그리고 아래의 예처럼 변형되어 나타나기도 한다.

산 첩첩 슈 듕듕호더
부디 평안이 가오
가다가 긴 한슘 나거든 닌 줄 아오(194쪽).

이는 뒤에 나오는 사설시조의 차용과 더불어 당대 시조 향유상을 반영하고 있는데, 19세기 중반 이후의 시조 향유는 판각본 『남훈태평가』(1843)에서 보는 것처럼 시조와 더불어 가사, 잡가 등을 함께 향유하는 장르 혼효의 양상을 보인다. 『남원고사』 자체가 여러 가지 노래들을 섞어서 실으면서 1860년대의 가악 향유상을 반영하고 있다는 사실에 연계할 때 형식 변이를 보이는 시조 시형의 출현은 계층과 품격의 제한을 넘어선 다음 단계의 시가 발전을 예견하는 것이기도 하다.


## 11) 〈황계사〉


도련님이 이제 가시면 언제나 오시랴 ᄒᆞ오

틱산중악 만장봉이 모진 광풍의 쓸허지거든 오랴시오

긔암절벽 천층셕이 눈비 마즈 셕어지거든 오랴시오.

농마갈기 두 스이이 쓸나거든 오랴시오.

십니스장 셰모러가 졍맛거든 오랴시오

금강산 샹상봉이 물 미러 비가 둥둥 씌여 평지되거든 오랴시오.

병풍의 그린 황계 두 나릭롤 둥덩치고 스오경 느즌 후이 날시라고 ᄭᅬ요 울거든 오랴시오

층암절벽이 진쥬 심어 싹 나거든 오랴시오.

아모려도 못 놋씻네

함경도로 드러가셔 마운령 마천령 함관령을 다 써다가

도련님 가시는 길을 막ᄋ 노ᄒ면

가다가 못 가고 도로 오시게 홀 거시오

그러치 못ᄒ거든 울산바다 나쥐목 안흥목 손돌목 강화목 바다롤 모도 다 휘

여다가

도련님 가시는 길의 가로져 노코 일엽선도 업시 ᄒ면

가다가도 못가고 도로 오시게 ᄒ오리다

잇고 잇고 설운지고 이 니별을 엇지ᄒ고

두고 가는 도련님은 셜옹남관이 마부젼 뿐이어니와

보닉고 잇는 닉 마음은 방초년년이 한무궁이오

환졀셰셰이 슈난셜이라 엇지 견딕여 살나 ᄒ오(190쪽).


이 노래는 이도령과 춘향이 헤어지는 대목에서 춘향이 부르는 것인데, 현전 12가사의 하나인 〈황계사〉와 내용이 유사하다. 〈황계사〉는 육당본 『청구영언』, 『가곡원류』, 『歌集』(1930년대), 『악부』 등 여러 군데에 실려 있는데, 이들에 실려 있는 본은 다소의 가감이 있으나 "一朝 郎君 離別 후에 消息좃차 頓絶ᄒ야(다)"로 시작하여 "黃昏 져문 날에 긔가 즈져 못 오던가 / 春水가 滿四澤ᄒ니 물이 깁허 못 오던가"(육당본 『청구영언』) 식의 어구가 두어 번 반복되다가 "ᄒ 곳들 드러가니 六觀大師 性眞이ᄂ 石橋上에서 八仙女 다리고 희롱ᄒ다"(위와 같은 책)가 이어진 뒤에 비로소 "屛風에 그린 黃鷄 슈닭이 두 나릭 둥덩 치고 즈른 목을 길게 쎄여 긴 목을 후리여 四更 一點에 날 시라고 꼿괴요 울거든 오랴는가"(위와 같은 책)가 따라오는 것이 일반적인 형태인데, 『남원고사』에서는 "~거든 오랴시오"의 시행이 여러 번 되풀이되는 가운데 黃鷄에 관련된 시행이 끼어 있다. 경판 『춘향전』의 이별 대목에서 춘향이 부르는 노

래에 "도련님 이제 가면 언제ㄴ 오랴시요 절노 죽은 고목의 꼿 피거든 오려시요 벽의 그린 황계 짜른 목 길게 느려 두 날기 쑹쑹 치고 꼿꾀요 울거든 오려시요 금강산 샹상봉의 물 미러 비 둥둥 쓰거든 오려시요" 가 있는 것으로 보아 『남원고사』의 "~거든 오랴시오" 식의 어법이 선행하다가 뒤에 "~하여 못 오던가"의 어법이 추가된 것으로 보인다.

『가곡원류』에 〈황계타령〉으로 가명이 나오는 것처럼 이 노래는 민요의 성격이 강한 노래인데, 『남원고사』에서는 민요의 반복구적 성향이 강한 단순한 형태의 초기 〈황계사〉를 차용하여 제시하고 있다.


## 12) 〈상사별곡〉

01 츈하츄동 스시졀의 님을 그리워 어이 슬니

02 나리 돗친 학이 되여 훨훨 나라가셔 보고지고

03 영두에 구름 되여 놉히 써셔 보고지고

04 창희의 달이 되여 빗최여나 보고지고

05 우든 눈믈 바다니면 비도 타고 가련마는

06 만첩샹수 그려닌들 혼 붓스로 다 그리랴

07 류야댱혜 김도 길수 쳔니샹수 덕욱 셟다

08 샹수 흐든 도련님을 쑴의 맛나 보건마는 잠 곳 씨면 허시로다

09 구회간장 만곡슈룰 담을 더가 젼혀 업니

10 인싱 빅년이 언미완더 각지동셔 그리는고

11 공방미인독상수는 날을 두고 니룬미라

12 익고 답답 셜음이야 이룰 어이 ᄒ잣 말고

13 졍화는 쟉쟉ᄒ고 두견은 난만혼듸

14 ᄌ규야 우지 마라 울거든 네나 우지

15 잠든 날을 ᄭᅵ와니여 갓득한 님 니별의 여른 간쟝 다 셕이ᄂ니

16 니별이 비록 어려오나 니별 후가 더 어렵도다

17 동지야 긴긴 밤과 하지일 긴긴 날의 ᄭᅵ마다 샹시로다

18 약슈삼쳔니 못 건넌다 일너시나

19 님 계신 듸 약슈로다 익고 익고 셜운지고(212쪽).


이 대목은 〈상사별곡〉, 〈춘면곡〉 등 상사연정 주제의 가사(둘 다 십이가사의 곡목으로 전창되고 있음)에서 구절을 차용하여 새로운 상사연정 가사를 만들어낸 것으로 볼 수 있다. 〈상사별곡〉은 13행 정도의 단형과 43행 정도의 장형 두 유형이 있다. 대체로 장형이 축약되어 단형이 된 것으로 볼 수 있다. 『기사총록』(1823년)에 52행의 〈상사별곡〉이 실려 있고, 1863년 간행의 『남훈태평가』[42]에도 48행의 〈상사별곡〉이 실려 있다. 〈춘면곡〉 역시 『기사총록』과 『남훈태평가』 두 가집에 다 실려 있다. 각기 77행과 63행짜리이다. 이 두 가집에 실려 있는 두 작품을 기준으로 『남원고사』의 해당 대목을 정리하면 다음과 같다(숫자는 위에 제시된 『남원고사』의 공방 사설 대목 행번, = 이하는 『기사총록』과 『남훈태평가』의 해당 대목. (기·상)=『기사총록』의 〈상사별곡〉; (남·상)=『남훈태평가』의 〈상사별

---

[42] 『남훈태평가』는 악조별로 배열된 200여수의 시조 말미에 〈춘면곡〉, 〈쳐사가〉, 〈어부가〉, 〈쇼춘향가〉, 〈매화가〉, 〈백구사〉 등의 가사가 실려 있는 19세기말의 대표적인 대중적 가집인데, 가집으로는 드물게 판각되기도 하였다.

곡); (기·춘)기사총록」의 〈춘면곡〉; (남·춘)=『남훈태평가』의 〈춘면곡〉).

02 = 나리 돗친 학이 되면 나라드러 가련마는(기·상) 날리 돗친 학이 되여 나라가다 아니 가랴(남·상)

04 = 산 두의 반월 되여 임의 곳의 빗취고져(기·춘) 산두의 편월 되여 임의 낫헤 빗취고져(남·춘)

05 = 지는 눈물 밧닷시면 비을 타고 아니 가랴(기·상) 우는 눈물 바다니면 비도 타고 아니 가랴(남·상)

06 = 만첩 청산 그려니면 한 붓스로 그리리라(기·상) 만첩상사 그려닌들 한 붓스로 다 그리랴(남·상)

11 = 공방미인 독상수는 예로붓허 이러훈가(기·상) 공방미인 독상사는 녜로붓터 이러훈가(남·상)

13 = 정화는 작작훈더 가는 느뷔 머무는 듯(기·춘 / 남·춘)

18 = 약슈 삼천니을 이런 줄을 닐넛고느(기·춘) 약슈 삼쳘니 머단 말을 이런 더를 니르도다(남·춘)


〈상사별곡〉과 〈춘면곡〉 인용 밖의 남은 대목은 『남원고사』 자체의 서사 구조에 따라 첨가된 부분도 있고 상사연정 주제의 다른 노래에서 차용한 부분도 있다. 차례대로 정리하면 다음과 같다.


① 『남원고사』 자체의 서사 구조에 따라 첨가된 부분 : 01, 07, 08, 12.

② 다른 노래에서 차용한 부분 : 09 = 구회의 밋친 근심 어이후여 풀어닌랴 (『기사총록』의 〈음창가〉[43]) 구회간장 구뷔구뷔 셔린 근심 풀쳐너니 한숨이요

셧거니니 눈물리라(『기사총록』의 〈환별곡〉[44])

　10 = 인간 백년 얼마관대 각재동서 그리는고(『악부』의 〈추풍감별곡〉)

　14~15 = 상 아리 우는 실솔 너는 무슴 나을 뮈어 / 지는 달 시는 밤의 잠시도
끚치 안코 / 긴 소리 져른 소리 경경이 셕거 우러 / 젹은듯 남은 간장 어이 마즉
셕이느니(『기사총록』의 〈음창가〉) 상하에 우는 실솔 너는 무슴 나을 뮈어 / 지
는 달 시는 밤의 잠시도 끈치 안코 / 긴 소리 져른 소리 경경이 셕거 우러 / 셕고
도 남은 간장 어이 마즉 셕니노(『장편가집』[45]의 〈츄풍감별곡〉)


　위와 같이 『남원고사』의 작자는 당대에 유행하던 상사연정 주제의
노래들을 교묘히 취합하여 새로운 노래를 만들어내면서 결락 부분은
스스로 채워넣는 솜씨를 보였다. 행의 제한이 없는 가사체는 이러한
변개를 수용하기에 가장 적합한 장르이다. 길이가 제한되어 있는 시조
는 변개의 폭이 제한되어 있는 데 반해 가사는 거의 다른 작품으로까지
진행하는 변개를 허락할 수 있다. 『남원고사』의 작자는 이러한 장르적
특질을 잘 활용하여 기존의 가사를 역량껏 재단하여 새로운 서사 단위
로 변개하는 데 성공하였다.

---

**43**　〈음창가〉는 〈추풍감별곡〉의 선행본이다. 이 작품은 〈상사별곡〉이나 〈춘면곡〉과 같은 환경
에서 생성 향유된 것으로 보인다. 〈淫娼歌〉라는 가명이 가리키듯이 기방이 그 생성 향유 공간
이다. 이 작품은 〈상사별곡〉이나 〈춘면곡〉 또는 〈규원가〉 등과 시어를 공유하기도 함으로써
상사연정 주제 노래의 범주 내에서 생성되었음을 보이고 있기도 하다.

**44**　이 작품 또한 기방에서 생성된 상사연정 주제의 노래이다. 다른 곳에서는 찾을 수 없고 『기사
총록』에만 실려 있는데, 기존의 상사연정 주제의 가사 또는 시조에서 어구와 시상을 차용한
흔적을 보인다.

**45**　필사 연대 미상의 가사 중심의 가집. 〈만고명장가〉·〈역대가〉·〈금부가〉(〈금보가〉의 이
본)·〈운림처사가〉·〈은군자가〉·〈낙빈가〉·〈상사가〉·〈상사별곡〉·〈추풍감별곡〉 등
열아홉 편의 긴 노래들이 실려 있다. 실려 있는 노래들의 면면으로 보아 19세기 이후 시가의
장르 혼재라는 시기적 특징을 담고 있는 가집으로 생각된다.

13) 〈사미인곡〉

이 몸이 숨길실 졔 님을 조츠 숨겨시니

①**삼싱의 연분**이며 하늘 ②**마출** 일이로다 : 흔싱 緣연分분, 모롤

나 ㅎ나 ③**쇼년이오** 님 하나 날 괴실 졔 : 졈어 잇고

이 마음 이 스랑 견쥴 디 ④**젼혀** 업다 : 노여

평싱에 원ㅎ오디 흔디 예쟈 ㅎ엿더니

⑤**그 덧셰 어이ㅎ여 각지동셔 그리ㄴ고** : 늙거야 므스 일로 외오 두고 글이ㄴ고

엇그졔 님을 뫼셔 광한뎐의 올낫더니

그 덧셰 무슴 일노 하계의 나려온고

올 젹의 비슨 머리 허트런지 ⑥**오릭도다** : 三삼年년이라

연지분도 잇건마ㄴ 눌 위ㅎ여 고이홀고

마음의 미친 시름 쳡쳡히 빠혀셰라

지이ㄴ니 한심이오 흘니ㄴ니 눈물이라

인싱이 유한흔디 ⑦**슈심이** 긔지업다 : 시룸도

⑧**무졍흔** 셰월은 물 흐르듯 지나거다 : 無무心심흔

넘량은 쩨롤 아라 가ㄴ덧 ⑨**도라오니** : 고텨오니

듯거니 보거니 늣길 일도 홈도 홀스

동풍이 건듯 브러 젹셜을 ⑩**헷치ㄴ 듯** : 헤텨내니

⑪**옥창의** 심은 미화 두세 가지 퓌엿셰라 : 窓창 밧긔

갓득에 닝담흔디 ⑫**암담은** 무슴 일고 : 暗암香향은

황혼의 ⑬**명월조츠 침변의 조요ㅎ니** : 둘이 조차 버 마틱 빗최니

⑭**깃기ㄴ듯 반기ㄴ듯 그리ㄴ 님 마조 본 듯** : 늣기ㄴ 듯 반기ㄴ 듯 님이신가 아

니신가

　⑮**이 미화 ᄒᆞᆫ가지로** 님 계신ᄃᆡ 보ᄂᆡ고져 : 뎌 梅미花화 것거 내여

님이 너롤 보면 ⑯**무어시라 ᄒᆞ실년고** : 엇더타 너기실고

곳지즈 시닙 나즈 녹음이 ⑰**어린 젹의** : ᄭᆌ럿ᄂᆞᆫᄃᆡ

나위ᄂᆞᆫ 젹막ᄒᆞ고 슈막이 뷔여셰라

부용댱 거러두고 공작병 둘너시니

갓득에 시름ᄒᆞᆫᄃᆡ ⑱**ᄒᆡᄂᆞᆫ** 어이 기도던고 : 날은

원앙금침 ⑲**ᄲᅦ쳐ᄂᆡ여 삼식실** 푸러ᄂᆡ여 : 버혀 노코 五오色식식線션

⑳**금쳑의 견조와셔** 님의 옷슬 지어ᄂᆡ니 : 금자히 견화이셔

슈품도 ㉑**조커니와** 졔도도 ᄀᆞᆺ홀시고 : 크니와

㉒**황함이 담아두고 님 계신ᄃᆡ 바라보니** : 珊산瑚호樹슈 지게 우히 白빅玉옥函

함의 다마 두고 / (님의게 보내오려 님 겨신 ᄃᆡ ᄇᆞ라보니)

산인가 구름인가 머흠도 머흘시고

(3행 생략)

㉓**옥누의 혼ᄌᆞ 안ᄌᆞ 슈졍렴 거든 날의** : 危위樓루에 혼자 올나 水슈晶졍簾념

거든말이

㉔**동영에 달 돗고** 북극의 별이 뵈니 : 東동山산의 둘이 나고

㉕**님 본 듯 반가오믹** 눈물이 졀노 난다 : 님이신가 반기니

쳥광을 쥬어ᄂᆡ여 봉황누의 ㉖**거러두고** : 붓티고져

㉗**팔황의 다 빗최니 심산궁곡 빗최고져** : 樓누 우히 거러 두고 八팔荒황의 다

비최여 / 深심山산窮궁谷곡졈 낫ᄀᆞ티 밍그쇼셔.

건곤은 폐식ᄒᆞ고 ㉘**빅일이 혼빗친ᄃᆡ** : 白빅雪셜이 혼 빗친 제

ᄉᆞ람은 커니와 날식도 ᄯᅳ쳐도다

소상남방도 치우미 이러커든

옥누고쳐야 ㉙일너 무삼흐리 : 더옥 닐너

양츈을 붓쳐너여 님 계신디 ㉚보닉고져 : 쏘이고져

모쳠의 빗쵠 히롤 옥누의 올니고져

홍상을 ㉛거두치고 취슈롤 반만 거더 : 니믜츠고

㉜일모창산원의 헴가림도 흠도 훌스 : 日일暮모脩슈竹듁의

㉝져른 히 겨요 지고 긴 밤을 고쵸 안즈 : 댜론 히 수이 디여

㉞청등을 것히 노코 젹은덧 잠을 드니 : 靑청燈등 거른 겻티 鈿뎐箜공篌후 노하 두고

쑴의나 님을 보려 턱 밧고 지혀시니

㉟원앙금도 참도 찰스 이 밤이 언제 실고 : 鴛앙衾금도

하로도 열두시오 한달도 삼십일에

할나나 니져 잇셔 시름을 프즈흐니 : 져근덧 싱각마라 이 시름 닛쟈 흐니

마음의 ㊱미친 시름 골슈의 ㊲박혀시니 : 미쳐 이셔, 쎄텨시니

편작이 열이 오나 ㊳이닉 병 어이흐리 : 이 병을

어화 ㊴이 닉 병이여 이 님의 탓시로다 : 내 병이야

츌하리 ㊵슬허져셔 범나뷔나 되오리라 : 싀어디여

㊶쏫 지즈 식닙 나즈 녹음이 어릔 젹의 : 곳나모 가지마다 간디 죡죡 안니다가

㊷쏫마다 단니다가 님의 옷시 ㊸안즈리라 : 향 므든 눌애로, 올므리라

님은 날인 쥴 모로셔도 ㊹나는 님을 조ᄎ 단니리라 : 내 님 조ᄎ려 흐노라(21
2∼214쪽).

(고딕 강조가 『남원고사』의 변개 부분: 이하는 송강의 〈사미인곡〉의 해당 구절)

중간에 3행을 생략한 외에, 대략 44군데에서 변개가 일어났는데, 가사 가운데 비교적 원본에서의 일탈이 적은 '송강가사'의 이본으로는 파격적인 경우가 되겠다. 송강의 〈사미인곡〉과 『남원고사』의 〈사미인곡〉은 작품이 존재하는 환경이 상이하다. 전자는 忠臣戀主之詞로서 발화의 대상이 왕으로 한정되어 있는 데 반해 후자는 男女相悅之詞로서 담화의 공간이 세속으로 넘어와 있다. 따라서 전자의 경우에는 작가가 처한 군신관계의 실상에 발화의 초점이 맞추어져 있지만 후자는 이별의 정한을 중심으로 하는 정서의 보편성에 주안점을 두고 있다. 변개 구절이 현격한 차이를 보여서 상호 교환이 불가능한 부분은 대개 두 작품의 상이한 존재 방식에서 말미암는다. ⑤, ⑥, ㉗ 같은 부분이 그러한데, 『남원고사』에서는 청춘 남녀의 사건을 다루고 있으므로 "늙거야"라는 표현을 배제하고, 송강의 경우에는 군신관계의 실상을 강조할 필요가 있으므로 "삼년"이 중요하지만 『남원고사』에서는 이별의 정한을 전달하는 데 주안점을 두어 "오릭도다"로 시간적 제한을 두지 않았다. ㉗의 경우는 "빗최고져"와 "비최여"의 주체가 작품의 성격에 따라 상반된 입장을 택하였는데, 『남원고사』에서는 발화자 자신(춘향)임에 반해 송강가사에서는 청자인 왕이 주체로 설정되어 있다.

위의 경우들은 송강가사 자체의 문맥을 일탈하여 『남원고사』의 서사 문맥에 맞추어 변개된 실례이고, 이 밖에 다른 구절의 차이는 『남원고사』 작가의 개성에 따라 자의적으로 변개된 부분이다. 忠臣戀主之詞로서의 사회적 동의 덕에 비교적 충실한 원본의 모습을 유지해 오던 〈사미인곡〉이 여기서 심각한 굴절을 맞이하는 것은 이 작품이 『남원고사』의 서사 문맥에서는 이미 忠臣戀主之詞가 아니기 때문이기도 하지만 『남원고사』의 작가가 이런저런 가사들의 구절을 조합하여 새로운 이본을 만들어내는 취향과 역량을 가진 것이 더 큰 원인일 것이다.

## 3. 제3권

여기서는 『남원고사』의 줄거리 장형화 과정에서 삽입되어 활용된 시가는 어떤 것이 있고, 그것은 어떻게 내용의 변이를 보였는가를 살펴보기로 한다. 또한 『남원고사』에서 줄거리 전개의 필요에 따라 새롭게 창작되어 활용된 것으로 보이는 시가 작품도 살펴보기로 한다.

### 1)「노정기」

#### (1) 〈신관 노정기〉

남디문을 밧비 나셔 칠피 팔피 돌모로 동젹니롤 얼픗 지나 신슈원 슉소ᄒ고 상뉴쳔 하뉴쳔 죽밋 오뫼롤 밧비 지나 딘위읍니 즁화ᄒ고 칠원 셩환 비토리 쳔안삼거리 슉소ᄒ고 진계역 밧비 지나 덕평 인쥬원 광졍 몰원 공쥐감영 듕화ᄒ고 느틔 졍쳔 노셩 슉소ᄒ고 은진 닥다리 녀산 능기울 삼녜롤 얼노 지나 젼쥬 드러 듕화ᄒ고 노고바회 임실을 얼픗 지나 남원 오리졍의 다다ᄅ니(226~233쪽).

## (2) 〈어사 노정기〉

칠픽 팔픽 니문동 도젹골 쏙다리 지나 청픽 비다리 돌모로 동젹이 밧비 건너 승방뜰 남타령 인덕원 과천 갈뫼 스근평 군포닉 미력당 지난 후의 오봉산 브라보고 지지딕 올나셔셔 참나무졍 얼는 지나 교구졍 도라드러 당안문 드리다라 팔달문 닉다라 상류천 하류천 즌기골 썩젼거리 중밋 음의 딘위 칠원 소식 비트리 쳔안삼거리 진계역 지나 덕평원 진슉원 시슛막 번듯지나 공쥐 금강을 횟근 지나 은진 닭다리 능기울 삼녜 지나 녀산 고산의 젼쥐가 여긔로다(348~349쪽).

〈노정기〉는 『춘향전』의 주요한 대목으로서, 앞의 것은 변학도의 부임 행차에 대한 것이고 뒤의 것은 이도령의 암행어사 등정에 대한 것이다. 위의 두 작품이 전주까지는 같은 길을 가면서도 지명 등에서 약간씩 차이를 보이고 있다. 이와 같은 〈노정기〉는 〈부여노정기〉(1794년) 같은 기행가사도 있지만 더 오랜 연원은 무가에 있는 듯하다. 군웅굿의 〈노정기〉에서 유사한 형태를 확인할 수 있기 때문이다.[46] 판소리 〈춘향가〉에서 이 대목은 "잦은몰이"나 "잦은 잦은몰이"로 불리는데[47] 이렇게 빠른 템포로 불릴 수 있는 율격적 특질을 『남원고사』의 해당 대목에서도 감지할 수 있다. 아마도 새로운 가창 조건에 대응하기 위한 결과였으리라고 생각한다.

---

**46** 김헌선 역주, 『한국고전문학전집 18-일반무가』, 고려대 민족문화연구소, 1995, 88~91쪽. 그리고 서울에서 채록된 무가에도 〈호귀노정기〉가 있고 〈황제푸리〉에도 노정기가 등장한다. 赤松智城・秋葉隆, 『朝鮮巫俗の研究』上券, 1937, 229~232쪽 참조.

**47** 『뿌리깊은나무 판소리 〈춘향가〉』, 한국브리태니커회사, 1982, 67~68쪽(신관부임-잦은몰이); 80~81쪽(어사행차-잦은 잦은몰이).

## 2) 〈복색치레〉

### (1) 〈관노 복색치레〉

팔쳑댱신 군노스령 훨적 쒸여 나가는 거동보쇼. 산슈 털벙거지 쳥니 광단 안
을 올녀 총층즈 굴독 상모 눈 고은 공작미를 당스실노 역거 달고 샹성견 증도리
밀화귓돈 은영즈 너분 쎤의 날니 용즈 쎡 붓치고 환도 스술 거러츠고 화류당도
쎤을 다라 홍복통 빗기츠고 탄탄디로로 독불이지 밧비 가며(248쪽).

### (2) 〈어사 복색치레〉

금의를 다 바리고 쳘터 업슨 헌 파립에 미명실노 쓴을 ᄒ고 당만 남은 헌 망건
의 갓풀관즈 됴희 당쓴 졸나미고 다 써러진 뵈도포를 모양업시 ᄀ러 입고 칠푼
쓰리 목분합씌를 홍복통을 눌너미고 하여진 맛부치를 웃다님으로 잘쓴 미고 변
쥭 업슨 스숑션을 손의 쥐고(345쪽).

　

　〈복색치레〉는 판소리 〈춘향가〉를 비롯하여 「심청가」 등에도 보인
다. 그런데 이와 유사한 방식의 〈복색치레〉가 이미 무가에서 사용되고
있음을 보아 그 연원이 무가에서 비롯되었을 가능성이 있다. 무가에는
여러 곳에서 다양한 모습의 〈복색치레〉가 등장한다. 예를 들어 「바리
공주」에 등장하는 바리데기가 시왕산을 찾아갈 때의 〈복색치레〉는
〈춘향가〉의 암행어사의 〈복색치레〉와 유사한 점이 있고,[48] 〈손굿〉에
등장하는 손님의 〈복색치레〉도 이도령이 광한루 행차할 때의 〈복색치

---

48　임성래, 「나로도의 무가 연구」(『남도문화연구』 제2집, 순천대 남도문화연구소, 1986)의 김한
　　심본 〈오구풀이〉 참조.

레〉와 유사한 점이 있으며, 〈군웅굿〉에 등장하는 군웅의 〈복색치레〉는 장수의 〈복색치레〉를 잘 보여주고 있다.[49] 이런 점에서 이 〈복색치레〉의 연원은 무가에 있지 않을까 하며, 『남원고사』에서는 이를 차용하여 활용하였을 가능성이 있다.

### 3) 〈죽지사〉

건곤이 불노월댱지ᄒ니 젹막강산금빅년이라(275~277쪽).

십이가사의 한 곡목인 〈죽지사〉의 첫 구절이다. 〈죽지사〉는 진주의 기루에서 몇 백 년 동안 애창해 내려왔다고 한다.[50] 여기서는 춘향을 문초하는 과정에서 형방의 제사(題辭)로서 불리었다. 제사는 백성들이 올린 소지(所志)에 대하여 해당 관원이 처결한 내용을 소지장의 여백에 적어주는 것인데, 이두를 섞어 쓰기 때문에 외형이 국문시가 가사의 표기와 유사하고, 또 이것을 읽을 경우에 율조 있는 가락으로 읽을 수 있다. 예전의 독서 관습이 편지, 제문 등 특히 상대를 상정하고 쓰인 글은 유장하게 낭송하는 것이었기 때문에 제사도 그 한 가지로서 노래로 대신되었다. 『남원고사』의 작가는 춘향에 관한 사건을 풍류한사로 보기 때문에 심각한 장면에서도 노래로 처리할 수가 있었을 것이다.

---

49  赤松智城・秋葉隆, 앞의 책 참조.
50  이가원, 『조선문학사』 중, 태학사, 1997, 949쪽.

## 4) 〈춘향 소원〉

춘향이 엿즈오디 즈고로 렬네하디무지리오

양구조어 엄즈릉도 간의티후 마다ㅎ고 즈릉디의 피우ㅎ고

슈졀의스 빅이슉졔 불식듀쇽 ㅎ랴ㅎ고 슈양산의 치미가롤 노릭ㅎ고

텬하진인 딘도람도 화산셕실 슈도ㅎ고

디슌이비 항아녀영 혈누뉴황 쓰라 잇고

뉴한님의 스부인도 슈월암의 엄젹ㅎ고

낙양의녀 계셤월도 쳔진누의 글을 읇허 평싱 슈졀ㅎ엿다가 양쇼유롤 쓰라가고

티원쓰 홍불기도 난셰에 뜻을 셰워 만니댱졍 종군ㅎ여 니졍을 쓰라시니

몸은 비록 쳔ㅎ오나 졀기는 막는 법이 업스오니

물 밋히 빗쵠 달은 줍으니여 보려니와

소녀의 졍ㅎ 뜻은 츠싱의 앗지 못ㅎ오리이다

일단혈심 통쵹긍이ㅎ옵셔 방송ㅎ옵소셔(281쪽).


    이런 식의 표현 방식은 앞서 나온 〈소상팔경가〉의 "힝힝졈졈 졍한스ㅎ니 욕하한공 슈원시라 / 괴득편만 이별안ㅎ니 촉조인어 격격홰라 / 평스낙안 경이오니 이롤 구경ㅎ랴 ㅎ오 / 힝쥬미긱 스아동ㅎ니 힝화인인 걸슌풍을 / 뇌시호신 능범응ㅎ니 풍범지거 슈져동을 / 원포귀범 경이오니 이롤 구경ㅎ랴 ㅎ오"와 유사하게 한시나 고사의 전고에 의지하는 것으로, 우리말 위주의 가사체와는 다른 성격을 지닌 것으로 파악된다. 같은 〈소상팔경가〉라도 "연파만경은 하늘에 다ㅎㅅ는디 / 오고가는 상고션은 북을 둥둥 울니면셔 / 어긔엿츠 듯 감난 소리 보와알든 못ㅎ

야도 / 다만 압희 셧는 산이 문득 뒤로 올나가니 원포귀범이 이 아니냐"
처럼[51] 우리말 위주로 되어 있는 경우에는 앞에서 관념적인 경지를 제
시했던 것과는 대조적으로 구체적인 정황을 제시하고 있어서 작품 세
계에 변환이 일어났음을 알 수 있다. 이런 변환은 〈악양루가〉나 〈화조
연가〉 같은 두 가지 이본이 병존하는 경우에 확인되는데, 이 두 가지
이본의 선후 차서를 매길 단서는 앞의 경우가 고투의 어사를 사용했고
뒤의 경우는 일상어에 근접하는 어사를 사용했다는 정도의 차이만 있
을 뿐이어서 확정적인 것이 되지는 못한다. 그러나 『남원고사』가 전체
적으로 앞의 경우와 같은 한시 고사 전고에 의지하는 표현 방식을 견지
하고 있는 것으로 보아서 가요 표현 방식에서 한시 고사 전고에 의지하
는 일정한 단계가 존재했음을 알 수 있고, 『남원고사』의 작자는 이 단
계의 가요 향유상을 수용한 것으로 평가할 수 있다. 그리고 이 단계의
성격은 전아한 품격을 유지하는 사대부적인 것으로 볼 수 있지 않을까
한다.

## 5) 〈십자푸리〉

일광노 갓튼 우리 도련님을 일조의 니별ᄒ고 일신의 미친 이한 일구일심 ᄉ
라지니 일쳑단검 명을 밧쳐 일빅번 죽ᄉ와도 일심의 졍혼 마음 일졍 변치아니
리이다
이슈즁분빅노쥐라 니별낭군 쩌난 후의 이군불ᄉ 본을 바다 이부불경 ᄒ랴ᄒ

**51** 김동욱・임기중 편, 『교합 악부』(1934), 태학사, 1982, 소재본.

고 이 마음을 굿게 먹어 이 세상을 하직ᄒᆞ여 이비의 결을 ᄯᆞ라 이뤁한식 긔ᄌᆞ츄의 넉슬 위로ᄒᆞ오리다

삼광은 텬상이라 삼성의 굿은 인연 삼츈ᄀᆞᆺ치 기러시니 삼혼칠빅 홋터저도 삼청동 니승지딕 삼한갑독 우리 도련님을 삼쳔니 약슈라도 건너가셔 삼신산 삼강슈로 오며가며 ᄒᆞ오리다

ᄉᆞ또라도 ᄉᆞ딕가셔 다 보시고 ᄉᆞ시장츈 외와 닑어 ᄉᆞ빅년 동방례의롤 ᄉᆞ긔둥의 박앗거늘 ᄉᆞ고업시 ᄉᆞ또 손의 맛치련들 ᄉᆞ딕텬왕 엄위라도 ᄉᆞ면팔방 널니보고 ᄉᆞ시장쳔 굿은 마음 ᄉᆞ지롤 ᄶᅵᆼ즈셔도 ᄉᆞ역불변ᄒᆞ오리다

오륜힝실 직흰 날을 오히려 모르시니 오월비상 나의 함원 오ᄌᆞ셔의 동문결목ᄀᆞᆺ치 오미의 ᄉᆞ뭇치니 오형을 ᄀᆞᆺ초와셔 오츠의 발기거나 오리 오리 오리시오 오군문의 놉히 다라 오국강산 오희ᄀᆞᆺ치 오강의 씌우셔도 오히려 졍흔 ᄯᅳᆺ은 일치 아니ᄒᆞ오리라

뉵츌긔산ᄒᆞ던 제갈무후라도 뉵일산 못죽이고 뉵츌긔계 진평이도 뉵가의 말을 드러시며 뉵상산 진도람도 뉵졍뉵갑 못부렷고 뉵슈부의 부왕투슈 뉵신도셩ᄒᆞ엿고 뉵월념텬 더운 ᄯᆡ의 뉵시롤 홀지라도 뉵도삼싱에 뉵지ᄀᆞᇀ튼 나의 밍셰 뉵신에 밋쳐시니 뉵니쳥산의 헷분부 마르시오

칠칠가긔오작교의 칠십ᄌᆞᄀᆞᇀ튼 우리 낭군 칠탄ᄀᆞᆺ치 만난 후의 칠거지악 죄도 업고 칠원산의 니별 업시 칠산바다 깁흔 졍을 칠년디한 비 바라듯 칠성단의 바람 비듯 칠월칠일 무인야의 칠현금 거문고로 칠셩님게 칠칠슈로 비럿더니 칠신위나 예양인가 칠종칠금 밍학인가 칠야원한 무슴 일고 칠빅니 동졍호의 초혼됴나 되오리라

팔원팔긔 어늬 ᄯᆡ며 팔딕금강 어딕 간고 팔진도 진을 치고 팔공산의 팔환초목으로 팔과화조의 팔년팔일 ᄉᆞ로시오 팔쳔졔ᄌᆞ 강동호걸 팔년풍진 요란ᄒᆞ다

팔션굿튼 나의 팔즈 팔황으로 도라간들 이리 박명ᄒ올손가 팔원츠를 흘니 퇴와 팔진국으로 보니시오 팔더굿튼 위력으로 팔팔결이나 틀닌 말을 두번 ᄒ지 마오 구회간장 스라지니 구절냥장 혐ᄒ 길노 구의산을 츠즈리라 구룡쇼 늙은 룡이 구뷔를 못 펼치니 구름굿흔 나의 신셰 구슈굿치 스랏고나 구쳔의 스뭇친 원이 구원의 맛츠리라 구관 스쏘 션졍비에 본을 바다 구구ᄒ 나의 구든 뜻을 구ᄒ쇼셔 구추ᄒ 이니 신셰 구십소광 경을 ᄯ라 구관 즈계 언졔 만나 구류촌의 촌승굿치 얽혀볼가 구곡슈를 구뷔구뷔 휘여다가 구름비를 타고 갈가 구쥐를 도라 구명도싱 ᄒ랴ᄒ고 구텬션녀 명을 바다 구구팔십일 쳔축에 왕니ᄒ던 구계션의 렬졀굿치 구든 졍을 구쳔지의 셰셰셩문ᄒ여 구듕궁궐에 살와볼가

십악디죄를 범ᄒ엿나 십니강산에 십면미복을 맛나고나 십월광풍 낙엽굿고 십니댱졍 뉴스굿튼 이 인싱 십년 셩취 월왕굿치 십싱구스홀지라도 십지셤슈로 곱아가며 십왕젼의 빅활이나 ᄒ오리라 십삼싱에 쥬류ᄒ고 십팔관에 회시ᄒ나 십칠년을 기른 뜻이 십방으로 도라간들 변홀 길이 바히 업니(283~287쪽).


『악부』에 있는 〈십자푸리〉가 거의 같은 내용으로 되어있는 것으로 보아서 『남원고사』 계열에서 파생된 잡가로 이해된다. 다른 『춘향전』 이본에는 이 대목이 소략하고 또 〈십장가〉로 알려진 잡가도 이 〈십자 푸리〉보다는 훨씬 소략한 것을 보면(대개 이쪽 이본과 〈십장가〉는 내용이 유사하다) 『춘향전』에서 잡가가 파생되는 경로에도 두 가지가 있었음을 알 수 있다. 『남원고사』 2권에서 살펴본 〈천자풀이〉나 〈글자타령〉이 다른 『춘향전』의 해당 대목보다 훨씬 부연되어 있었던 것을 상기하면 이처럼 사설이 길어지는 성향을 『남원고사』 내의 노랫말의 한 가지 성향으로 짚어볼 수 있을 것이다. 그리고 이 성향은 줄거리의 장형화 의

도 외에도 "타령" 또는 "푸리"로 명명할 수 있는 어떤 음악적 요인과 관련이 있을 것이다.


## 6) 〈집장가〉

집쟝뇌즈 거동보소. 형틀 압히 **떡** 나셔며 츈향을 나려다보니 마음이 녹는 듯 **뼈**가 져리고 두 팔이 무긔ᄒ여 져혼즈 ᄒ는 말이 이 말 거힝은 못ᄒ깃다 구슬터거훌지라도 춤아 못훌 거힝이라 이리 쥬져ᄒ는 츠의 밧비 치라 호령소리 북풍한셜 된서리라 훈 뇌즈놈 달녀드러 두 팔을 쏨니면셔 형쟝 골라 손의 쥐고 형틀 압히 **떡**나셔셔 스쏘 분부 이러틋시 엄ᄒ신디 져를 엇지 앗기릿가 훈 미의 죽이릿다 두 눈을 부릅쓰고 형쟝을 놉히 드러 검댱소리 발마초아 번기ᄀᆺ치 후루치니 (가)하우시졔강훌 졔 부뀌던 져 황농이 구뷔를 펼쳐다가 벽희를 쓰리는듯 여름날 급훈 비의 벽녁치는 소리로다 (나)빅옥ᄀᆺ흔 고은 다리 쇄골ᄒ여 갈나지니 홍혈이 소스나셔 좌우에 빗발치듯 쑤리는지라 츈향이 일신을 모진 광풍의 스시나무쳐로 발발 썰며 독을 니여 ᄒ는 말이 죽여쥬오 죽여쥬오 어셔 밧비 죽여쥬오 얼는 닝큼 죽이시면 죽은 혼이라 나라가셔 한양셩듕 드러가셔 우리 도런님 츠즈리니 그는 스쏘의 덕틱이올시다 슈졀을 죄라ᄒ면 시칼형문을 치옵쇼셔 고기를 썬지오고 눈을 감으니 옥결빙심과 난초긔질 부용화틱 일긱의 변ᄒ여 춘 지 되고 살졈이 느러지고 빅골이 드러나며 믹운이 쯔쳐지니 살기를 바랄소냐(292~293쪽).


이 〈집장가〉 대목은 다른 『춘향전』에는 잘 보이지 않고 「열녀춘향수절가」에만 "사정의 거동바라 형장이며 티장이며 곤장이며 한아람 담숙 안어다가 형틀 아리 좌르륵 부듯치난 소리 춘향의 정신이 혼미한다 집장 사령 거동 바라 이 놈도 잡고 능청능청 져놈도 잡고셔 능청능청 등심 조코 빳빳하고 잘 부러지난 놈 골나 잡고 올은 억기 버셔메고 형장 집고 디상청영 기다릴졔 (…하략…)"로 이어지는 대목이 있어서, 잡가 〈집장가〉의 연원임을 알 수 있다. 잡가 〈집장가〉는 「열녀춘향수절가」와 어구를 공유하는 본만이 전해지기 때문에『남원고사』의 해당 대목은 〈집장가〉의 대본으로 채택되지 않은 것으로 판정할 수 있다. 아마도『남원고사』쪽의 부연 확장의 거추장스러움(또는 사대부적 품격의 부담)이 간편하게 노래하는 잡가의 향유 조건에 알맞지 않았기 때문인 것으로 생각된다.[52] 그리고『악부』에 실린 〈집장가〉도[53] 일부 내용이 위의 두 작품과 같은 부분이 있지만 전체적으로『남원고사』나 「열녀춘향수절가」의 〈집장가〉와 차이를 보이는 것을 보면 당시 〈집장가〉가 완전한 작품으로 가사가 정착되지는 않았을 것으로 보인다. 곧, (나)의 대목이 앞에 예로 든 〈십자푸리〉의 종결부에 옮겨가 있는 것을 보면[54] 잡

---

52  예를 들어 (가)의 대목을 잡가 〈집장가〉의 해당 대목과 비교하면, "좁은 골에 벼락치듯 너른 쓸에 번기하듯"으로 소략하여 역시『남원고사』쪽이 많이 부연되었음을 볼 수 있다.

53  "執杖軍奴 擧動을 보아라 春香을 동틀에다 종고라니 올녀매고 刑杖 한아름을 드립떠 덤셕 안어 다가 春香眼前에다 좌르륵 펼쳐놋코 左右羅卒들이 執杖排立하야 分付 듯쥬어라 엿주워라 바로 〃〃 알월 말삼 업소 使道案前에 죽여만 주오 執杖軍奴 擧動 보아라 刑杖 한아을 끌으면서 이놈 을 집어 느긋 〃〃 져놈을 잡어 능청 〃〃 春香이를 겻눈을 주며 저다리 들어라 뼈부러질나 눈감 어라 보지를 마라 나 죽은들 너 매오 치랴 걱정말고 斬心을 마라 執杖軍奴 擧動을 보아라 刑杖 한아를 잡고 션듯들고 내닷는 形像 地獄門 직히엿든 使者가 鐵鎚를 들고 내단는 形像 좁은 길에 벼락치듯 너른 들에 번개하듯 十里만치 물너셧다 五里만치 달녀들러 刑杖한아를 딱붓치니 아 이고 이일니 웬일이란 말이오 허 〃 네구나 이년아 말듯거라 꽃은 피엿다가 졔졀노지고 잎으 피엿다가 다 뚝 〃 떠러져 허 〃 한치나 狂風에 落葉이 된다 靑葡萄를 좌루룩 훌터 밝고 맑은 九曲 水에다가 풍긔덩 〃 실 흐늘거려 떠나려가는고나 이 말이 못된 네로구나"(김동욱·임기중 편, 『교합가집』一, 태학사, 1982, 236~237쪽).

54  "져 츈향의 거동 보쇼 일신을 모진 광풍에 사시나무 썰 듯 발발 썰며 독을 니여 허는 말이 죽여쥬 오 어셔 밧비 죽여쥬면 혼이라도 나라가셔 도련임을 차자보셰 슈졀을 죄라 흐니 시칼노 형문을

가의 가사 생성 방향은 일정한 대본을 기준으로 하는 것만이 아니라 여러 가지 노랫말을 새로 만들어서 노래의 구조에 맞추어 적절히 조합하는 신축성 있는 것이었음을 이 이본이 보여주고 있다.


## 7) 〈선소리〉

> 얼널네화 남문 열고 파루 첫다 계명성이 도다오네 션후축이 쩌져가니 발등거리 불밝혀라 얼널네화 얼널네화 요령은 징징 셔쇼문이오 만장은 표표 모화관을 치마바회 도라갈 졔 담졔군이 발브릇고 힝즈곡비 목이 멘다 얼널네화 얼널네화 (312쪽).


〈선소리〉는 민요 가운데 의식요에도 있고 노동요에도 있다. 〈선소리〉 가운데 의식요는 상여가 나갈 때 부르는 것이고, 노동요는 터를 다질 때 부르는 것이다. 여기에서 불린 〈선소리〉는 상여가 나갈 때 부르는 것을 왈자가 춘향을 옥으로 데려가는 장면에서 활용하여 부른 것이다. 〈선소리〉도 민요처럼 즉흥적으로 창작하여 부르는 소리이기 때문에 일정한 가사를 갖지는 않는다. 그러나 내용은 대체로 상여 나가는 곳의 풍경이나 유족의 슬픔, 죽음의 허무함과 관련된 것이 많은데, 여기에 실린 〈선소리〉는 남대문과 서소문, 모화관으로 연결되는 서울의 북행길을 가사체에 가까운 민요조로 연결시켜 노래한 것이 특징이다.

---

치옵소셔 눈을 감고 고기을 싸지고 다시 말이 업셧시니 불상ᄒ다 옥갓튼 츈향이가 옥졀빙신의 난쵸괴질이 부용화 갓튼 얼골이 일각에 변ᄒ야 찬 지 갓트나 아마도 만고 열녀는 츈향인가"

## 8) 〈신선가〉

공산작야우에 도亽 만나 바독 두고 초당금야월에 챵년 만나 쥬일두시빅편이로고나 명일은 두룽호한 단챵 만나 디못고지홀가 亽마쳔의 명만고문장 왕일소의 초쳔인필법 뉴령의 기쥬와 두목지 호식은 일신겸비ᄒᆞ여 빅년종亽ᄒᆞ려니와 아마도 ᄲᅡᆼ젼키 어려울손 디슌증즈의 효와 룡방비간의 튱인가(314쪽).

뒤의 〈푸른 산듕〉과 더불어 19세기 중반에 불리던 사설시조로 보인다. 내용이 〈푸른 산듕〉과 마찬가지로 산중한거를 찬미한 것으로, 한 사람에 의하여 연창되어 같은 분위기를 유지하려고 하였다. 옥중의 춘향을 위로하기 위하여 벌어지는 왈자패들의 노래판의 서두를 사설시조로 꺼내는 것은 마치 더 큰 노래판이라고 할 수 있는 『남원고사』 전체가 『구운몽』 소재 사설시조로 시작된 것과 유사하다. 여기서 작은 노래판과 큰 노래판을 일관하는 어떤 질서 — 한 바탕의 노래가 불리는 순차 — 를 상정해 볼 수 있다.

## 9) 〈푸른산중〉(사설시조)

푸른 산듕 빅발옹이 고유(요)독지(좌)향남봉을 바람 브러 슝싱슬이오 안기 즈져 학정(셩)홍이라 쥭억(쥬곡)제금은 쳔고한이오 덕나(젹다)명됴는 일년풍이라 수구셔산 젹막다드니 락무궁을(314~315쪽).

남창 사설지름시조의 대표 곡목이다. 원래의 노랫말에서 일탈한 구절이 많음(괄호 안이 원래 노랫말)을 보아 연행의 즉흥성이 반영된 이본으로 생각할 수 있다.


## 4. 제4권


『남원고사』의 4권에서는 여러 왈자들이 등장하여 기존에 잘 알려진 가요와 민요풍의 노래, 창작의 성격이 강한 가요 등 그 종류와 내용이 다양한 작품들을 장황하게 노래하고 있다. 게다가 왈자들은 당시 인기 있던 소설, 곧 「화용도」와 「수호지」, 「서유기」 같은 작품을 송서로 읊음으로써 줄거리 장형화의 역할을 수행하고 있다.


### 1) 〈춘면곡〉

츈면을 느지 끼여 듁창을 반기ᄒ니

졍화는 작작ᄒ여 가는 나뷔 머무는듯

안류는 의의ᄒ여 **셰연**을 찍여셰라 : 셩긘니

창젼의 덜 괸 술을 **박잔의 가득 부어** 이삼비 먹은 후의 : 없음

호탕코 밋친 흥을 부졀업시 ᄌ아너여

빅마금편으로 야류원 츳ᄌ가니

화향은 습의ᄒ고 월식은 만졍ᄒ듸

광긱인듯 쥐긱인듯 흥을 겨워 머무ᄂᆞᆫ듯

비회고면ᄒ여 유졍이 셧노라니

**취와듀란** 놉흔 집에 녹의홍상 일미인이 : 쥬란화각(『남훈태평가』에는 같음)

샤창을 반기ᄒ고 옥안을 잠간 드러

웃ᄂᆞᆫ듯 **반기ᄂᆞᆫ듯** 교퇴ᄒ여 마ᄌᆞ드려 : 씽긔는듯

츄파ᄅᆞᆯ 암쥬ᄒ고 녹의금 빗기 안아[55]

쳥가일곡으로 **츈의**ᄅᆞᆯ ᄌᆞ아ᄂᆞ니 : 츈흥(『남훈태평가』에는 같음)

**운우냥뒤상**에 초몽이 다졍ᄒ다(315쪽) : 운무양듸즁의(『남훈태평가』에는 같음)


고딕 강조 부분이 『기사총록』(1823)과 차이가 나는 곳이고, 오른쪽에 차이점을 설명하였다. 『남훈태평가』(1863)와는 별 차이가 없는 것으로 보아 비슷한 시기의 연행 정황이 그대로 반영된 것으로 보인다.


## 2) 〈처사가〉

평싱아지 ᄲᅳᆯ듸 업셔 셰상공명 하직ᄒ고

냥간슈명ᄒ여 운림쳐ᄉ 되오리라

---

<sup></sup>**55** 이 부분이 『남훈태평가』에는 "웃는 듯 씽긔는 듯 교퇴ᄒ고 마자드러 / 츄파을 암쥬ᄒ고 녹의금 빗기안고"로 『남원고사』와 같은 순차의 어구 배열을 하고 있다. 『청구영언』에는 해당 대목이 없다.

구승갈포 몸의 걸고 삼절죽댱 손의 쥐고

낙죠강**노** 경조흔디 망혜완보 나려가니 : 호

적적송관 **다든 곳의** 요요힝원 기 줏는다 : 다다는듸

경기 무릉 조흘시고 산림초목 프르럿다

층암병풍 둘엇눈디 빅운심쳐 되엿셰라

강촌어부 갓치 되여 죽간ᄉ립 **두러메고** : 졋게쓰고

십니ᄉ장 나려가니 빅구비거ᄲᅵᆫ이로다

일위풍**범** 놉히 다라 만경창파 흘니 져허 : 편

슈쳑은어 낙가니니 송강노어 **비길손냐** : 비길네라

일낙청강 져문 날에 **슈막촌변** 도라드니 : 박쥬표젼로

남북**어**촌 두셰 집이 **십니모연**에 잠겨셰라(316쪽) : 고, 낙하묘연


『남훈태평가』와 대조하여 보면 극히 미세한 부분만 차이가 나고, 전체의 시상 전개나 어구 사용이 같다. 이런 것으로 보아 앞의 〈춘면곡〉과 마찬가지로, 같은 시기의 연행 정황이 반영된 같은 이본을 사용하여 여기에서 활용하고 있음을 확인할 수 있다.


## 3) 〈어부사〉

1.1 셜빈어옹이 쥬표간ᄒᆞ니 ᄌ언거슈승거산을

1.2 빅 ᄯᅴ여라 빅 ᄯᅴ여라 조조ᄌ락만조닉라

1.3 지국총 지국총 어ᄉ와 ᄒᆞ니 의션어부일견괴라

2.1 청고엽상에 양풍긔요 홍요화변빅노한을

2.2 **닷 씌여라 닷 씌여라** 동정호리가귀풍을 : 돗다라르 돗다라르

2.3 지국총 지국총 어스와 ㅎ니 범급전산홀후산을


3.1 진일범쥬연니거ㅎ니 유시요도월듕환을

3.2 어어라 어어라 아심슈쳐즈방긔을

3.3 지국총 지국총 어스와 ㅎ니 고**셰**승유무졍거라 : 柂


4.1 만스무심일조간ㅎ니 삼공불환츠강산을

4.2 돗지어라 돗지어라 산우계풍권조스라

4.3 지국총 지국총 어스와 ㅎ니 일싱종젹지창낭을


5.1 동풍셔일초강심ㅎ니 일편티긔만류음을

5.2 빈져어라 빈져어라 녹평신셰빅구심을

5.3 지국총 지국총 어스와 ㅎ니 격안어촌삼냥가라


6.1 탁영가파졍쥬졍ㅎ니 쥭경시문유미관을

6.2 빈 미여라 빈 미여라 야박진회근쥬가라

6.3 지국총 지국총 어스와 ㅎ니 와구봉져독심시라


7.1 취리슈착무인환ㅎ니 유하졍탄야부지라

7.2 빈 져어라 빈 져어라 도화류슈궐어비라

7.3 지국총 지국총 어스와 ㅎ니 만강풍월속어션을

8.1 야졍슈한어불식ᄒᆞ니 만선공지월명귀라

8.2 닷지어라 닷지어라 파조귀리계단봉을

8.3 지국총 지국총 어ᄉᆞ와 ᄒᆞ니 풍뉴미필지셔시라


9.1 일ᄌᆞ지간상조션ᄒᆞ니 셰간명니진뉴유롤

9.2 비 붓쳐라 비 붓쳐라 계쥬유유거년홍을

9.3 지국총 지국총 어ᄉᆞ와 ᄒᆞ니 관리일셩산슈록을(316~318쪽).


농암의 〈어부사〉와 대조하면 고딕 강조 부분에서 극히 미세한 차이만 보이는 것을 확인할 수 있다. 반면, 『남훈태평가』에서는 다음과 같은 곳에서 많은 차이를 보인다. 그것을 예거하면 다음과 같다.


3.3 지국총 지국총 어ᄉᆞ와 ᄒᆞ니 **고셰승유무졍거라** : 고혜송류무졍게라

5.1 동풍셔일초강심ᄒᆞ니 일편틱긔만류음을 : 동풍셔일총강심ᄒᆞ니 일편총긔
　　만류음을

6.1 탁영가파**졍쥬졍**ᄒᆞ니 쥭경시문유미관을 : 쥬졍징

7.3 지국총 지국총 어ᄉᆞ와 ᄒᆞ니 만강풍월**속**어션을 : 송

9.1 일**ᄌᆞ**지간상조션ᄒᆞ니 셰간**명**니진뉴유롤 : 신, 경


『남훈태평가』쪽의 변개는 대개 문맥 불통을 초래하는 자의적인 것으로, 이는 연행 중에 일어난 것으로 볼 수 있다. 『기사총록』에 실려 있는 〈어부사〉도 같은 방향의 변개가 있었던 것을 상기하면 가창가사로서 노랫말의 뜻을 음미하는 것보다는 연행의 조건에 충실한 것을 더욱

중요하게 생각했던 시가 수용 태도가 존재했음을 알 수 있다. 『남원고
사』의 작자도 연행을 중시하는 수용 태도를 지니고 있는 일면에, 〈어
부사〉의 경우처럼 원작의 의도에 충실한 수용 태도를 지니고도 있어서
이 작자의 성향이 다분히 사대부적인 데에 접근해 있음을 알 수 있다.
앞서 한시 전고를 풍부하게 사용하는 작시 방향을 사대부적인 것으로
판정한 바 있거니와 그 연속선상에 〈어부사〉와 같은 사대부 품격의 시
가 수용 태도를 놓을 수 있지 않을까 한다.


## 4) 송서

### (1) 〈화용도〉

　이날 디강둥의 화렴은 창쳔ᄒ고 함셩은 디진ᄒᄂ디 좌편은 한당 장흠 냥노군이
젹벽 셔호로 즛쳐오고 우편은 진무 쥬티 냥노군이 젹벽 동으로 즛쳐오고 가온디
ᄂ 쥬유 뎡보 셔셩 졍봉 디디 션쳑이 화셰롤 쪄 삼강구로 일시에 즛쳐 드러오니
화셰ᄂ 바람을 돕고 바람은 불위엄을 도으니 이 니른바 삼강슈젼이오 젹벽오병
이라 북군이 살 마즈며 불에 타며 물에 섄진 지 부지기쉬러라(318~319쪽).

### (2) 〈수호지〉

　각셜 송강이 강쥐셩 밧긔 나와 디죵 니규 댱슌 등을 맛나지 못ᄒ고 홀노 마음
이 심심ᄒ민 날호여 거러나가 경긔롤 구경ᄒ며 나아가더니 한 쥬루 압흘 지나
며 우러러 보니 푸른 쥬긔롤 다랏ᄂᄃ 심양강 졍긔라 ᄒ엿고 쳠하 밧긔 소동파
의 글시로 심양누라 뼛거늘 송강이 니르디 니 운셩현 잇슬 졔 드르니 강쥐 심양

뉘 조타 ᄒ더니 과연 올토다 너 비록 혼즈 왓시나 그져 지나지 못ᄒ리라 ᄒ고 누 압히 다다라 도라보니 문가의 쥬황 칠혼 기동 우희 분칠혼 퓌 둘을 달고 각각 다 섯즈로 뼛시되 셰간무비쥬오 텬하유명누라 ᄒ엿거늘 송강이 누의 올나 난간을 지혀 눈을 드러보니 아로삭인 쳠하는 희빗히 바히고 그림 그린 들보는 구름의 잠겨시며 프른 난간은 창외에 나즉ᄒ고 붉은 댱은 문 우희 놉히 ᄃ랏는디 취안 을 두른 곳의 만쳡운산은 쳥텬을 의지ᄒ엿고 프른 물 긴 강은 졍즈 기동을 둘엇 는디 샹셔의 구름이 어릐엿고 너 씨인 강물의 흰 마름 꼿치로다 기어귀에 잇다 감 비졋는 하라비 돗 지우는 양을 보고 다락가의 푸른 실 느틔남긔 묏시 울고 문 압 가는 버들에 빗난 말을 믜엿더라(319~320쪽).

## (3) 〈서유기〉

화셜 삼댱의 스승 졔지 션당의 쉬더니 가을 하늘의 달이 심히 밝거늘 산문의 나와 달을 완상ᄒ더니 힝지 왈 스승님아 달도 보롬이면 두렷ᄒ고 금음이면 여즈 러져 그음이 잇것마는 우리는 그음이 업스니 언졔나 경을 가져 동토에 젼ᄒ고 공 을 일우리오 삼댱 왈 스승 졔지 모름이 마음을 가작이ᄒ고 틱심을 너지 아니ᄒ미 올ᄒ니라 팔계 왈 나는 언졔나 공을 일우고 음식이나 비블니 만히 어더먹을고 힝 지 귀박회롤 치며 왈 이 텀턱 도다지놈은 미양 음식만 싱각는다 ᄒ니 모다 웃더 라 삼댱이 도라와 잠이 업셔 공작경 일편을 외오고 프긔롤 베고 조으더니 문득 잠결의 드르니 션당 밧긔 슬픈 바람이 지나며 은은이 댱노야 ᄒ는 쇼리 나거늘 삼댱이 흔미듕 머리롤 드러보니 문 밧긔 혼 댱지 왼몸의 물을 흘니고 셧거늘 삼 댱이 꾸지져 왈 네 엇던 요괴완디 이 반야삼경의 와 날을 희롱ᄒ는다 나는 욕심 만흔 샹즁이 아니라 도덕 놉흔 당황졔 흠치어졔오 쏘혼 슈하의 셰 졔지이시니 근 검ᄒ여 뫼흘 만나면 길을 열고 물을 만나면 다리롤 노코 농을 항복밧느니 너 쳔엿요괴 왓다 ᄒ면 그겨 두지 아니ᄒ리니 밧비 가고 션당 근쳐의 어른거리지 말나 그 ᄉ람이 눈물을 먹음고 갈오디 나는 요괴 아니라 보상국 왕이로라 ᄒ거늘 삼댱이 눈을 드러 보니 과연 용포옥디의 평텬관 쓰고 빅옥규를 쥐여시니 언연ᄒ 군왕의 상이여늘 삼댱이 놀나 씨다르니 침변일몽이라 음풍은 습습ᄒ고 잔등은 명멸ᄒ디 졔ᄌ들은 잠을 닉이 드러 코 고으는 소리 우뢰 갓더라(320~322쪽).

한시나 한문 산문은 말할 것도 없고, 가사나 고소설도 모두 낭독할 때 가락을 붙인다. 그러므로 글 읽는 것을 모두 '송서'라고 할 수 있다.[56] 국악계에서는 "고문이나 옛 소설에 가락을 넣어 구성지게 읽어 나가는 것"을 송서라고 하며, 이 송서의 종목은 「전·후적벽부」, 「출사표」, 「어부사」(굴원), 『삼설기』 등이다.[57] 이창배에 의하면, 「전·후적벽부」와 「어부사」는 보통 사서나 삼경을 외는 것과는 조금 다르다. 그러나 『삼설기』나 「추풍감별곡」은 더욱 멋스럽고 소릿조에 가까운 송서식이다. 『삼설기』는 서울식 송서요, 〈관산융마〉는 서도식 송서로서 청을 붙여서 멋스럽고 구성지게 넘어가는 특유한 송서이다.[58] 율독은 집단적인 소설 향유 방식에서 주요한 관습이었는데, 이 방식이 가사와 접점을 이루며 가창 장르와 연계되어서 넓은 범위의 노래에 포괄되었다. 가사가 합철되어 있는 소설책이라든가 소설과 가사 양쪽으로 향유되는 작품이라든가 하는 것들이 가사와 소설의 인접상에 대한 증거물이 되고, 소설 향유가 가창 장르로 넘어온 단계의 증거물이 바로 송서

---

56  이윤석, 「〈삼설기〉 성격에 대하여」, 『열상고전연구』 제14집, 열상고전연구회, 2001 참조. 이하 송서에 대한 설명도 이 글에서 재인용함.
57  장사훈, 『국악대사전』, 세광음악출판사, 1984.
58  이창배, 『한국가창대계』, 홍인문화사, 1976, 357쪽.

가 된다. 뒤에 나오는 편지글이나 앞에 나왔던 제사까지 합하여 산문 장르에 율독이 관여하는 양상은 광범위하다. 이처럼 율문과 산문의 경계가 없어지는 지점에서 서사적인 율문 판소리가 자리 잡을 수 있었을 것이다.

## 5) 〈노름타령〉

한편의셔는 노름훈다 일셩옹쥬 덩꼭지 삼년젹니 관산월이라 쟝님 슈풀의 범 건다 셰목 죽엇는디 네목지 간다 이번 쏘즌 당이야 뚤고 실가 곤이 쟝원 못지거 든 가란잇가 한편의셔는 빅스 아삼 오륙ᄒ고 쥐부리 스오 삼륙ᄒ고 졔칠삼오 졔팔 관니 묘ᄒ다 열여덜식 드리소 한편의셔는 네디갈슈야 오구일셩이로고나 어렵다 조쟝원 맛초기 반식 ᄒ즈 셕뉴먹든 쎄나 그만 잇소 쳑쳑 쳐셔 셧거쥐여 라 셕조는 하공졍이로고나 바닥 둘지 닙흘 니소 어디 갈가 이 이 ᄒ즈던 반이나 ᄒ즈 쏘 훈편의셔는 삼십삼쳔 바로 쳣다 믠동이룰 드리소 당당홍의 증초립에 건양찍룰 넘는고나 벌거ᄒ다 이스칠 드리소 한편의셔는 소상강 셰우즁의 즈셩 이 졍졍이라 축으로 물니여 이 말은 죽네 검은니 안말은 오공도화 십스슈로 죽 는 쥴노 보왓더니 젼마 몹시 버렷고나 여긔 ᄒ 구멍 잇다 그러치 쏘 훈편의셔는 졈졈홍셜슬한풍의 목난간학 졍홍이라 오륙 쥬륙 쏘 훈편의셔는 쟝군엽이야귀 ᄒ니 젹위호어 즁슈로다 쟝이야 군이야 말 쩌 궁 빗최고 차 올나 쟝이냐 아셔라 그거슨 외통일다 쏘 훈편의셔는 펄펄상쥐 덜걱히쥐 연디남산 진동쟝군 돌통황 졔 호위군관 다 나온다 낫고나 팔상초도 옥호디상의 녀산칠십니도 다 나온다 (322~323쪽).

노름과 관련된 가사는『기사총록』에 〈장긔가〉라 하여 "어와 벗님네야 장긔두는 벗님네야 / 장긔두기 파훈후의 이너말슴 드러보소 / 늙어셔 흐올일리 장긔밧게 쪼잇슬가 / 박조가리 두루모아 짝가너니 쟝긔로다 / 전전의 묵은슈지 뒤집어 판을그려 / 츈츄풍운 초한건곤 반초로 흘녀쓰고 / 청올치 미진망터 지조도 조흘시고"로 시작하여 "셔로보고 이른말리 슐을결워 슐너기을 / 지느니을 시힝ㅎ세 삼판양승 졍훈후의 / 하마밍셰 졍훈후의 션슈을 닷토다가 / 쳐음뉘가 지단말가 가졸쓸고 츠느셔셔 / 등녹이 되단말가 면졸졉고 상ㄴ가니 / 츠례슈가 되단말가 말쩌놋코 포너무니 / 요힝공득 헐가ㅎ여 이리져리 헛트는양 쥬린범의 형상일다"로, 내기의 정황을 그려나가서 시정의 풍속도를 그린 작품이 있다. 한편,『악부』에는 〈골픽불림〉이라는 작품이 있는데, "나종의 잡고보니 고누판이로고나 / 삼삼이 얼골도 볼 슈 업고 / 이륙에 실상 참기 어려웨라 / 지조 만코 조흔거슨 일륙이지 감히 일ㅅ물 식여 글이나 가져 보닐가"라든가 "삼오 조흔 밤의 쟝텬을 바라보니 / 북두즈로가 쌍미화를 불너 일회엿도다 / 스오년의 사룸이 도라오지 아니ㅎ믈 아라시니 / 금병풍 두른 아러 원앙의 쌍을 일헛도다"처럼 골패의 數爻와 관련된 사항을 열거하거나 "하늘도 하늘이 아니오 짜도 짜히 아닌더 / 쵸한이 셔로 짜화 어너 날의 그칠고 / 이륙의 죠흔 긔약을 어긔여시니 / 일자일오의 곡성만 슬푸고나 / 탄홉다 삼륙이 싯지 아니미여 / 지존 계셔 이너 꿈ㅈ치 어리셕으믈 어이 아른시랴"처럼 승패와 관련된 정서를 노래한 대목들이『남원고사』의 본 대목과 유사하다. 19세기 이후의 유흥적인 분위기가 강화되는 사회상은 시가에도 반영되었고, 노름과 관련된 노래들을 출현시켰다. 이들 노래들은 아마도 놀이의 현장에서나 놀

이의 분위기를 재현하여 흥취를 일으킬 때에 불렸을 것이다. 『남원고
사』의 왈자패들의 모임은 이런 종류의 노래를 필요로 했을 것이고, 위
에 소개한 작품들은 이런 흥겨운 놀이판의 분위기가 반영된 작품들일
것이다.


## 6) 「옥중자탄」


### (1) 〈옥중자탄〉

하로 이틀 한 달 두 달 이룰 엇지ᄒ쟌 말고

북ᄒ안치소무고졀 안독 셔신 풀니엿고

유리슈옥문왕딕덕 미녀션마 노히엿고

붕당금고 이응이도 이졔하죵 노혓고나

무죄구슈 이니 몸이 어이ᄒ여 노혀볼고

**쳥텬의 썬는 구름 놉흠도 놉흘시고**

**져 구름의 올나셔면 님 계신듸 볼 거시오**

**만경창파 져 물결은 쥬야댱텬 흘너가니**

**져 물 갓치 흘너 가량이면 님의 곳의 가란마는**

일거월져 오리간들 은은일념 이즐손냐

옥중명월 긴긴 밤의 독의셔창 빗기 안즈 산운희월 바라본들

속졀업시 싯는 간장 눌다려 니룰손가

밤의 깁히 못든 잠을 낫벼기의 잠간 드니

몽니희우 셔로 만나 피츠샹스 니룰 젹의

경박홀손 일빵 호접 두견성의 훗터지니

여견불견 황홀ᄒ다 ᄉ몽비몽 분별홀 졔

헛트러진 십이운발 빈혀 꼿기 니졋고나

츄월츈풍 ᄉ시졀은 뵈오리의 북 지나듯

젹연무인 혼ᄌ 안ᄌ 싱각ᄂ니 님 뿐이라

소소낙목 부ᄂ 바람 나붓기ᄂ 의상이라

향혼옥골 ᄉ라질 졔 쥬루만협 ᄒᄂ고나

보고지고 우리 낭군 엇지 그리 못 오ᄂ고

**츈슈만ᄉ퇵ᄒ니 물이 막혀 못 오시나**

**하운이 다긔봉ᄒ니 뫼히 놉하 못 오시나**

가련금야 슉창가라 ᄉ랑 괴야 못 오시나

쥬마투계유미환이라 노름 잠겨 못 오시나

오날이나 편지올가 ᄂ일이나 소식올가

응당 한번 오련마ᄂ 이럴 니가 업슬노다

바라보니 아득ᄒ고 싱각ᄒ니 목이 멘다

공방미인독상ᄉᄂ 날노 두고 니른 말이로다

동원도리편시츈은 삼월모츈 슈심이오

공산낙목우소소ᄒ니 ᄉ월남풍 슈심이라

오동야우 잠ᄭ인 후의 실솔셩이 슈심이오

겨울 가고 봄이 오니 송구영신 슈심이라

비취금 원앙침 공작병 합환션이 호ᄉ도 되려니와

연분을 위ᄒ 뜻지 이졔로 보와ᄒ니 니별이 슈심일다

니별에 설운 뜻을 눌다려 니롤손냐

가슴이 다 타오니 님 그리는 화렬이오

눈섭의 미친 한이 님 그리는 화렬이라

혈육으로 삼긴 몸이 이리 셜고 엇디 살니

나 죽고 님 죽으면 그졔야 원슈되야

나 조코 님 조호면 그 아니 연분인가

니졍의 홍불기는 남복으로 종군ᄒ고

탁문군의 봉구황이 고금이 다롤만졍 인심이야 다롤숀냐

왕소군 반쳡여는 고금이나 상ᄉ일념 원ᄒ기야 마음은 ᄒ가지라

셔왕모의 쳥됴연과 소즁낭의 흰 기럭기

이런 쎄의 잇실진터 소식이나 젼홀 거슬

화월갓치 맑은 얼골 표표ᄒ여 눈의 암암

건곤은 유의ᄒ여 우리 둘을 삼겻는터

셰월은 무졍ᄒ여 **옥빈홍안이 공뇌로다**

나며들며 오락가락 님 가든 길 바라보니 이 니 상ᄉ 허시로다

무졍셰월은 물 흐르듯 도라가고

유의훈 우리 인싱 이별의 다 늙는다

녀관한등에 긱회도 슯ᄒ거든

벽창공방의 님 이별을 니룰숀가

공산야월 졈문 날과 천음월혼우습훌 졔

깁을 둘너 초혼ᄒ면 영이별이 이쩌로다

져근덧 가미ᄒ여 꿈의나 보ᄌᄒ되 슈심겨워 잠 못드니

타귀황힝 져 쐬ᄊ리 막교지상 우지 마라

네 우름의 잠 못닐워 님의 곳의 못갈노라

신무우익ᄒ니 바라본들 어이ᄒ리

셰류츈풍 져문 날과 오동청노츄월야의 이리 그리고 엇지 살니

달은 밝고 바람은 찬디 밤은 길고 잠 업셰라

녯일을 솜솜 셰아리니 엇지 아니 설운손냐

덕급금슈 탕님군도 하걸의 포악으로

하디옥의 갓첫다가 도로 노혀 셩군 되고

만고셩현 공부즈도 광산히 욕을 보나 도로 노혀 셩현 되고

명덕신민 쥬문왕도 상쥬의 음악으로

뉴리옥의 갓첫다가 도로 노혀 셩군 되고

졍츙디졀 소즁낭도 흉노의게 잡혀가셔

북희상의 갓첫다가 고국으로 도라오니

이런 일노 보와셔는 이미훈 이니 몸이 힝혀나 옥의 나셔 셰상 구경 다시 홀가

익고익고 설운지고 쥬야댱텬 우름 운들 속졀 춘향 젼혀 업다

오날이나 방송홀가 니일이나 디스홀가

밤낫으로 기드리나 노홀 뜻은 젼혀 업고

취즁의 쥬망나면 써써 올녀 중장ᄒ여

월삼동초 좌긔마다 지만ᄒ라 슈죄훈들

송빅갓치 구든 졀기 북풍한셜 두려ᄒ랴

익고 이롤 어이ᄒ리 죽을 밧긔 홀 일 업다

빅병이 층싱ᄒ니 속졀업시 나 죽깃네

우리 도령님 한 번만 보고지고

한번 보고 그씨 죽어도 한이 업고 즉금 죽어도 한이 업고

이 즈리에 죽어도 한이 업깃네

이 몸이 죽기 젼의 아모조록 보고지고

알프기도 긔지업고 칩기도 가이업다

마ᄃᆡ마ᄃᆡ 셕ᄂᆞᆫ 간장 드ᄂᆞᆫ 칼노 졈여ᄂᆡ여

산호상 ᄇᆡᆨ옥함의 졈졈이 담아다가 님의 눈의 뵈고지고

보신 후의 셕어진들 관겨ᄒᆞ랴

쳡쳡히 놉흔 봉의 ᄌᆞ고가ᄂᆞᆫ 져 구름아

나의 슬픈 눈물 빗발 삼아 품어다가 님 계신 옥창 밧긔 ᄲᅮ려주렴

이렁트시 앏흔 몸이 님을 보면 나흐리라(328~331쪽).

### (2) 〈사미인곡〉

ᄂᆡ 몸이 녀ᄌᆞ 되고 군ᄌᆞᄅᆞᆯ ᄉᆞ모ᄒᆞ나

ᄇᆡᆨ일이 무졍ᄒᆞ여 셰월이 깁허가니

젼젼반측ᄒᆞᄆᆡ 쳥춘이 가셕이라

삼춘의 깁흔 병이 골슈의 드러시니

가슴에 셕은 피ᄅᆞᆯ 편작인들 어이 홀고

문젼뉴창외ᄆᆡᄂᆞᆫ 가지마다 춘식이니

금ᄉᆞ로 ᄆᆡᄌᆞᆺ시며 ᄇᆡᆨ셜노 다듬엇다

무한춘광은 어이ᄒᆞ여 나의 회포ᄅᆞᆯ 도도ᄂᆞᆫ뇨

인ᄉᆡᆼ부득ᄀᆡᆼ소년은 나도 잠간 알것마ᄂᆞᆫ

동원도리편시춘을 님은 어이 모르ᄂᆞᆫ고

탁문군의 거문고ᄅᆞᆯ 남산 송ᄇᆡᆨ슈로

월노승 ᄆᆡᄌᆞᄂᆡ여 우리 인연 ᄆᆡᆽ고지고

죽지ᄉᆞ와 ᄆᆡ화곡을 님의 일홈 ᄉᆞᆷ아 더져두고

무인셩월 황혼의 한슘셧거 노릭혼들 그 뉘라셔 츠즈오리

창텬이 알 니 업고 야식이 쳐량하다

상스일념 못니긔여 북창을 의지ㅎ니

식벽 셔리 찬 바람의 슯히 우는 져 홍안아

요량한셩의 남은 간장 다 셕는다

나의 회포 그려너여 님의 곳의 보너고져

인비목셕이니 어이 아니 감동ㅎ리

어와 니 일이여 약슈삼쳔니의 쳥죠롤 바라거늘

동풍작야우의 몽혼이 날것고나

쳥스빅녹이 길을 그룻 인도ㅎ여

님의 곳을 아니 가고 거믜쥴의 걸녓시니

가셕ㅎ다 나의 신셰 홍안박명 가련ㅎ다

어와 셜운지고 이싱에 품은 한을 후싱의나 즐기려 원ㅎ느니

텬지일월셩신후토는 어엿비 넉이쇼셔(331~332쪽).


가사체로 되어 있는 이 기다란 〈옥중자탄〉 대목은 옥중 춘향의 신세 타령에 상사 연정 주제의 여러 가사에서 어구, 어휘를 차용하면서(고딕 강조) 새로운 가사를 만들어낸 것임을 알 수 있다. 상사연정가사(애정가 사)는 생성 향유 배경이 기방을 중심으로 한 동질적 요인으로 말미암아 하나의 작품에서 유사 이본이 파생하여 이종화하는 속성을 보인다. 〈상사별곡〉, 〈춘면곡〉, 〈규원가〉 등을 중심으로 한 원본의 권역은 〈진 정편〉, 〈상사진정몽가〉, 〈청루원별곡〉, 〈별별상사곡〉, 〈상부가〉, 〈단 장사〉, 〈홍도상사가〉 등 헤아리기 어려운 파생본을 생산해내면서 넓

혀지는데, 여기에 「추풍감별곡」 같은 소설과의 교섭을 보이는 작품이 중간에 끼어들면서 상사 연정 주제의 관용 어구를 확정하는 데 기여하기도 한다.

이 대목의 뒤에 보이는 〈사미인곡〉은 『악부』에도 남아 있는 것을 보면 상사연정 주제의 가사가 활발히 생성되는 과정에서 만들어진 작품으로서, 송강의 〈사미인곡〉의 제명을 취하는 전략을 활용하여 오랜 기간 전승될 수 있었던 것임을 알 수 있다. 그러나 본 내용은 충신연주지사가 아닌 세속적인 연정으로 전화하여 "미인-님"의 의미 내용이 달라진 단계의 상사연정 가사임을 확실히 하고 있다.

이처럼, 상사 연정 가사의 파생본이 생성되는 경로는 일정하지 않고 작품 간에 상호 영향을 주는 다발적인 방향을 취하는데, 『남원고사』의 옥중 자탄 대목은 이 원리를 적절히 활용하여 여러 상사연정가사를 교합하여 춘향의 비극적 정황을 전달하는 데 효과적인 새로운 상사연정 가사를 지어낸 결과라고 할 수 있다. 『남원고사』의 작자는 다른 대목에서 당대에 유행하는 노래를 적절히 차용하는 수단을 보여주었지만, 특히 상사연정가사에서 창작에 가까운 교합의 솜씨를 보일 수 있었던 것은(이런 솜씨는 강호가사를 활용하는 대목에서도 보인다) 당대에 강호가사와 더불어 상사연정가사가 가사의 중심 권역에 놓여 있어서 이본과 파생본이 활발히 생산되는 왕성한 전승 과정을 밟고 있는 중이었던 것과 관련이 깊을 것으로 보인다.

그런데 『악부』에는 〈리도령생각〉(〈獄中記〉)이라 하여 이 대목이 독립된 노래로 보존되어 있어서 주목을 요한다(뒤에, "어미ᄃ려 ᄂᆞ른 말이 너가 만일 죽거들낭 뉵진장포로 즐끈 동혀 명산더쳔 뭇지 말고 한양셩니 올녀다가 디로쳔

변 뭇더쥬면 도령님 왕니시에 음성이나 드러보세"가 "어미ᄃ려 니른 말이"만 빠지고 그대로 덧붙어 있다). 『남훈태평가』의 "잡가" 부분에 〈쇼춘향가〉가 실려 있어서 판소리의 특정 대목이 독립된 노래로 불리는 것을 확인할 수 있었고, 〈십태가〉나 〈집장가〉 들이 뒤에 십이잡가의 한 곡목으로 불리기도 하지만 이처럼 『춘향전』의 특정 이본의 한 대목이 완전한 노래로 보존되는 것은 이채로운 일이라 아니할 수 없다. 이 보존의 경로는 틀림없이 『남원고사』에서 비롯되었음을 확인할 수 있기 때문에 이 사실을 바탕으로 판소리계의 잡가가 생성되는 경로에서 『남원고사』의 위치를 중요하게 평가할 수 있게 되었다.

아래에 상사 연정 주제의 가사들 간의 어구 공유 현상을 예거해 본다 (고딕 강조가 『남원고사』의 해당 어구, 그 아래는 다른 작품의 유사 어구이다).

**가셕ᄒ다 나의 신세 홍안박명 가련ᄒ다** (〈사미인곡〉[59]; 『남원고사』)

가련ᄒ다 이내 일신 독수공방 공로로다 (〈진정편〉; 고대본 『악부』)

가슴이 다 타오니 님 그리는 화렬이오 (〈옥중자탄〉; 『남원고사』)

가슴의 불리ᄂ니 간장이 타노미라 (〈환별가〉; 『기사총록』)

가슴의 잇는불을 한슴이 붓쳐너니 (〈환별가〉; 『기사총록』)

**공방미인 독상사는 녜로붓터 이러ᄒᆫ가** (〈상사별곡〉; 『남원고사』)

공방미인 독상ᄉ는 예로붓허 이러ᄒᆫ가 (〈상사별곡〉; 『기사총록』)

---

[59] 춘향의 옥중자탄 대목에 나오는 이 노래는 후기 〈사미인곡〉(세속적 연정을 주제로 한)의 이본으로 파악된다. 괄호 안의 출처는 〈작품명〉; 『해당 작품이 들어 있는 책』과 같이 표기한다.

공방미인독상ᄉ는 날노 두고 니른 말이로다 (〈상사별곡〉;『남훈태평가』)


공산야월 졈문 날과 쳔음월혼 우습홀 졔 (〈옥중자탄〉;『남원고사』)

공산낙목우소소ᄒ니 ᄉ월남풍 슈심이라 (〈옥중자탄〉;『남원고사』)

공산츄야월의 두견이 슬피우니 (〈춘면곡〉;『기사총록』)


**나 조코 님 조ᄒ면 그 아니 연분인가** (〈옥중자탄〉;『남원고사』)

**나 쥭고 님 쥭으면 그졔야 원슈 되야** (〈옥중자탄〉;『남원고사』)

나 혼ᄌ 이러혼가 임도날을 싱각는가 (〈상사별곡〉;『기사총록』)

나 우는 우름ᄉ긋테 임도아니 우르시랴 (〈상사별곡〉;『기사총록』)


**나며들며 오락가락** 님 가든 길 바라보니 이늬 상ᄉ 허ᄉ로다 (〈옥중자탄〉;
『남원고사』)

나며들며 뷘방으로 오락가락 혼ᄌ셔셔 (〈상사별곡〉;『기사총록』)


날리 돗친 학이 되여 나라가다 아니 가랴(상사별곡;『남원고사』)

나리돗친 학이되면 나라드러 가련마는 (〈상사별곡〉;『기사총록』)


**동원도리편시츈을 님은 어이 모르는고** (〈사미인곡〉; 고대본『악부』)(사미인
곡〉;『남원고사』)

동원도리편시츈은 삼월모츈 슈심이오 (〈별별상사가〉; 고대본『악부』)

동원도리편시츈은 어이 그리 슈이 가노 (〈별별상사가〉; 고대본『악부』)

**만경창파 져 물결은 쥬야댱텬 흘너가니** (〈옥중자탄〉 ;『남원고사』)

萬頃蒼波 져 물결은 晝夜長天 흘너가니 (〈想夫歌〉 ; 고대본『악부』)


**만쳡상사 그려닌들 한 붓스로 다 그리랴**(〈상사별곡〉 ;『남원고사』)

만첩 청산 그려니면 한 붓스로 그리리라(〈상사별곡〉 ;『기사총록』)


**무정세월은 물 흐르듯 도라가고** (〈옥중자탄〉 ;『남원고사』)

무정세월 갈스록 시로와라 츄월츈풍 덧업도다(〈환별곡〉 ;『기사총록』)

무정세월 여류ㅎ여 나나리 깁허가니 (〈음창가〉[60] ;『기사총록』)


**보고지고 우리 낭군 엇지 그리 못 오는고** (〈옥중자탄〉 ;『남원고사』)

보고지고 보고지고 임의얼골 보고지고(〈춘면곡〉 ;『기사총록』)

보고지고 임의얼골 듯고지고 임의소릭(〈상사별곡〉 ;『기사총록』)


**산두의 편월 되여 임의 낫헤 빗춰고져**(〈춘면곡〉 ;『남원고사』)

산두의 반월되여 임의곳의 빗춰고져(〈춘면곡〉 ;『기사총록』)


**삼츈의 깁흔 병이 골슈의 드러시니** (〈사미인곡〉)(〈사미인곡〉 ;『남원고사』)

삼츈고한봉감우오 쳔니타향봉고인이라 (〈옥중상봉〉 ;『남원고사』)

삼츈의 ᄂᆞ뷔되여 간데마다 분일고져(〈춘면곡〉 ;『기사총록』)

삼츈의 즐기든일 쑴이런가 싱시런가 (〈음창가〉 ;『기사총록』)

삼츈이 다진토록 쩌ᄂᆞ스지 마잣더니(〈춘면곡〉 ;『기사총록』)

---

[60] 「추풍감별곡」의 선행 이본.

**상스일념** 못 니긔여 북창을 의지ᄒ니 (〈사미인곡〉;『남원고사』)

상스로 곤흔몸이 상두의 다시비겨 (〈음창가〉;『기사총록』)

상스불견 이 닉 진정 졔 뉘 알니 (〈상사별곡〉;『기사총록』)

상스불견 임의소식 하마올가 바랏드니 (〈춘면곡〉;『기사총록』)

상스ᄒ든 우리임을 꿈가운디 잠간맛ᄂ (〈춘면곡〉;『기사총록』)

**식벽셔리 찬 바람의 슲히 우는 져 홍안아** (〈사미인곡〉;『남원고사』)

식벽달 외기럭이 슬푼소리 반겨듯고 (〈환별가〉;『기사총록』)

식벽셔리 지는달의 외기럭이 슬피울졔 (〈춘면곡〉;『기사총록』)


**어와 닉 일이여** 약슈삼쳔니의 쳥죠롤 바라거늘 (〈사미인곡〉;『남원고사』)

어와 어인일고 조물의 시기미라 (〈음창가〉;『기사총록』)

어와 이다룰손 임그리고 엇지살니 (〈환별가〉;『기사총록』)

어와 황홀헐ᄉ 꿈을상시 숨고지고 (〈춘면곡〉;『기사총록』)

어와 가련ᄒ다 이무슴 인년인고 (〈환별가〉;『기사총록』)

어와 원슈로다 이임의 탓시로다 (〈춘면곡〉;『기사총록』)

어와 져임이야 싱각ᄒ니 허시로다 (〈환별가〉;『기사총록』)

어와 셜운지고 이싱에 품은 한을 후싱의나 즐기려 원ᄒᄂ니 (〈사미인곡〉;
『남원고사』)


**오날이나 방송홀가 닉일이나 되ᄉ홀가** (〈옥중자탄〉;『남원고사』)

오날올가 닉일올가 그린지도 오릭거다 (〈상사별곡〉;『기사총록』)

오날이나 편지 올가 닉일이나 쇼식 올가 (〈상사별곡〉;『남훈태평가』)

인비목셕이니 어이 아니 감동ᄒ리 (〈사미인곡〉;『남원고사』)

인비목셕이나 임도응당 늣기리라 (〈음창가〉;『기사총록』)


져 물 갓치 흘너 가량이면 님의 곳의 가랸마는 (〈옥중자탄〉;『남원고사』)

져 물갓치 흘너가면 님에 곳에 가련마은 (〈想夫歌〉; 고대본『악부』)


젹연무인 혼ᄌ 안ᄌ 싱각는 니 님 ᄲᅮᆫ이라 (〈추풍감별곡〉; 고대본『악부』) (〈옥중자탄〉;『남원고사』)

젹막혼 븬방안의 오련이 혼ᄌ안져 (〈음창가〉;『기사총록』)

젹막혼 븬 방안에 올연이 홀노 안ᄌ (〈진졍편〉; 고대본『악부』)


쥬마투계 쥬쇽으로 외입ᄒ여 못 오던가 (〈옥중상봉〉;『남원고사』)

쥬마투계유미환이라 노름 잠겨 못 오시나 (〈별별상상가〉; 고대본『악부』)


쳥텬의 ᄯᅥ는 구름 놉흠도 놉흘시고 (〈옥중자탄〉;『남원고사』)

靑天에 ᄯᅥ는 구름 놉흠도 놉흘시고 (〈想夫歌〉; 고대본『악부』)


츄월츈풍 ᄉ시졀은 뵈오리의 북 지나듯 (〈규원가〉) (〈옥중자탄〉;『남원고사』)


츈슈만ᄉ퇵ᄒ니 물이 막혀 못 오시나 (〈옥중자탄〉;『남원고사』)

츈수만ᄉ퇵허니 물이 만아 못오시나 (〈별별상사가〉; 고대본『악부』)


타긔황힝 져 쇠쏘리 막교지상 우지 마라 (〈사친가〉 〈단가〉; 고대본『악부』)

(〈옥중자탄〉;『남원고사』)


**탁문군의 거문고롤 남산 송빅슈로** (〈사미인곡〉;『남원고사』)

**탁문군의 봉구황이** 고금이 다롤만졍 인심이야 다롤숀냐(〈옥중자탄〉;『남원고사』)

탁문군의 말근지음 흡흡이 즈쵀업다 (〈음창가〉;『기사총록』)


**하운이 다긔봉ㅎ니** 뫼히 놉하 못 오시나 (〈옥중자탄〉;『남원고사』)

화운이 다긔봉허니 구름이 막켜 못오시나 (〈별별상사가〉; 고대본『악부』)


## 7) 〈새타령〉


두견 졉동은 좌우의 넘노ᄂᆞᆫ디 열업슨 산ᄯ옥이ᄂᆞᆫ 이 산으로 가며 ᄯ옥 져 산으로 가며 ᄯ옥 우름 울고 쏘 ᄒᆞᆫ 편 바라보니 모양 업슨 슈국시ᄂᆞᆫ 져 산으로 가며 슈국 이 산으로 가며 슈국 우름 울고 쏘 ᄒᆞᆫ 편 ᄇᆞ라보니 만니산 갈가마괴 돌도 차돌도 아모것도 못 어더먹고 티빅산 기슭으로 갈가오 갈가오 울며가고 쏘 ᄒᆞᆫ 곳 바라보니 층암절벽간의 홀노 웃둑 셧ᄂᆞᆫ 고양남무 것츠로는 비루 먹고 좀 먹어 속은 아모것도 업시 아조 텡 뷔엿ᄂᆞᆫ디 부리 쐿족 허리 질눅 쏭지 뭇둑ᄒᆞᆫ 쌋져구리 거동보소 크나큰 디부동을 한아름 드립더 흠셕 안고 쑥두겈 쑴벅거리며 쑥두덕 쑴벅 구을니ᄂᆞᆫ 소리 귄들 아니 경일소냐(350쪽).


〈새타령〉은 민요에서 유래하였을 것이다. 『남원고사』에 실린 이 〈새타령〉도 앞에서 살핀 〈새타령〉처럼[61] 『악부』에 실린 〈새타령〉의 일부 대목과 유사한 부분이 있으나[62] 전체적으로 내용의 차이가 크다. 이로 보아 당시 여러 종류의 〈새타령〉이 존재한 것으로 보이고, 『남원고사』에서는 그 가운데 한 작품을 활용하였을 것으로 추정된다.

## 8) 농요

### (1) 〈격양가〉

시화셰풍 티평시의 평원광야 농부네야 우리 아니 강구미복으로 동요듯던 요님군의 버금인가 얼널널 상ᄉ디 함포고복 우리 농부 쳔츄만셰 즐겨왜라 얼널널 상ᄉ디 슌님군 민드신 장기 녁산의 밧츨 갈고 신농시 민든 ᄯ뷔 쳔만셰롤 유젼ᄒ니 귄들 농뷔 아니신가 얼널널 상ᄉ디 어셔 갈고 드러가셔 산승갓흔 혀롤 물고 잠을 든다 얼널널 상ᄉ디 거젹ᄌ리 칙혀 덥고 연젹갓튼 졋슬 쥐고 얼널널 상ᄉ디 밤든 후의 한 번 올나 돌송이를 비즌 후의 ᄌ식 하나 민들니라 얼널널 상ᄉ디(353~354쪽).

### (2) 〈선소리〉

텬황시가 나신 후의 인황시도 나시도다 얼널 얼널 상ᄉ디 슈인시 나신 후의 교인화식 ᄒ시도다 얼널 얼널 상ᄉ디 하우시 나신 후의 착산통도 ᄒ단 말가 얼널 얼

---

**61** 윤덕진 · 임성래, 「『남원고사』 연구(1)」, 『열상고전연구』 제13집, 열상고전연구회, 2000, 27~29쪽.

**62** "만니산 갈가마괴 돌도 차돌도 아모것도 못 어더먹고 티빅산 기슭으로 갈가오 갈가오 울며가고"가 그에 해당한다. 이 대목은 『악부』 소재 〈새타령〉에도 "摩尼山 갈가마귀 차돌도 바회 못어더먹고 太白山 기슭으로 골각 〃〃 갈의령 〃〃 갈골 〃〃 쌀곡 〃〃 울고간다"로 그대로 등장한다(김동욱 · 임기중 편, 『교합악부』 하, 146쪽 참조). 그러나 나머지 대목은 같은 부분이 별로 없다.

널 상스디 신농시 나신 후에 상빅초롤 흣단 말가 얼널 얼널 상스디 은왕셩탕 나신 후의 디한칠년 맛나시니 전조단발흐온 후의 상님들의 긔우흐다 얼널 얼널 상스디 시화셰풍 티평시의 평원광야 농부드라 승평연월 이 셰계가 오왕셩덕 아니신가 얼널 얼널 상스디 갈텬시젹 빅셩인가 우리 아니 슌민인가 함포고복 우리 농부 천 츄만셰 즐겨왜라 얼널 얼널 상스디 슌님군의 민든 장기 녁산의셔 밧츨 갈고 신농 시 민든 스뷔 천만셰롤 유젼흔다 얼널 얼널 상스디 남양능즁 졔갈션싱 불구문달 흐올 젹의 양보음을 읊흔 후의 궁경산젼 흐엿고나 얼널 얼널 상스디 싀상오류 도 쳐스도 청운환노 마다흐고 오두미롤 벽소흐여 젼원당무 가라 잇다 얼널 얼널 상 스디 어와 우리 농부드라 스월남풍 보리타작 구십월 벼까리롤 우걱지걱 지어봅셰 얼널 얼널 상스디 오곡빅곡 흐여니여 우리 님군긔 공을 흐고 남은 곡식 잇거들낭 부모 봉양흐여봅셰 얼널 얼널 상스디 봉양흐고 남거들낭 쳐즈권쇽 먹여봅셰 얼널 얼널 상스디 남은 곡식 잇거들낭 일가친쳑 구졔흡셰 얼널 얼널 상스디 어와 우리 농부드라 농스흐고 드러가셔 힛곡식의 비 불니고 기즉장스나 달니봅셰 산승갓튼 혀롤 물고 연젹갓튼 졋슬 쥐고 굽닐굽닐 굽닐러셔 돌송이나 거취흡셰 얼널 얼널 상스디 우리 농부 드러보소 불상흐고 가련흐다 남원 춘향이는 비명원스 흣단 말 가 무거불측 니도령은 영졀소식 업단 말가 얼널 얼널 상스디(364~366쪽).

## (3) 〈산유화〉

엇던 스람 팔즈 조화 호의호식 넘녀 업고 쏘 엇던 스람 팔즈 긔박흐여 일신이 단쳐흐고 아마도 빈한고락을 돌녀볼가 (쏘 흔 아희 소리흐디) 이 마을 총각 져 마을 쳐녀 남가녀혼 졔법일다 공번된 하늘 아릭 셰상 일이 경오도지다(364쪽).

위에 소개한 작품들은 『남원고사』의 해당 장면에서 사실감을 높이기 위하여 활용된 일종의 농요들이다. 농요는 농민의 소박한 풍정이 그려지는 것이 내용상의 특징인데, 역시 선창자가 선창하는 과정에서 즉흥적으로 창작하거나 자신이 알고 있는 가사를 활용하는 경우가 많다.

위에 소개한 첫 번째 작품은 〈격양가〉라는 이름을 붙였지만 〈농부가〉의 전형적인 작품으로, 일종의 노동요이다. 이것은 이도령이 암행하는 도중에 듣는 내용을 소개한 작품인데, 농부들의 노동과정에 등장하는 내용을 그대로 보여주고 있다.

위의 두 번째 인용문의 〈선소리〉는 일종의 노동요로, 본문에서는 농부들이 가래질을 하면서 부르는 노래이다. 앞에서 부른 농부들의 〈격양가〉와 형태가 같은 농요지만 선창자에 따라서 메김소리가 다르기 때문에 가사도 차이가 있어서 즉흥적인 창작의 실례를 보여주고 있다. 곧 순수한 창작이라기보다는 자신이 알고 있는 대목을 적절히 활용하면서 새로운 창작을 시도하고 있다. 예를 들어 "어와 우리 농부드라(…중략…) 일가친척 구졔홉셰" 같은 구절은 〈농가월령가〉의 1절에 있는 것을 활용한 것이다.

세 번째 인용한 〈산유화가〉는 "메나리"라고도 불리는 민요로서 현대까지 부여, 선산 지역에서 전승되고 있다. 17~19세기까지 이 노래와 관련된 악부시와 관련 기사가 풍부한 것을 보면 지속적으로 성창되었음을 알 수 있다.[63] 오늘날 전하여지는 가사에 "얼널널 상사뒤 어여뒤여 상사뒤"라는 후렴구가 붙어 있는 것도 있어서 위의 〈선소리〉와 마찬가지로 농요의 일종으로 불리었음을 알 수 있다.

---

[63] 이에 관하여는 이가원, 『조선문학사』(태학사, 1997)의 931 · 945 · 1292 · 1303쪽에서 자료를 찾을 수 있다.

# 5. 제5권

5권은 춘향이 옥중에서 허판수의 해몽을 듣는 데서 시작하여 상봉한 후에 서울로 올라가 정열부인에 봉해지고 백년해로하는 결말까지의 줄거리 부분에 해당한다. 이 부분에 삽입된 가요는 그 숫자가 앞부분에서 살핀 것보다 좀 적은 편이다. 이를 간략히 살펴보려고 한다.


## 1) 〈옥중가〉

그뉘라셔 날 찻는고 날 츠즈 리 업것마는 이 곳지 흉혼 옥듕이라 형문마져 죽은 귀신 결항ᄒᆞ여 죽은 귀신 이미ᄒᆞ게 죽은 귀신 뭇귀신이 날 찻는가

진언이나 닑어보즈 눆즈디명 왕보살 옴마리반메훔 왼발 구르며 먼니 쪄쪄 그러치 아니ᄒᆞ면 상산스호 벗지 업셔 바독두즈 날 찻는가

영쳔슈의 귀 뺏던 소부 허유 진셰스룰 의논코져 날 찻는가

쥬듕텬즈 뉴령이가 슐 먹즈 날 찻는가

시듕무량 니티빅이 시부룰 읇즈 날 찻는가

위슈어옹 강틱공이 낙시질ᄒᆞ랴 날 찻는가

슈양산 빅이슉졔 고스리 킥즈 날 찻는가

면산 깁흔 곳의 기즈츄가 불타 죽즈 날 찻는가

황능묘의 아항여영 시녀 업셔 날 찻는가

텬틱산 마고션녀 슉낭즈룰 므르려고 날 찻는가

날 츠즈리 업것마는 그 뉘라셔 날 츳는고(410~411쪽).

이런 투의 노래가 『악부』에 〈긴녕조〉라 하여 남아 있고 또 〈훼절가〉라는 가사에도 이 대목이 나오는 것을 보면 널리 불리었음을 알 수 있다. 뒤의 원망사설에도 보이지만 같은 구조의 문장을 중첩하여 부연해 나가는 방식은 가장 단순하게 사설을 확장해 나갈 수 있으면서 판소리의 전형적인 수사법인 열거·나열을 실행하는 것이기도 하다. 이러한 반복 구조 속의 열거·나열은 청중의 관심을 환기하여 대상에 집중케 하는 효과를 가져오는데, 이 대목에서는 춘향·이도령 양인 상봉이라는 절정으로 상승하는 분위기로 청중(독자)을 끌어들이는 효과를 발하고 있다.

## 2) 〈옥중상봉〉, 〈원망사설〉(일종의 가사체)

인고 이거시 웬 일이며 이 말이 웬 말이오

하눌노셔 쩌러진가 싼흐로셔 솟슷는가

바람결의 블녀왓나 쩨구름에 싸혀왓나

무릉도화 범나뷘가 오류문전 쇠꼬린가

**환희풍파 골몰ㅎ여 못 오던가**

**쥬마투계 쥬식으로 외입ㅎ여 못 오던가**

**산이 놉하 못 오던가 물이 깁허 못 오던가**

**산이여든 도라오고 물이여든 건너오지 엇지 그리 못 오던가**

츄월이 양명휘ᄒ니 달이 밝아 못 오던가

일낙댱ᄉ츄식원ᄒ니 날 져무러 못 오던가

촉도지난이 난어상쳥쳔ᄒ니 길 험ᄒ여 못 오던가

환슈북히 안셔지ᄒ니 소식 몰나 답답ᄒ데

건곤이 일야부에 단원댱醉불원셩ᄒ니 술 취ᄒ여 못 오던가

빅셜이 만공산이라 호구불난금의박ᄒ니 날이 치워 못 오던가

회두일소빅미싱ᄒ니 시 상랑 겨워 못 오던가

삼츈고한봉감우오 쳔니타향봉고인이라

깃부도다 이 몸이 죽어져셔 후셰에나 볼가 ᄒ엿더니

쳔만의외 오날 다시 상봉ᄒ니

칠년디한 빗발 보듯 구년지슈 희빗 보듯 반갑기도 칭냥업니

금셕슈시나 한을 홀가 얼ᄉ 조흘시고

그러ᄒ나 그 ᄉ이 몸이나 일향ᄒ옵시고 발병이나 아니 낫소

산격벽히슈류기라 ᄒ엿신들 져딕지도 변ᄒᆫ가

엇지 그리 무졍ᄒ오 어이 그리 야속ᄒ오

아모리 져 몰골이 되여신들 녯 졍니롤 니즈시고 말슴조츠 그리ᄒ오

니 몸 구쳐롤 ᄒ라시니 그리면 아시에 엇지ᄒ여

산쳔은 이변이나 츠심은 난변이라 밍셰ᄒ엿소 엇지ᄒ던지 날 살녀쥬오

항시 족쇄 벗겨쥬오 거름이나 싀훤이 거러보셰

나의 몸을 옥문 밧긔 니여쥬오 셰상 구경 다시 ᄒ셰

반갑기도 긔지업고 깃부기도 칭냥업니

과연 말슴이지 셔방님 바라기롤

남졍북벌 요란홀 제 명댱갓치 긔국렬토 공신갓치 밋고 바랏더니

이졔 져 몰골이 되여시니 이고 나는 죽네 죽으나 한이 업소

져 지경으로 나려오니 남의 쳔더 오죽ᄒ며

긔한인들 젹어슬가 불샹ᄒ고 가련이도 되엿고나(413~414쪽).


고딕 강조의 부분은 이미 〈옥중자탄〉 부분을 상사연정가사들과 비교하면서 드러났던 부분인데, 여기서 또 사용되고 있음을 볼 수 있다. 다만 어미가 "못오시나"에서 "못오던가"로 바뀌었는데, 앞의 상황은 이 도령을 절망적으로 기다리던 때요, 뒤에는 이미 만난 뒤의 희망으로 바뀐 것을 의아해하면서 확인하고자 하는 때이다. 똑같이 상사연정가사에서 빌어왔지만 정황에 따라서 가사를 변개하는 솜씨는 다시 한번 『남원고사』 작자의 노래에 익숙한 서사 역량을 확인하게 한다.

# 제4장

# 삽입가요를 통해 본
# 『남원고사』와 〈춘향가〉의 상관성

앞에서 살핀 바와 같이 『남원고사』에 수용되어 있는 가요들은 기존 가요를 그대로 삽입한 경우도 있고, 작품의 줄거리를 고려하여 가요의 내용 일부를 변형시켜 삽입한 경우도 있으며, 새로운 내용의 가요를 창작하여 삽입한 경우도 있었다. 이 문제와 관련하여 필자들은 앞에서 『남원고사』에 수용되어 있는 삽입가요의 실상을 당시의 가집들에 실린 여러 가요 작품들의 제목과 내용을 비교하여 검토한 바 있다.[1]

그 논의의 연장선상에서 여기서도 삽입가요의 문제를 논의하기로 하되 그 관심의 초점을 판소리계 소설 『춘향전』과 판소리 〈춘향가〉와의[2] 상관성 문제에 두겠다. 그리고 이 문제를 『춘향전』의 이본 가운데

---

[1] 윤덕진·임성래, 「『남원고사』 연구(1)」, 『열상고전연구』 제13집, 열상고전연구회, 2000; 「『남원고사』 연구(2)」, 『열상고전연구』 제15집, 열상고전연구회, 2002; 「『남원고사』 연구(3)」, 『열상고전연구』 제18집, 열상고전연구회, 2003.

[2] 앞으로 판소리계 소설 『춘향전』은 『춘향전』으로, 판소리 〈춘향가〉는 〈춘향가〉로 약칭하여

하나인 『남원고사』와 〈춘향가〉에 실린 삽입가요를 중심으로 살펴보려고 한다. 곧 이 글은 판소리의 사설을 문자로 정착시킨 것이 판소리계 소설이라는 일반적인 학설의 타당성 여부를 검토하기 위한 방안의 하나로 『춘향전』의 이본 가운데 하나인 『남원고사』에 실린 삽입가요를 활용하여 『춘향전』과 〈춘향가〉 사이의 삽입가요의 상관관계를 살펴보려고 한다.

삽입가요란 개념은 매우 복잡한 의미를 지니고 있기 때문에 이 글에서는 편의상 기존 연구자들이 『춘향전』 가운데 삽입가요로 본 작품들을 중심으로 논의를 전개하려고 한다.[3] 그 까닭은 이 글의 목표가 판소리에서 삽입가요를 어떻게 판별할 것인가를 해명하려는 데 있는 것이 아니라 판소리와 판소리계 소설에 존재하는 삽입가요의 상관관계를 통해서 판소리 사설의 정착본이 판소리계 소설인가의 여부를 밝히는 데 초점이 놓여 있기 때문이다. 그러므로 논의의 편의를 위해 기존 논의에서 『춘향전』의 내용 가운데 특정 부분을 삽입가요로 본 논의를 활용하여 논지를 전개하려고 한다. 또한 두 작품에[4] 등장하는 모든 삽입가요를 포함시켜 논의를 펴기에는 그 자료가 너무 많아서 번거롭고 효과적이지도 않다. 따라서 두 작품에 들어 있는 전체 삽입가요의 현황을 표로 만들어 일별하되 공통으로 삽입되어 있는 가요를 중심으로 논의를 펴기로 한다. 곧 두 작품에 모두 들어있는 삽입가요의 제목을 일

---

사용한다.

**3**    김동욱, 『증보춘향전연구』, 연세대 출판부, 1976; 김동욱, 『한국가요의연구』, 을유문화사, 1976.

**4**    여기서 두 작품이란 말은 판소리계 소설 『춘향전』, 곧 『남원고사』와 판소리 창본 〈춘향가〉, 곧 이선유본 〈춘향가〉를 의미한다. 앞으로 이들을 비교하여 논지를 전개하는 과정에서 두 작품이란 단어는 이런 의미로 사용한다.

별하고, 그것에 토대하여 두 작품에 공통적으로 삽입된 가요들을 비교하여 같은 점과 다른 점을 중심으로 그 상관성을 밝히고자 한다.

이 글에서 논의의 대상으로 삼은 대본은 다음과 같다. 『춘향전』의 대본으로는 『남원고사』를 택하였다.[5] 『남원고사』는 서울지역에서 세책본으로 유통된 이본으로, 다양한 삽입가요가 포함되어 있기 때문에 대본으로 선택하였다. 〈춘향가〉의 대본으로는 이선유본 〈춘향가〉를 선택하였다.[6] 그 까닭은 이선유본 〈춘향가〉가 비교적 오래된 창본(唱本)이고, 삽입가요의 숫자와 순서, 내용 등에서 다른 창본들과 별 차이를 보이지 않기 때문이다. 그 외에 성우향본 〈춘향가〉, 박동진본 〈춘향가〉, 정광수본 〈춘향가〉를[7] 삽입가요의 비교표에 참고 자료로 제시하고, 필요한 경우 간단히 언급하거나 부분적으로 활용하겠다.


## 1. 삽입가요의 비교


『남원고사』와 이선유본에 들어있는 삽입가요의 실상을 구체적으로 검토하기 위하여 해당 대본에 등장하는 작품들의 제목을 표로 만들어

---

5    김동욱・김태준・설성경, 앞의 책. 앞으로 『남원고사』의 인용은 이 책으로 하고, 해당 쪽수만 밝힌다.

6    김진영・김현주・김희찬, 『춘향전전집』2, 박이정, 1997. 앞으로 판소리 〈춘향가〉의 인용은 이 책으로 하고, 해당 쪽수만 밝힌다.

7    앞으로 이들을 각각 이선유본, 성우향본, 박동진본, 정광수본이라 약칭한다.

제시하면 다음과 같다.[8]

<표 1> 삽입가요 비교표

| 삽입가요명 | 남원고사 | 이선유본 | 성우향본 | 박동진본 | 정광수본 |
|---|---|---|---|---|---|
| 허두사 | ○ | × | × | × | × |
| 신세자탄가(이도령) | ○ | × | × | × | × |
| 봄타령 | ○ | × | × | × | × |
| 소상팔경시 | ○ | × | × | × | × |
| 누대명승풀이 | ○ | × | × | × | × |
| 기산영수 | × | ○ | ○ | ○ | ○ |
| 나귀·이도령치레 | ○ | ○ | ○ | ○ | ○ |
| 유산가 / 백구사<br>꽃타령 / 나무타령<br>새타령 / 짐승타령 | ○ | × | × | × | × |
| 적성가 | ○ | ○ | ○ | ○ | ○ |
| 명승가 | × | ○ | ○ | ○ | ○ |
| 추천가 | ○ | ○ | ○ | ○ | ○ |
| 금옥사설 | ○ | ○ | × | ○ | ○ |
| 그른내력 | ○ | ○ | ○ | ○ | ○ |
| 산세풀이 | × | ○ | ○ | ○ | ○ |
| 사랑가 1 | ○ | × | × | × | × |
| 천자뒤풀이 | ○ | ○ | ○ | ○ | ○ |
| 보고지고타령 | ○ | × | × | ○ | × |
| 춘향집치레 | ○ | ○ | ○ | ○ | ○ |
| 팔도담배가 | ○ | ○ | × | × | × |
| 주효기명사설 | ○ | ○ | × | × | ○ |
| 권주가 | ○ | × | × | × | × |
| 백구사 | ○ | × | × | × | × |
| 술타령 | ○ | × | × | × | × |
| 운림처사가 | ○ | × | × | × | × |
| 바리가 | ○ | × | × | × | × |
| 글자타령 | ○ | × | × | × | × |

---

**8** 이 표에 성우향본, 박동진본, 정광수본을 참고 자료로 함께 실었다.

| | | | | | |
|---|---|---|---|---|---|
| 사랑가 | ○ | ○ | ○ | ○ | ○ |
| 낭군가 | × | ○ | ○ | × | ○ |
| (각종)이별가 | ○ | ○ | ○ | ○ | ○ |
| 황계사 | ○ | × | × | × | × |
| 독수공방사설 | ○ | ○ | ○ | ○ | ○ |
| 상사별곡 | ○ | × | × | × | × |
| 사미인곡 | ○ | × | × | × | × |
| 신관노정기 | ○ | × | × | × | × |
| 신관도임차비사설 | ○ | × | × | × | × |
| 신연맞이 | × | ○ | ○ | ○ | ○ |
| 기생점고 | ○ | ○ | ○ | ○ | ○ |
| 군노사령치레 | ○ | ○ | ○ | ○ | ○ |
| 갈까부다 | × | ○ | ○ | ○ | ○ |
| 잡가 | × | ○ | × | × | × |
| 돈타령 | × | × | ○ | × | × |
| 죽지사 | ○ | × | × | × | × |
| 십장가 | ○ | ○ | ○ | ○ | ○ |
| 집장가 | ○ | ○ | ○ | ○ | ○ |
| 기생들사설 | × | ○ | ○ | ○ | ○ |
| 선소리 | ○ | × | × | × | × |
| 신선가 | ○ | × | × | × | × |
| 푸른산중(사설시조) | ○ | × | × | × | × |
| 춘면곡 | ○ | × | × | × | × |
| 처사가 | ○ | × | × | × | × |
| 어부사 | ○ | × | × | × | × |
| 송서(수호지,서유기 등) | ○ | × | × | × | × |
| 노름타령 | ○ | × | × | × | × |
| 놀이요 | ○ | × | × | × | × |
| 옥중자탄가 | ○ | ○ | ○ | ○ | ○ |
| 사미인곡 | ○ | × | × | × | × |
| 동풍가 (몽중가) | × | × | × | ○ | ○ |
| 쑥대머리 | × | × | ○ | × | ○ |
| 과장풍경가 | × | ○ | ○ | ○ | ○ |
| 어사복색치레 | ○ | ○ | ○ | ○ | ○ |

| | | | | | |
|---|---|---|---|---|---|
| 어사노정기 | ○ | ○ | ○ | ○ | ○ |
| 유산가 | ○ | × | × | × | × |
| 새타령 | ○ | × | × | × | × |
| 나무타령 | ○ | × | × | × | × |
| 농부가 | ○ | ○ | ○ | ○ | ○ |
| 산유화가 | ○ | ○ | ○ | ○ | ○ |
| 옥중몽중가 | ○ | ○ | ○ | ○ | ○ |
| 해몽점복사 | ○ | × | × | × | × |
| 옥중상봉가 | ○ | ○ | ○ | ○ | × |
| 생일연가 | ○ | ○ | ○ | ○ | ○ |
| 어사출도가 | ○ | ○ | ○ | ○ | ○ |
| 기생점고 | ○ | × | × | × | × |
| 상봉환희가 | ○ | × | ○ | ○ | ○ |

이제 위에서 제시한 표를 토대로 구체적인 작품의 제목을 비교하여 검토하기로 한다. 각 대본에 등장하는 모든 삽입가요의 제목을 한꺼번에 비교하는 일은 매우 번잡하므로 전체를 여섯 개의 부분으로 나누어 살펴본다. 그 나누는 방법은 줄거리 전개 순서를 따라가면서 중요한 장면을 중심으로 나누고, 각 부분에 등장하는 삽입가요의 제목을 비교하여 살펴보기로 한다.

첫 번째는 서두부터 이도령이 광한루에 행차하여 그곳의 경치를 구경하는 장면까지의 대목을 살펴보기로 한다. 이 대목에 등장하는 삽입가요는 『남원고사』에는 〈허두사〉, 이도령의 〈신세자탄가〉, 〈봄타령〉, 〈소상팔경시〉, 〈누대명승풀이〉, 〈나귀 · 이도령치레〉, 〈유산가 / 백구사〉, 〈꽃타령 / 나무타령〉, 〈새타령 / 짐승타령〉, 〈적성가〉 등이 있고, 이선유본에는 〈기산영수〉, 〈나귀 · 이도령치레〉, 〈적성가〉, 〈명승가〉 등이 있다. 두 작품에 공통으로 등장하는 삽입가요를 찾아보면 〈나귀·이도령치레〉와 〈적성가〉가 있다. 이선유본에는 『남원고사』의 〈유산가〉나 〈누대명승풀이〉와 비교할 만한 〈기산영수〉와 〈명승가〉가 있지만 그 내용이 달라서 같은 가요로 보기는 어렵다. 그렇다면 두 작품 사이에는 〈나귀·이도령치레〉와 〈적성가〉를 제외한 공통의 삽입가요는 없는 것으로 볼 수 있다.

이 부분에서 『남원고사』에는 판소리 창본[9]에는 없는 다양한 형식의 가요를 포함하고 있는 〈허두사〉가 등장하는 것이 특징이다. 이 〈허두사〉에는 『구운몽』을 소재로 한 사설시조 형식의 가요와 강호시가 형식의 단가, 강호가사 형식의 가요 등 여러 형식의 가요가 등장한다. 이 가운데 강호가사 형식의 가요는 〈유산가〉와 〈장사탄(長思歎)〉, 〈낙빈가〉, 〈강촌별곡〉 등의 가요 내용을 활용하여 변개한 것이 특징이다.[10] 『남원고사』의 〈허두사〉에 삽입된 가요들 가운데는 가사 형식의 가요들이 들어 있어서 흔히 판소리의 허두가로 불리는 단가들(가사 형식)과 형식적 공통점을 보여주지만 같은 제목이나 내용의 작품은 없는 것으로 보인다.

두 번째는 광한루에 당도한 이도령이 추천하는 춘향을 보고 놀라는 장면부터 집에 돌아와 서책을 읽으며 춘향의 집에 찾아갈 시간을 기다리는 대목까지를 살펴보기로 한다.[11] 여기에 등장하는 삽입가요는 『남원고사』에는 〈추천가〉, 〈금옥사설〉, 〈그른 내력〉, 〈사랑가〉, 〈보고지고타령〉

---

이 등장하는 데 비해 이선유본에는 〈추천가〉, 〈금옥사설〉, 〈그른 내력〉, 〈산세풀이〉, 〈천자뒤풀이〉 등이 등장한다. 두 작품에 공통적으로 삽입되어 있는 삽입가요는 〈추천가〉, 〈금옥사설〉, 〈그른 내력〉 등이다. 흥미로운 점은 『남원고사』의 이 장면에 이도령과 춘향이 〈사랑가〉를 부르며 노는 장면이 등장하고, 그 과정에 〈사랑가〉가 삽입되어 있다는 점이다.

세 번째는 이도령이 저녁에 방자와 춘향을 찾아가는 데서부터 초야를 보내고 사랑을 나누며 지내는 대목, 곧 두 사람의 이별 직전까지이다. 『남원고사』에 삽입된 가요는 〈춘향집치레〉와 〈팔도담배가〉, 〈주효기명사설〉, 〈권주가〉, 〈백구사〉, 〈술타령〉, 〈운림처사가〉, 경성소리로 하는 〈천자풀이〉, 〈바리가〉, 〈글자타령〉, 〈사랑가〉 등이다. 이선유본에 실린 가요는 〈춘향집치레〉와 〈팔도담배가〉, 〈주효기명사설〉, 〈사랑가〉, 〈낭군가〉 등이다. 두 작품에 공통으로 삽입된 가요는 〈춘향집치레〉와 〈팔도담배가〉, 〈주효기명사설〉, 〈사랑가〉 등이다. 『남원고사』에 실린 〈천자풀이〉는 경성소리로 한다는 이도령의 설명이 있는데, 이선유본에서는 이도령이 춘향을 보고 싶어서 노루글로 서책을 읽는 대목에 〈천자뒤풀이〉를 삽입시켰는데, 『남원고사』에서는 이 부분에 〈천자풀이〉라고 하여 삽입시킨 점이 다르다.

네 번째는 춘향과 이도령이 이별하는 장면부터 춘향이 독수공방에서 이도령을 그리워하는 장면, 곧 변사또가 신관으로 내려오기 전까지이다. 『남원고사』에는 춘향이 이별을 원망하는 각종 〈이별가〉와 〈황계사〉, 〈독수공방사설〉, 〈상사별곡〉, 〈사미인곡〉 등이 나오고 이선유본에는 각종 〈이별가〉와 〈독수공방사설〉 등이 나온다. 두 작품에 공통적으로 삽입된 가요는 여러 〈이별가〉와 〈독수공방사설〉이다. 각종

<이별가>는 두 작품에서 수효에 차이를 보인다. 『남원고사』에는 9편의 <이별가>가 실려 있고 이선유본에는 3편의 <이별가>가 실려 있다. 이선유본의 세 번째 <이별가>는 여러 가요를 엮어서 1편으로 만든 것이 특징이고, 『남원고사』의 <이별가>는 구구풀이형의 <이별가>와 글귀풀이형 <이별가>, <황계사>를 활용한 가사형 <이별가>, 시조형 <이별가> 등 다양한 가요의 형식을 활용한 것이 특징이다. 또한 『남원고사』에서는 춘향의 <독수공방사설>에 덧붙여 <상사별곡>과 <사미인곡>을 활용하여 춘향의 외로움을 표현하기도 했다.

다섯 번째는 신관 변사또의 등장부터 춘향이 옥중에서 자탄하며 세월을 보내는 장면까지이다. 『남원고사』에는 <신관노정기>와 <신관도임차비사설>, <기생점고>, <군노사령치레>, <죽지사>, <십장가>, <집장가>, <선소리>, <신선가>, <푸른산중(사설시조)>, <춘면곡>, <처사가>, <어부사>, <송서>, <노름타령>, <놀이요>, <옥중자탄가>, <사미인곡> 등이 삽입되어 있다. 이선유본에는 <신연맞이>와 <기생점고>, <군노사령치레>, 춘향의 <갈까부다>, <잡가>,[12] <집장가>, <십장가>, <기생들 사설>, <옥중자탄가> 등이 나온다. 『남원고사』의 <신관노정기>와 <신관도임차비사설>을 이선유본의 <신연맞이>와 같은 가요로 본다면 <기생점고>, <군노사령행차>, <집장가>, <십장가>, <옥중자탄가> 등이 공통으로 삽입된 가요들이다. 작품의 순서에서 『남원고사』에는 <십장가>가 먼저 나오고 <집장가>가 다음에 나오는 데 비해 이선유본에는

---

12 대본에는 <잡가>란 항목에 "저 건너 갈미봉에 비 무더온다 우장두르고 지심메러 갈가"라고 한 줄이 나온다. 이어서 <잡가>란 항목에 <매화타령>이란 제목으로 "지근방 큰방 골방 안에 국화색임에 완자문이라 조쿠나 매화로다"라고 한 줄 나온다.

<집장가>가 먼저 나오고 이어서 <십장가>가 나온다. 특이한 것은『남원고사』에는 왈자들이 등장하여 한 동안 춘향을 위로하면서 여러 종류의 노래를 부르는 장면이 삽입되어 있다는 점이다. 그 과정에서 다양한 작품들이 등장하는데, <선소리>와 <신선가>, <푸른산중>, <춘면곡>, <처사가>, <어부가>, <송서>, <노름타령>, <놀이요>에 이르기까지 다양한 형식의 삽입가요를 등장시키고 있다.

여섯 번째는 이도령의 과거 장면부터 대단원의 막이 내리는 마지막 장면까지이다.『남원고사』에는 <어사복색치레>와 <어사노정기>, <유산가>, <새타령>, <나무타령>, <농부가>, <산유화가>, <선소리>, <옥중몽중가>, <해몽점복사>, <옥중상봉가>, <생일연가>, <어사출도가>, <기생점고>, <상봉환희가> 등이 삽입되어 있다. 이선유본에는 <과장풍경가>와 <어사노정기>, <어사복색치레>, <농부가>, <산유화가>, <옥중몽중가>, <옥중상봉가>, <생일연가>, <어사출도가> 등이 삽입되어 있다. 두 작품에 공통적으로 들어있는 작품은 <어사노정기>와 <어사복색치레>, <농부가>, <옥중몽중가>, <옥중상봉가>, <생일연가>, <어사출도가> 등이다. <어사노정기>와 <어사복색치레>의 경우『남원고사』에서는 이도령이 길을 떠나기 전에 변복을 하기 때문에 <어사복색치레>, <어사노정기>의 순서로 되어 있어서 이선유본과 차이를 보인다.『남원고사』에는 걸인 형상의 이도령이 변사또의 생일연에 참석하여 기생에게 <권주가>를 청하자 기생이 멸시하는 <권주가>를 부르는 내용이 삽입되어 있는데, 박동진본과 정광수본에도 이런 내용이 아니리 형식으로 삽입되어 있다. 또한 <상봉환희가> 가운데 월매의 기쁨을 표현한 삽입가요가『남원고사』에 등장하는데, 박동진본과 정광수본에도 이런 내

용이 들어 있다.

이상에서 살핀 바를 간략히 정리하면 다음과 같다. 『남원고사』에만 삽입되어 있는 가요는 〈허두사〉 대목에 등장하는 사설시조와 강호시가 형식의 단가, 강호가사 형식의 〈유산가〉, 〈장사탄〉, 〈낙빈가〉, 〈강촌별곡〉이 있고, 그 외의 대목에 등장하는 이도령의 〈신세자탄가〉, 〈봄타령〉, 〈소상팔경시〉, 〈누대명승풀이〉, 〈유산가 / 백구사〉, 〈꽃타령 / 나무타령〉, 〈새타령 / 짐승타령〉, 〈보고지고타령〉, 〈권주가〉, 〈백구사〉, 〈술타령〉, 〈운림처사가〉, 〈바리가〉, 〈글자타령〉, 〈황계사〉, 〈상사별곡〉, 〈사미인곡〉, 〈신관노정기〉, 〈신관도임차비사설〉, 〈죽지사〉, 〈선소리〉, 〈신선가〉, 〈푸른산중〉, 〈춘면곡〉, 〈처사가〉, 〈어부사〉, 〈송서〉, 〈노름타령〉, 〈놀이요〉, 〈해몽점복사〉 등이다.[13] 이선유본에만 들어있는 삽입가요는 〈기산영수〉와 〈명승가〉, 〈산세풀이〉, 〈낭군가〉, 〈갈까부타〉, 〈잡가〉, 〈기생들사설〉, 〈과장풍경가〉 등이다. 두 작품에 공통으로 삽입되어 있는 가요는 〈나귀·이도령치례〉와 〈적성가〉, 〈추천가〉, 〈금옥사설〉, 〈그른내력〉, 〈천자뒤풀이〉, 〈춘향집치례〉, 〈팔도담배가〉, 〈주효기명사설〉, 〈사랑가〉, 각종 〈이별가〉, 〈독수공방사설〉, 〈기생점고〉, 〈군노사령치례〉, 〈집장가〉, 〈십장가〉, 〈옥중자탄가〉, 〈어사노정기〉, 〈어사복색치례〉, 〈농부가〉, 〈산유화가〉, 〈옥중몽중가〉, 〈옥중상봉가〉, 〈생일연가〉, 〈어사출도가〉 등이다.

이를 전체적으로 보면 두 작품에는 총 72편의[14] 삽입가요가 등장한

---

13 이도령이 어사가 되어 내려가는 이후의 장면에 등장하는 〈유산가〉와 〈새타령〉, 〈나무타령〉, 〈기생점고〉 등은 생략했다.

14 『남원고사』의 〈허두사〉에는 여러 편의 가요가 들어 있으나 여기서는 1편으로 계산했다. 또한 성우향본에는 〈돈타령〉이 들어 있고, 박동진본과 정광수본에는 〈동풍가〉가, 성우향본에는

다. 이 가운데 『남원고사』에는 총 63편의 가요가 들어 있고, 이선유본
에는 34편이 들어 있다. 이 가운데 두 작품에 공통으로 들어 있는 작품
은 25편이고, 『남원고사』에만 있는 작품은 38편이고 이선유본에만 들
어 있는 작품은 9편이다.


## 2. 공통 삽입가요의 내용 검토


『춘향전』과 〈춘향가〉에 등장하는 삽입가요의 상관관계를 파악하기
위해서는 두 작품에 같은 제목으로 등장하는 가요의 내용을 비교할 필
요가 있다. 그 까닭은 같은 장면에서 활용된 동일한 제목의 삽입가요
를 비교하여 그 유사성을 파악하는 것이 두 작품의 상관관계를 파악하
는 지름길이기 때문이다. 물론 동일한 삽입가요가 제목이 다르게 활용
될 가능성도 있다. 따라서 이 글에서는 제목이 조금 다르더라도 같은
장면에서 유사한 용도로 활용된 가요도 필요한 경우에는 비교하여 살
펴보려고 한다.

앞에서 살핀 바와 같이 두 작품에 공통으로 등장하는 삽입가요는 그
숫자가 매우 많다. 여기서는 모든 작품을 다 비교하기에는 무리가 있
으므로 각 장면에서 중요하다고 생각되는 작품 위주로 논의를 전개하
기로 한다.

---

〈쑥대머리〉가 들어 있다.

## 1) 〈나귀 · 이도령치레〉

남[15] : 건는 노시 슈안장의 은입스 션후거리 당미양이 지어 노코 도련님 호스
보소 의복단장 밉시 잇다 삼단ᄀᆞᆺ튼 허튼 머리 반달ᄀᆞᆺ튼 화룡소로 아조
쇌쇌 흘니빗겨 전반ᄀᆞᆺ치 넓게 ᄯᆞ하 슈갑스 토막당기 셕우흘이 더욱조타
싱면쥬 겹바지의 당뵈중의 밧쳐 입고 옥식 항나 겹적고리 디방전의 약낭
이오 당갑스 슈향비자 가화본의 옥단츄며 당모시 중치막의 싱초 긴옷 밧
쳐 입고 삼승 보션 통힝전의 회식 운혀 밉시 잇게 지어 신고 한포단 허리
씌의 모초단 두리줌치 쥬황당스 벌미듭을 보기 조케 쎄여 츠고 ᄌᆞ지갑스
너분 씌롤 셰류츈풍 빗기 씌고 분홍당지 승두션의 탐화봉졉 그려쥐고 김
히간쥭 빅통디의 삼등초 피여 믈고(51~52쪽).


이 : 나귀솔질 쇌쇌 가진 안장 짓는다 홍연자각 산호편 오강금쳑 황금륵 청홍
사 고흔 굴네 상모물여 덤벅 박어 압뒤 걸쳐 자버매고 층층다래 은입등자
호피도듬 세가 난다 리도령 호사보아라 신수 조흔 얼골 분세수 정이 하고
감태가튼 채진 머리 동백기름 광을 올여 궁초단기 석왕다라 솟만 물여 자
바매고 보리수주 잔누비돌지 삼승버선 통행건 밉시잇시 지여신고 한산
세포 가는 모수 물색으로 도복지여 자주갑사 씌를 저버 보기조케 느리우
고 백만석 오코신을 자쩐을 거러신고(12쪽).


위의 인용문에서 보듯이 『남원고사』의 나귀치레는 매우 간단하게 묘
사되어 있다. 이에 비해 이선유본에서는 나귀의 솔질에서 시작하여 나

---

15  앞으로 인용문에서 『남원고사』는 '남'으로 이선유본은 '이'로 약칭하여 사용한다.

귀를 꾸미는 내용이 매우 자세하게 설명되어 있다. 이어지는 이도령의 꾸밈새를 설명하는 대목은 두 작품이 모두 자세하다. 그런데 인용문에서 보듯이 두 작품 사이에는 같은 내용이 많지 않다. 『남원고사』의 "삼승 보션 통힝젼의"와 이선유본의 "삼승버선 통행건" 대목 정도에서 유사한 점을 찾을 수 있으나 나머지에서는 같은 내용을 찾아보기 어렵다. 곧 두 작품은 나귀와 이도령의 치레를 순서에 따라 설명한다는 점은 유사하지만 전체적으로 같은 내용으로 이루어진 가사는 별로 눈에 띄지 않는다.


## 2) 〈적성가〉

> 남: 방즈야 도원이 어듸메니 무릉이 여긔로다 광한루도 조커니와 오작교가 더욱 조타 견우성은 니가 되려니와 직녀성은 뉘가 되리 악양누 등왕각이 아모리 조타 혼들 이의 더 조흐랴(63쪽).

> 이: 적성에 아침날에 느진 안개 쓰여잇고 녹수에 저문 봄은 화류동풍 둘넛는 대 요현긔구하최외는 란가봉취청차애라 임고대 일너잇고 자각달누분조료는 광한루 이름이라 광한루도 조커니와 오작교가 더욱 조타 오작교가 분명하면 견우 직여가 읍실소냐 견우성은 내려니와 직여성은 뉘가 될고 오날 화림중에 삼생연분 만나볼가(12쪽).

위의 인용문을 보면 『남원고사』의 〈적성가〉는 이선유본에 비해 분량이 많이 짧다. 곧 "광한루도 조커니와 오작교가 더욱 조타 견우셩은 니가 되려니와 직녀셩은 뉘가 되리(남)"라는 내용은 두 작품에 공통적으로 들어 있지만 이선유본에서는 앞부분의 도입부가 길고, 연분을 만나려는 이도령의 의지 표현이 분명하게 드러나 있으나 『남원고사』의 결말부는 광한루의 경치가 강조되고 있어서 차이를 보인다.


## 3) 〈추천가〉

남 : 셤셤옥슈 드러다가 츄천줄을 갈나 쥐고 소소로쳐 뛰여올나 흔번 굴너 압히 놉고 두번 굴너 뒤가 놉하 빅능보션 두 발길로 소슈 굴러 놉히 츠니 뒤의 쏘진 금봉츠와 압히 지른 민쥴졀은 반셕샹의 느려져셔 잉그렁뎅그렁 흐는 소리 이도 쏘흔 경이로다. 비거비리 흐는 거동 딘왕녀 난됴 타고 옥경으로 향흐는 듯 무산션녜 구름 투고 양디상의 느리는 듯 흔창 이리 노닐 젹의(65쪽).

이 : 추천을 하랴는대 장장채승 긴 근에쑬 휘느러진 벽도지에 휘휘친친 감어 매고 몸을 졍이 하랴할제 분홍상내 대사치마 잔줄 자버 쓸처입고 옥수를 번뜻 드러 양근에줄을 갈너잡고 선뜻 올나 발굴을제 한 번 굴너 압히 놉고 두 번 굴너 뒤가 멀어 압뒤 즘즘 놉하갈제 백능버선 두 발길노 소소로쳐 툭툭 차니 송울송울 매친 꽂시 아조 펄적 쩌러저서 양유상을 쩌나가고 새양머리 쏘진 산호 화림중 번뜻 빠저 시내 흐르는 반석상에 쟁그랑장 소래나고 귀에 걸인 월게탄은 줄에 걸처 우러잇다 리도령 흔미하야 정신이

엇듯 골머리 씽 어간이 벙벙 흉중이 답답 방자를 부르는대 쓸면서 불은다 (13쪽).

위의 두 인용문에서 공통적으로 발견할 수 있는 부분은 "혼번 굴너 압히 놉고 두 번 굴너 뒤가 놉하(남)"와 "한 번 굴너 압히 놉고 두 번 굴너 뒤가 멀어(이)", 그리고 "압히 지른 민쥴결은 반셕상의 느려져셔 잉그렁딩그렁 ᄒᆞᄂᆞᆫ 소리 이도 쏘혼 경이로다(남)"와 "새양머리 쏘진 산호 화림중 번뜻 싸저 시내 흐르는 반셕상에 쟁그랑쟝 소래나고(이)" 정도이고, 다른 부분은 같은 내용이 없다. 그네 뛰는 모습의 묘사에서 앞부분의 묘사는 같지만 뒷부분은 "놉하"와 "멀어"로 차이를 보인다. 또한 『남원고사』에서는 민쥴결이 떨어지는 소리를 묘사했고 이선유본은 산호가 떨어지는 소리를 묘사했는데, 상황은 비슷하지만 그 내용은 차이를 보인다. 그렇다면 두 작품은 그네를 뛰는 형용을 묘사했다는 정도의 공통점만 있는 것으로 볼 수 있고, 전체적으로 볼 때는 같은 내용의 가요로는 보기 어려울 것 같다.

## 4) 〈금옥사설〉

남: 션녀가 하강ᄒᆞ엿ᄂᆞ보다 무산십이봉이 아니여든 션녀가 어이 이시리잇가 (…중략…) 그리면 옥이냐 금이냐 영창녀슈 아니여든 금이 어이 예 이시며 형산곤강 아니여든 옥이 어이 이곳의 이시리잇가 (…중략…) 그리면 힝당홰냐 명스십니 아니여든 힝당홰라 ᄒᆞ오릿가 (…중략…) 네 어미냐

네 할미냐 모도 휘모라 아니라 ᄒ니 눈망울이 소스ᄂᆞ냐 동ᄌᆞ가 갖고로 셧
ᄂᆞ냐 왼통 뵈는 거시 업다 ᄒ니 허로증을 들녀ᄂᆞ냐 나 보기의ᄂᆞ 아마도
ᄉᆞ람은 아니로다 쳔년 묵은 불여호가 날 호리랴고 왓ᄂᆞ보다(68~69쪽).

이 : 금이란 말이 당치 안소 금은 녯날 초한시예 육출긔게 진평이가 범아부를
소기랴고 황금 ᄉᆞ만을 흐터스니 금이란 말이 당치 안소 그러면 그게 옥이
로다 옥이란 말이 당치 안소 범증에 생긴 옥돌 백설이 머러스니 옥이 엇
지 되오릿가 그러면 해당화냐 명사십리에 여지토하니 서젼에 수주음게
관이라 해당화가 게 오릿가 그러면 네 누의냐 네 고모냐 갑갑하여 못살겟
다 잔말 말고 일너라(14쪽).

위의 인용문에서 『남원고사』의 〈금옥사설〉은 그 내용이 장황하기
에 이선유본의 해당 대목의 내용을 중심으로 인용하는 데 초점을 두었
고, 그 내용과 다른 대목은 비교의 편의를 위해 생략하고 인용했다. 두
작품에서 금과 옥, 해당화를 비교하고 있는데, 두 작품의 내용이 서로
다르다. 금에 대해서 방자가 『남원고사』에는 "영창녀슈 아니여든 금이
어이 예 이시며"라고 했고, 이선유본에는 "금이란 말이 당치 안소 금은
녯날 초한시예 육출긔게 진평이가 범아부를 소기랴고 황금 ᄉᆞ만을 흐
터스니 금이란 말이 당치 안소"라고 장황하게 대꾸했다. 옥에 대해서
방자가 『남원고사』에는 "형산곤강 아니여든 옥이 어이 ᄋᆡ곳의 이시리
잇가"라고 했는데, 이선유본에는 "옥이란 말이 당치 안소 범증에 생긴
옥돌 백설이 머러스니 옥이 엇지 되오릿가"라고 했다. 해당화에 대해
서도 방자가 『남원고사』에는 "명ᄉᆞ십니 아니여든 희당홰라 ᄒ오릿가"

라고 했고, 이선유본에는 "명사십리에 여지토하니 서전에 수주음게 관이라 해당화가 게 오릿가"라고 했다. 곧 세 부분에서 방자의 대답이 서로 차이를 보인다. 뿐만 아니라 『남원고사』에서는 "네 어미냐 네 할미냐"라고 한 데 비해 이선유본에서는 "네 누의냐 네 고모냐"라고 해서 달리 표현하고 있다. 두 작품이 문답 형식의 가요라는 형식적 공통점을 보여주고는 있다. 그렇지만 문답의 진행 과정이나 내용면에서 공통점이 별로 보이지 않는다.

### 5) 〈그른 내력〉

남: 네가 잘못ᄒ 거시 그넌지 고넌지 츄쳔인지 투쳔인지 쒸려거든 네 집 뒤동산도 조코 조용히 쒸려ᄒ면 네집 디쳥 들보도 조코 졍 은근이 쒸려 ᄒ면 네 집 방 안히 횃디목의나 미고 쒸지 요로틋 쏙 비야진 언덕의셔 졈지 아닌 아희년이 들낙날낙ᄒ며 별별 발겨 갈 즛시 무슈ᄒ니 미댱가젼 아희놈이 눈꼴이 아니 샹ᄒ올소냐(77쪽).

이: 네 그른 내력을 드러보아라 기집 아희 도레로서 여보아라 추천을 하량이면 네 집 후원 졍한 곳에 은근이 매고 뛸 거시지 섬섬날 고지에 갓득 네 흰 얼골에 분칠을 보얀하게 하고 울긋불긋 차리고 홍상자락이 펄넝 물명주 단속것 바람길에 펄넝 도령님이 보고 너를 불넛지 내가 무슨 말 하엿단 말이냐 잔소리 말고 근너가자(15쪽).

위의 두 인용문을 보면 방자가 춘향에게 조용한 곳에서 그네를 뛰지 않고 사람 많은 곳에서 그네를 뛰어서 도령의 눈에 띈 것이 잘못임을 지적했다는 공통점이 있다. 그렇지만 『남원고사』에서는 그것을 "그넌지 고넌지 츄천인지 투천인지 쮜려거든 네 집 뒤동산도 조코 조용히 쮜려 흐면 네집 디쳥 들보도 조코 졍 은근이 쮜려 흐면 네 집 방 안히 횃디목의나 미고 쮜지"라고 하면서 같은 것을 세 번씩 반복해서 그네 뛰는 장소의 잘못을 지적하고 있는 데 비해 이선유본에서는 그보다는 "셤셤날고지에 갓득 네 흰 얼골에 분칠을 보얀하게 하고 울긋불긋 차리고 홍상 자락이 펄넝 물명주 단속것 바람길에 펄넝"이라고 해서 춘향의 그네 뛰는 차림새에 초점을 두어 잘못을 지적하고 있다. 전체적으로 내용뿐만 아니라 기술된 문면에서도 공통점을 찾아보기는 어렵다.


## 6) 〈천자뒤풀이〉

남 : 즈시에 싱텬흐여 광대무스부흐니 호호탕탕 하늘 텬 튝시에 싱디흐여 오힝을 맛타이셔 만물창싱 쯔디 츈풍셰우 호시졀의 현됴남남 감을 현 금목슈화도 오힝즁의 듕궁을 맛타시니 토지졍싴 누루 황 금풍삽이셕긔흐니 옥우징영 집 우(…중략…) 안히 밧긔 못흐ᄂ니 디젼통편 법즉 율 제비 투고 션유홀 졔 두 귀 잡고 법즉 녀 나부는 싱황소리 거문고로 화답흐라(155~156쪽).


이 : 자시에 생천하야 불언행 사시하니 유유피창 하날 텬 축시에 생지하야 금

목수화토 맛터스니 양생만물 싸지 유현미묘 흑증색 북방현무 가물 현 궁
상각치우 동서남북 중앙토색 누루 황 천지사방이 몃말이냐 환우광활 집우
(…중략…) 조강지처난 불하당이라 대전통편 법중율 춘향과 나와 서로 안
고 제 서난 내가 물고 내 서난 제 물고 법중 여자 이 아니냐(18~19쪽).

『남원고사』에서는 〈천자풀이〉를 이도령이 "울며 부르는 경성소리"
라고 했고, 〈춘향가〉에서는 〈천자뒤풀이〉라고 하였다. 그러나 내용을
전개하는 과정이 같은 형식으로 이루어져 있기에 같은 형식의 가요로
볼 수 있다. 앞 대목을 비교해 보면 『남원고사』에서는 "ㅈ시에 싱텬ㅎ
여 광대무스부ᄒ니 호호탕탕 하늘 텬 튝시에 싱디ᄒ여 오힝을 맛타이
셔 만물창성 ᄯ디"라고 하였고, 이선유본에서는 "자시에 생천하야 불
언행 사시하니 유유피창 하날 텬 축시에 생지하야 금목수화토 맛터스
니 양생만물 싸지"라고 하였다. 그런데 여기서 '자시에 생천하고, 축시
에 생지'한다는 부분을 제외한 나머지 내용은 전혀 다르다. 뿐만 아니
라 그 이후에 전개되는 글자 '현', '황', '우' 등에 대한 풀이도 전혀 다른
내용으로 진행된다. 말하자면 풀이 대상이 되는 글자의 순서는 유사하
지만 두 작품에서 풀이하는 각 단어의 내용은 같은 것이 거의 없다. 이
것은 「천자문」에 실린 글자의 순서에 따라서 글귀를 풀이한다는 형식
상의 공통점은 있지만 해당 글자의 뜻을 풀이하는 내용은 전혀 다르게
진행되었음을 뜻한다. 이런 점들을 고려할 때 두 작품에 등장하는 〈천
자뒤풀이〉는 서로 다른 내용의 작품으로 보인다.

## 7) 〈춘향집치레〉

남 : 좌우편 삷혀보니 집치레도 황홀ᄒ다 딕문작 좌우편의 울지경덕 진숙보
오 중문에는 위징션성 스면 활작 놉흔 집을 입구ᄌ로 지엇눈디 상방 삼간
(…중략…) 울 밧긔 원두 노코 뜰 아리 연졍지어 죽졍으로 면을 밧쳐 네
모 반 듯 괴야눈디 못 가온디 셕가산을 일층 이층 삼스층의 졀묘ᄒ게 무
어노코 (…중략…) 벽화롤 붓쳐눈디 동벽을 바라보니 (…중략…) 형상
녁녁히 그려잇고 셔벽을 바라보니 딘쳐스 도연명이 (…중략…) 부츈산
엄ᄌ릉이 (…중략…) 시즁텬ᄌ 니티빅이 (…중략…) 션명ᄒ게 그려잇고
북벽을 바라보니 위슈어옹 강틱공은 (…중략…) 경도 한가ᄒ게 그려잇
고 (…중략…) 방치레롤 볼작시면 (…중략…) 각식초 다 니어 올졔(12
5~136쪽).


이 : 춘향의 집 곳 요지선경이라 정반백화란만홍하니 일년춘색이 이곳이로다
소당에 연화증노하니 단지양유오여이라 거울가튼 저 연못슨 숙석을 면
을 맛쳐 늬 귀 반 듯 짜여잇고 삼십이 어린 꼿은 물밧긔 제우 나와 날을 보
고 반기난 듯 대접갓흔 금붕어난 시시째째 물결조차 출넝출넝 쩌서 놀고
못 가온대 쌍오리난 즈의 부처 목욕을 하너라고 출넝틈벙 쩌서 놀다 도령
님 보고 쌈작 놀내 후두둑 펄젹 놉히 쓰니 만경창파로 향하넌 듯 월도천
심 밤이 드러 은하수난 기우러젓구나 (…중략…) 만고명필과 만고명화
를 모도 다 부처더니라 그림을 논지하면 김홍도의 산수그림 박탁주의 호
접도며 (…중략…) 한 편을 바라보니 위강을 그렷난대 강까의 버드나무
하나 그리고 그 밋헤 태공을 그렷난대 (…중략…) 그려잇고 ᄯ 한 편 바

라보니 시중천자 리태백이 (…중략…) 그려잇다(20~22쪽).

두 작품에 공통적으로 실려 있는 〈춘향 집치레〉의 경우 그 세부적인 가요에서는 공통된 작품도 있고 서로 차이를 보이는 작품도 있다. 『남원 고사』의 〈춘향집치레〉에는 사벽도를 포함한 〈집치레〉와 〈장원사설〉, 〈부벽화사설〉, 〈부벽서사설〉, 〈방치레〉와 각종 〈기물사설〉 등의 가요가 삽입되어 있는데, 이선유본의 〈춘향집치레〉에는 〈장원사설〉과 〈부벽화 사설〉만 들어있다. 곧 두 작품에 〈장원사설〉과 〈부벽화사설〉이 공통으로 실려 있다. 그렇다면 두 작품에 공통으로 실려 있는 〈장원사설〉과 〈부 벽화사설〉을 중심으로 〈춘향집치레〉를 살펴보기로 한다.

먼저 〈장원사설〉을 보자. 『남원고사』에서는 "울 밧기 원두 노코 쓸 아리 연경지어 쥭정으로 면을 밧쳐 네모 반 듯 괴야는디 못 가온디 셕 가산을 일층 이층 삼스층의 절묘ᄒ게 무어노코"라고 하여 원두막과 연 정, 석가산의 모습을 간단히 설명하고 있다. 이에 비해 이선유본에서 는 "춘향의 집 곳 요지선경이라 정반백화란만홍하니 일년춘색이 이곳 이로다 소당에 연화증노하니 단지양유오여이라 거울가튼 저 연못슨 숙석을 면을 맛쳐 늬 귀 반 듯 짜여잇고 삼십이 어린 꼿은 물밧긔 제우 나와 날을 보고 반기난 듯 대접갓흔 금붕어난 시시째째 물결조차 출넝 출넝 쩌서 놀고 못 가온대 쌍오리난 즈의 부처 목욕을 하너라고 출넝틈 벙 쩌서 놀다 도령님 보고 쌈작 놀내 후두둑 펄적 놉히 쓰니 만경창파 로 향하넌 듯 월도천심 밤이 드러 은하수난 기우러젓구나"라고 하여 장원의 모습을 설명하기보다는 그것을 보는 화자(이도령)의 감회와 그 곳에서 일어나고 있는 상황을 자세히 설명하고 있다. 두 작품이 보여주는 춘향집 장원의 모습이나 순서, 내용 등이 전혀 다름을 알 수 있다.

〈부벽화사설〉의 경우에도 강태공과 이태백의[16] 그림을 설명한 것을 제외하면 같은 내용이 거의 보이지 않는다. 그렇다면 강태공과 이태백의 그림을 설명하는 대목은 같은 내용으로 이루어져 있는가? 강태공을 그린 그림 설명을 『남원고사』에서는 "북벽을 바라보니 위슈어옹 강틱공은 션팔십궁곤ᄒ여 달샷갓 숙이 쓰고 삼십뉵조 곳은 낙시 추례로 드리오고 낙디롤 거두칠 졔 잠든 빅구 놀나는 경 조딕상의 안졋다가 쥬문왕을 반기만나 안거ᄉ마로 가는 경도 한가ᄒ게 그려잇고"라고 했고, 이선유본에서는 "한 편을 바라보니 위강을 그렷난대 강짜의 버드나무 하나 그리고 그 밋헤 태공을 그렷난대 삭갓쓰고 도롱이를 입고 눈썹이 희희한 늘근이가 문왕을 만나랴고 어교지조하야 고든 락대 당가노코 요만하고 안저쓸 제 문왕이 태공 대회하야 위수 강가의 가달이난 줄을 알고 만조제신 신하덜과 가교를 메이고 양산을 빗겨밧고 옹위하고 나올 적에 태공이 문왕오시난 줄얼 알고 락대를 거침읍시 위수 강가에 던저바리고 군신유의로 짜람짜람 가는 모양 역역히 그려잇고"라고 했다. 전체적으로 볼 때 강태공이 문왕을 만나는 상황을 설명하는 내용은 유사하지만 문면의 공통점은 별로 보이지 않는다. 이태백의 그림에 대한 설명을 『남원고사』에서는 "시중텬즈 니틱빅이 포도쥬롤 취케 먹고 어선의 빗기 안즈 물 밋희 비췬 달을 ᄉ랑ᄒ여 잡으랴고 두손목 물에 너흔 거동 션명ᄒ게 그려잇고"라고 했고, 이선유본에서는 "쏘 한 편 바라보니 시중천자 리태백이 포도주를 취케 먹고 채석강의 배를 노아 사공도 읍시 술과 안주를 무진장 취케노코 일일수경 삼백배할 제 채석강이

---

16　강태공과 이태백을 서술하는 순서는 서로 차이가 있다.

말고말근 청강수라 벽공의 두렷한 달이 물 우에도 달이 잇고 물 속에도 달이 잇스니 태백이 취중이라 아-고 이내 앗가운 달이 물속에 드러스니 이거시 웬일이냐 달을 건지랴고 물의 덤벙 손을 정거 덤벙덤벙 하는 모양 역역히 그려잇다”라고 했다. 『남원고사』에서는 간단히 이태백이 술에 취해 배에서 물에 손을 담그는 광경을 설명하고 있는 데 비해 이 선유본에서는 그 광경뿐만 아니라 이태백의 심경까지 설명하고 있다. 그 외에는 두 작품에 등장하는 그림을 설명하는 것 가운데 같은 것이 전혀 없다. 결국 두 작품에 삽입된 〈춘향집치레〉는 강태공과 이태백의 그림 설명이 〈부벽화사설〉에 공통으로 등장한다는 점을 제외하면 같은 내용을 찾아보기는 어렵다.


## 8) 〈팔도담배가〉

남 : 치마압홀 븨여안고 은침갓튼 열쇠 니여 금거북 잠을쇠롤 썰걱 열고 각식 초 다 니어 올졔 평안도 성쳔초 강원도 금강초 젼나도 진안초 양덕 삼등 초 다 니여노코 경긔도 삼십칠관중 남한산셩초 흔더 쪽 쩨여니여 쓸물의 훌훌 썸어 왜간쥭 부산더의 너흘지게 담아들고 단슌호치에 담싹무러 쳐 옹화로 빅탄불의 디혀 븟쳐니여 치마쏘리 휘여다가 물쑤리 쩨셔 둘너 잡 아 들고 나죽이 나아와 도련님 잡슈시오(136~137쪽).

이 : 대객의 초인사라 팔도담배 다 드린다 충청도 청양초 경긔에 금광초 황해 도 곡산초 평안도 삼동초 경상도 신령초 이 담배 저 담배 다 버리고 졀라

도 상관초를 맛물고르게 마들가지를 쏙쏙 쓰여 영창 밧긔 내던지고 이러
접척 저리 접척 가로 접첩 시로 접척 무릅밋헤 잔득이 눌너 세우철병 드
난 칼노 어식버식 접어 써러 부산 백통 짐해간죽 별락죽 잘마추어 느울담
배 덤벅 느어 청동화로를 드르르 단기여 담배째 길고 키난 절너 한 손으
로 뒤꼭지 바치고 진주가튼 서를 내여 옴막박금 담배물쑉리 초마자락에
바드드 닥가 눈을 새곰이 쓰고 엿소 하고 드리거늘(21쪽).

〈팔도담배가〉는 이도령이 춘향의 집을 찾아간 저녁에 춘향이 이도
령에게 담배를 접대하는 상황에 등장하는 가요이다. 이 가요는 춘향이
여러 종류의 담배 가운데 하나를 골라 불을 붙이고 치맛자락으로 담배
물뿌리를 닦은 다음에 이도령에게 권하는 장면을 노래한 것이다. 그런
데 위의 인용문에서 보듯이 두 작품에 등장하는 각 도의 담배 이름도
다르고, 춘향이 고른 담배도 『남원고사』에서는 '경기도 남한산성초'이
고 이선유본에서는 '전라도 상관초'이다. 두 작품에 등장하는 삽입가요
가 담배를 소재로 한 가요라는 점에서는 공통점이 있지만 그 내용은 아
주 다르다.

## 9) 〈사랑가〉[17]

남 1 : 셔거라 보자 안거라 보쟈 아장아장 건니거라 보자 이러틋시 스랑흐며
어루는 거동 홍문연의 범증이가 옥결을 즈즈드러 항장 불너 픠공을 죽이
랴고 큰 칼 샏혀들고 검무츄어 어루난 듯 구룡소 늙은 룡이 여의쥬를 어
루는 듯 검각산 빅익호가 송풍나월 어루는 듯 머리도 쓰다듬고 옥슈도 줘
여보며 등도 두드리며 어우화 니 스랑이야 야우동창의 모란곳치 펑퍼진
스랑 포도 다리 넛출곳치 휘휘츤흔 감긴 스랑 방댱 봉닉 산셰곳치 봉봉이
소슨 스랑 동희 셔히 바다곳치 구뷔구뷔 깁흔 스랑 이 스랑 져 스랑 스랑
스랑 스랑 겨워(98~99쪽).

남 2 : 안거라 보쟈 셔거라 보쟈 유리곳흔 각장댱판의 고은발은 외씨 곳다 삽분
회쓱 거러올 졔 회목 단쥭 치량이면 졔가 졀노 안기인다 안고 썰고 즌져리
치고 몸셔리 치고 소름돗칠 졔 인간지낙이 이분인가 흐노미라(170쪽).

이 : 만첩청산 늘근 범이 살진 암캐를 무러다노코 이는 빠저 먹지는 못하고 어
르르앙그려 넘노는 듯 북해 흑룡이 여의주를 물고 채운간에 어루는 듯 단
산 봉황이 죽실을 물고 세우중에 넘노는 듯 사랑이러구나 내 사랑이야 알
쓸간간 내 사랑아 너는 국어 무엇되며 나는 죽어 무엇되랴 (…중략…) 애
춘향아 벗고 놀자 아고 붓그러워 못벗겟소 네가 무어시 붓그럽단 말이냐

---

17  『남원고사』에는 이도령과 춘향이 광한루에서 만나는 대목에 〈사랑가〉가 있고, 첫날밤에 부
르는 〈사랑가〉가 있다. 이 글에서는 『남원고사』의 〈사랑가〉를 '남 1'과 '남 2'로 구별하여 소개
한다.

리도령이 춘향을 어룬다 북해 흑룡이 여의주 물고 채운간에 넘노는 듯 단산 봉황이 죽실을 불고 오동속에 넘노는 듯 어서 버서라 잠자자 사랑이러구나 내 사랑 (…하략…) (26~27쪽).

『남원고사』에 등장하는 〈사랑가〉는 둘인데, 첫 번째와 두 번째의 형식이 다르다. 첫 번째는 판소리의 〈사랑가〉 형식을 취하고 있으나 두 번째의 〈사랑가〉는 사설시조 형식을 따르고 있다. 이선유본의 〈사랑가〉는 판소리 형식으로 두 편이 연속되고 있다. 두 작품의 내용을 비교해 보면 『남원고사』의 첫 번째 〈사랑가〉에서 "구룡소 늙은 룡이 여의쥬를 어루는 듯"과 이선유본의 "북해 흑룡이 여의주를 물고 채운간에 어루는 듯"이 서로 비슷한 대목이다. 그렇지만 나머지 내용은 두 작품의 내용이 전혀 다르다. 특히 이선유본의 〈사랑가〉는 여러 종류의 가요가 혼성되어 있어서 『남원고사』에 비해 그 내용이 다양하다. 『남원고사』의 〈사랑가〉가 춘향과 이도령이 사랑을 나누는 상황에 맞는 〈사랑가〉를 간단히 삽입한 수준인 데 비해 이선유본의 〈사랑가〉는 〈춘향가〉의 핵심인 이도령과 춘향의 사랑을 적극적으로 구현하기 위하여 창자가 만들어낸 〈사랑가〉를[18] 삽입하였다. 그렇기 때문에 두 작품의 〈사랑가〉는 여러 면에서 다를 수밖에 없을 것이다.

---

18 〈춘향가〉의 대표적 더늠 가운데 하나인 〈사랑가〉는 송광록의 더늠으로 알려져 있다. 정노식, 『조선창극사』, 조선일보사, 1940, 36쪽.

### 10) 〈이별가〉

남 : 쩌썩 프드덕 장끼갈 졔 아로롱 갓토리 똔라가듯 (…중략…) 널낭 죽어 물
이 되되 텬상의 은하슈 (…중략…) 니별 니즈 니든 스람 날과 빅년 원슈
로다 (…중략…) 구구 팔십 일광노는 녀동빈을 똔라가소 (…중략…) 쩌
날 리즈 슬허마오 보닐 송즈 나도 잇고 (…중략…) 이졔 가시면 언졔나
오시랴 흐오 퇴산즁악 만강봉이 모진 광풍의 뿔허지거든 오랴시오 (…중
략…) 간다 잘 잇거라 조히 다시 보즈 조히 잇거라 간들 아조가며 아조 간
들 니즐소냐 좀 씨여 겻히 업스니 그롤 슬허 흐노미라 (…중략…) 울며
잡는 스미롤 썰더리고 가지 마오 도련님은 댱부라 도라가면 니즈려니와
소첩은 아녀진 고로 못 니즐가 흐노미라 산첩첩 슈듕듕흔듸 부듸 평안이
가오 가다가 긴 한슘 나거든 닌 줄 아오 (…중략…) 가노라 남원땅아 다
시 보즈 잘 잇거라 광한루야(180~199쪽).

이 : 백마는 욕거장시하고 천하는 석별천이로다 말은 가자고 네 굽을 치는대
춘향잡고 락누한다 아이고 이 웬수야 날 죽여라 이별도 만코 만치 남북에
군신이별 효자의 모자이별 (…중략…) 이런 이별 만컷마는 우리 두리 이
별이야 생초목에 불이 붓고 쓸는 가심 정저긴다 인제 가면 언제 와요 올
날이나 일너주오 금강산 상상봉이 평지되면 오랴시오 (…중략…) 저 건
너 느러진 장송 집수건을 쓸너내야 한 끗은 나무 매고 쏘 한 끗은 내 목 매
여 쑥 쩌러저 듸령듸령 영이별 되면 되지 나를 두구는 못가리다 올 날인
나 일너주오 온야 춘향아 우지 마라 내가 간들 아조 가며 아조 간들 잇즐
소냐 (…중략…) 어느 째에 남원 인편 읍실소냐 (…중략…) 해절소식 끈

어질 절 보내나니 아조 영절 녹죽청송 천고절 황국단풍은 삼추절 백이 숙제 만고충절 천산에 조비절 와병에 인사절 직절 청절 놉흔 고절 춘하가절 호시절 눈절 분절 승내여 부대 소식 돈절 마오 (…중략…) 해당화야 해당화야 명사십리에 해당화야 꼿진다 서러마라 너는 명년 봄이 오면 으지엽시 피려니와 우리 도령님이 인제 가면 어느 째 도라오리(31~32쪽).

두 작품에는 여러 종류의 〈이별가〉가 등장하고 길이도 길기 때문에 위의 인용문은 『남원고사』의 경우 9편의 〈이별가〉를 약간씩만 인용하였고, 이선유본의 경우 세 번째 작품을 일부 생략하고 인용하였다. 『남원고사』의 경우 〈이별가〉마다 다양한 형식과 내용의 가요를 활용하여 독립된 작품으로 〈이별가〉들을 여럿 삽입시켰고, 이선유본의 세 번째 〈이별가〉의 경우 인용문에서 보듯이 여러 형식의 가요를 혼합하여 〈이별가〉를 구성하였다. 말하자면 두 작품 모두 다양한 형식의 가요를 활용하여 〈이별가〉를 만들었다는 공통점이 있다. 『남원고사』의 경우 글자풀이형과 숫자풀이형, 가사형, 시조형 등의 〈이별가〉가 있고, 이선유본의 경우 한시형부터 〈글자풀이요〉, 〈황계사〉형의 가사, 잡가 등의 형식을 혼용한 〈이별가〉가 있다. 이 작품들은 모두 이도령과 춘향의 이별의 안타까움을 노래한 것이고, 작자가 혼성가요 형식으로 〈이별가〉를 만들었다는 공통점을 보이지만 두 작품의 내용이나 가사는 공통된 부분이 거의 없다.

## 11) 〈독수공방사설〉

남 : 익고익고 이거시 웬 일인고 극목텬익ᄒ니 한고안지실녀오 회모양상ᄒ니
션빵연지동소로다 옥창잔월츄야장의 님을 그려 엇지 살니 가련ᄒ다 나
의 신세 일촌간장 봄눈 스듯 익고 이룰 어이 홀고 (…중략…) 익고익고
설운지고 이 설움을 엇지홀고 츈하츄동 스시졀의 님을 그리워 어이 슬니
나리 돗친 학이 되여 훨훨 나라가셔 보고지고 (…중략…) 이 몸이 슴길실
졔 님을 조ᄎ 슴겨시니 삼싱의 연분이며 하ᄂᆯ 마츌 일이로다 나ᄒ나 소년
이오 님ᄒ나 날 괴실 졔 (…하략…) (211~214쪽).


이 : 원수로다 원수로다 존비귀쳔이 원수로다 죽자하니 쳥춘이요 사자하니
고생이라 죽도사도 못하는 신세를 뉘게다 젼장하리 산신악귀야 날 무러
가거라 모진 귀신아 날 자버가거라 매일 안저 울음운다 (…중략…) 갈가
부다 갈가부다 임을 ᄯᅡ러 갈가부다 쳔회일몰부운합을 해가 ᄯᅥ러저도 임
의 생각 월명화락우황혼을 달이 도다도 임의 생각 (…중략…) ᄭᅳᆽ칠 날이
젼여 업고 이즐 가망이 잇서야지 원수로다 원수로다 존비귀쳔이 원수로
다 죽자하니 쳥춘이요 사자 하니 고생이라 죽도 사도 못하는 신세를 뉘게
다 젼장하리(32~33, 36쪽).


위의 인용문에서 보듯이 『남원고사』의 경우 춘향의 〈독수공방사설〉
은 이도령을 멀리 보내고 혼자 지내는 외로움을 자탄하는 내용으로 이
루어져 있다. 그 형식은 한시형의 〈독수공방사설〉과 〈상사별곡〉, 〈사
미인곡〉 등의 가요를 연작으로 엮은 것이 특징이다. 이선유본의 경우

존비귀천을 원망하는 내용으로, 앞부분은 우리말 형식의, 뒷부분은 한 시형과 우리말 혼합 형식의 자탄형 〈독수공방사설〉로 이루어져 있다. 두 작품의 경우 길이도 차이가 날 뿐만 아니라 형식과 내용도 많은 차이를 보여서 두 작품에 등장하는 〈독수공방사설〉은 별개의 작품으로 볼 수 있다.


## 12) 〈옥중자탄가〉

남 : 정신을 겨요 찰여 눈을 드러 살펴보니 옥방 형상 가이업다 압문의는 살이 업고 뒤벽의는 외만 남아 시절은 납월이라 삭풍은 쪄롤 불고 삼미아기 훗 날니니 골절이 져려온다 북풍한셜 찬 바람은 살 뽀드시 드러오니 머리 끗히 셔리 치고 (…중략…) 이팔쳥츈 졀디가인 가련이도 되것고나 향긔로운 상산 난초 잡풀 속의 뭇쳣눈 듯 (…중략…) 초창젹막 홀노 안즈 쥬야 댱탄 우는 말이 하로 이틀 한 달 두 달 이롤 엇지 흐잔 말고 북희안치소무 고졀 안똑 셔신 풀니엿고 (…중략…) 쳥텬의 썬는 구름 놉흠도 놉흘시고 져 구름에 올나셔면 님계신더 볼 거시오 (…중략…) 밤의 깁히 못든 잠을 낫벼기의 잠간 드니 몽니희우 셔러 만나 피츠상스 니롤 젹의 (…하략…) (326~332쪽).


이 : 옥방형상 살펴보니 옥문은 살만 남고 뒤벽에 외만 남아 동지숫달 설한풍은 살쏘드시 드리부러 방안에 장설한다 춘하추동 사시절을 허송세월 옥중에서 망부사로 울음운다 동풍이 눈을 녹여 가지가지 꼿이 피고 작작하

구나 두견화는 나뷔보고 웃는 거동 반갑고도 슬어워라 눌과 함긔 보자너냐 (…중략…) 도차비는 휘휘 울고 밤새소리는 붓붓 마루 밋헤서도 두런두런 뒤후원에서도 두런두런 난장마저 죽은 귀신 형장마저 죽은 귀신 태장 주장 도리장 마자 죽은 귀신 날 너머 조르지 마라 산물을 만이 풀어 사방의 모도 헛고 이윽고 잠이 드러 꿈 하나를 어든 후에(42~43쪽).

두 작품의 〈옥중자탄가〉에서 앞부분은 옥의 형상을 묘사한 것으로 비슷한 내용으로 전개된다. 그러나 이어진 노래는 전혀 다른 내용으로 이야기가 진행된다. 이선유본에서는 〈동풍가〉로 춘향의 옥중자탄을 대신하고 있다.[19] 이에 비해 『남원고사』에서는 옥중자탄과 〈사미인곡〉을 연속으로 등장시킨 것이 특징이다. 위에서 일부 생략하고 인용한 내용에서 보듯이 다양한 상사연정의 가사를 취합하여[20] 활용한 춘향의 옥중자탄 대목과 〈사미인곡〉을 활용한 이 가요는 춘향의 독수공방의 외로움을 효과적으로 표현하기 위하여 여러 가요를 혼합한 것으로 보인다. 곧 『남원고사』에서는 이선유본과 달리 이 대목을 가사형 시가를 활용하여 표현한 것이 특징이다. 그렇다면 두 작품의 내용이나 형식 등을 고려할 때 이들을 같은 작품으로 보기는 어려울 듯하다.

---

19  판소리 창자에 따라 이 대목을 〈동풍가〉와 〈쑥대머리〉를 하기도 하고, 〈몽중가〉로 대신 하기도 한다.
20  이 대목에 대한 자세한 내용은 졸고, 「『남원고사』 연구(2)」의 184~189쪽을 참고할 것.

13) 〈농부가〉

남 : 시화세풍 티평시의 평원광야 농부네야 우리 아니 강구미복으로 동요 듯던
　　요님군의 버금인가 얼닐널 상ᄉ디 함포고복 우리 농부 쳔녁산의 밧츨 갈
　　고 신농시 믿든 ᄯᅢ뷔 쳔만셰롤 유젼ᄒᆞ니 귄들 농뷔 아니신가 얼닐널 상ᄉ
　　디 어셔 갈고 드러가셔 산승 갓흔 혀롤 물고 잠을 든다 얼닐널 상ᄉ디 거젹
　　즈리 칙혀 덥고 연젹 갓튼 졋슬 쥐고 얼닐널 상ᄉ디 밤든 후의 한번 올나
　　돌송이를 비즌 후의 ᄌᆞ식 하나 민들니라 얼닐널 상ᄉ디(353~354쪽).

이 : 두리둥둥 두리둥둥 쾽막쾽막 얼닐널 상사듸야 이바 백셩더라 흉년이라
　　걱졍말소 졔우도당 만고대셩 구년지수를 만나잇고 은왕 셩탕 어진 임금
　　칠년대한을 만나쓰니 하나님이 증한 흉년 일역으로 어이하리 당금셩상
　　애민역에 젹자시랴 게쳔입극은 셩현님이 할 일이요 치국안민은 임군님
　　이 할 일이요 (…중략…) 우리는 할 일이 농사쑌이라 이 농사를 어셔 지
　　여 왕셰국곡 젼대동각 향군포를 다 밧치고 당상의 늘근 부모 실하의 어진
　　처자 집흔 겨을 배추지에 팟밥을 지여 배부르게 만이 먹고 마누라 다리고
　　함게 논다 북통가튼 배를 함게 대고 고리짝가튼 궁둥이를 두다리며 갓진
　　짝갓튼 서를 물고 고기 고기 고기로다 (…중략…) 한 농부 내쩌시며 모춤
　　을 갈너잡고 얼얼널널 상사듸요 두리둥 두리둥 쾽맥쾽쾽 아─농부 말드
　　러라 일락서산에 해는 쩌러지고 월출동영에 달돗넌다 얼얼널널 상사듸
　　요 각각 집으로 다 도라가셔 얼널널 상사듸요 묘야삼경 집흔 밤에 쇠뿔갓
　　튼 졋슬 쥐고 흑각다리를 추켜들고 얼널널 상사듸요 이 바미를 어셔 심고
　　건는 바미로 건너가자 건는 바미 나문 거시 반달만큼 남어구나 제가 무슨

반달이냐 초생달이 반달이라 (…중략…) 얼얼널널 상사듸요(47~48쪽).

　위의 인용문에서 보듯이 『남원고사』의 〈농부가〉는 농사의 연원과 태평시절을 토대로 성희적(性戱的) 내용을 덧붙여 이루어졌다. 이에 비해 이선유본의 〈농부가〉는 그 내용이 나라의 각 직책을 맡은 사람들이 직분을 다하기를 권장하는 내용과 세금내고 화목하게 지내는 가정의 모습을 주로 이야기하면서 북과 꽹과리 소리를 의성어로 활용하여 농요적 속성을 부여하고 있다. 뿐만 아니라 이 작품에는 여러 내용의 농요를 토대로 〈농부가〉를 구성하였는데, 그 가운데는 성희적 면모가 약간 가미된 것도 보이고, 모심는 내용을 가미한 대목도 보인다. 이는 농요를 차용하여 〈농부가〉의 맛을 살리려는 창자의 의도가 작용한 것으로 보인다. 그런데 인용문에서 보듯이 "얼널널 상스듸(남)"나 "얼널널 상사듸야(이)" 정도의 공통 대목을 제외하면 두 작품에서 공통된 가사나 내용은 등장하지 않는다.


## 14) 〈옥중몽중가〉

남 : 이쩌 츈향이는 옥듕에 올노 안즈 이삼경의 못든 잠을 스오경의 겨유 드러
　　스몽비몽 꿈을 쑤니 상히 보던 몸거울이 한 복판이 찌여지고 (…중략…)
　　꿈을 찌여나셔 ᄒᆞ는 말이 이 꿈 아니 슈상ᄒᆞᆫ가 남가의 일몽인가 화셔몽
　　구운몽 남양초당 츈슈몽 이 꿈 져 꿈 무슴 꿈인고 님 반기랴 길몽인가 나
　　죽으랴 흉몽인가 일조 낭군 니별 후의 소식조차 돈졀ᄒᆞ니 급쥬 셔간도 회

보 업고 슈삼츈츄 되여가되 편지 일장 아니 ᄒ노 봄은 유신ᄒ여 오는 쩌
에 도라오되 님은 어이 무신ᄒ여 도라올 쥴 모로는고 이 쑴 아마 슈상ᄒ
다 님이 죽으랴나 니가 죽으랴나 이 몸은 죽을지라도 님을낭은 죽지 말고
니 셜치롤 ᄒ여 쥬쇼 혼빅이라도 님을 아니 니즈리라(394~395쪽).

이 : 잇쩌에 춘향이는 비몽간에 잠이 드러 호졉이 장주되고 장주 호졉이 되야
실가치 남은 혼백 바람인 듯 구름인 듯 한 곳을 당도하니 천공지활하고
산명수려한대 은은한 죽림속에 일층화각이 밤비에 잠겨서라 (…중략…)
안에서 단장소복한 채환이 쌍등을 높히 들고 압길을 인도커날 중게에 다
다르니 백옥선판에 황금대자로 두려시 색여쓰되 만고정절황능지묘라 심
신이 황활하야 좌우로 살펴보니 당상의 백의한 두 부인이 손길 형제 마조
잡고 옥패를 느짓 차고 좌석을 청하거날 춘향이 비록 기집아희로대 (…
중략…) 쌈작 놀나 쎄다르니 남가일몽이라 황능묘는 간 곳 업고 이것 남
원 옥중이라 허허 허망하다(55~56쪽).

위의 인용문에서 보듯이 『남원고사』의 경우 춘향의 꿈을 주 내용으
로 하면서 소식이 없는 이도령에 대한 원망과 자신의 죽음을 예시하는
꿈의 해석과 관련된 내용이 주류를 이루고 있다. 이에 비해 이선유본
의 경우 춘향이 꿈에 황능묘를 찾아가서 이비와 여러 부인들(농옥, 록주,
척부인)을 만나는 내용이 주류를 이루고 있고, 그 길이도 『남원고사』에
비해 길다. 두 작품은 춘향이 옥중에서 꾼 꿈을 소재로 한 작품이라는
공통점이 있지만 그 내용이나 꿈의 전개과정 등이 전혀 다름을 확인할
수 있다.

15) 〈옥중상봉가〉

남 : 그 뉘라서 날 찻는고 날 츠즈리 업것마는 이곳지 흉흔 옥듕이라 형문마져
죽은 귀신 결항ᄒ여 죽은 귀신 익미ᄒ게 죽은 귀신 뭇귀신이 날 찻는가 진
언이나 닑어보즈 늇즈디명 왕보살 옴마리반메홈 왼발 구르며 먼니 **뼉뼉**
그러치 아니ᄒ면 상산스호 벗지 업셔 바독 두즈 날 찻는가 (…중략…) 이
고 이거시 웬 일이며 이 말이 웬 말이오 하늘노셔 쩌러진가 쌋흐로셔 솟스
는가 바람결의 블녀 왓나 쩨구름에 싸혀 왓나 무릉도화 범나빈가 오류문
젼 꾀꼬린가 환희풍파 골몰ᄒ여 못오던가 쥬마 투계 쥬식으로 외입ᄒ여
못 오던가 산이 놉하 못 오던가 물이 깁허 못 오던가 산이여든 도라오고 물
이여든 건너오지 엇지 그리 못 오던가 (…중략…) 깃부도다 이 몸이 죽어
져셔 후셰에나 볼가 ᄒ엿더니 쳔만의외 오날 다시 상봉ᄒ니 칠년디한 빗
발보듯 구년지슈 희빗보듯 반갑기도 칭냥 업니 금셕슈시나 한을 홀가 얼
스 조흘시고 (…중략…) 불상ᄒ고 가련이도 되엿고나(410~414쪽).

이 : 아이고 여보 서방님 엇지 그리 느저겻소 창랑위수 말근 물에 여상보러 가
섯던가 엄능탄 여을물에 엄자릉을 차저던가 뉘 년의 꾀임을 듯고 나를 아
조 이저던가 내 가심을 만저보오 옥빈홍안 간 곳 업고 수금즁에 장탄하야
이 모양이 되엿네그려 서방님 형용보니 엇지 저리 몹시 되엿소 장장춘일
길고 긴 날 배인들 오작 곱하스며 엄동되야 설한풍에 칩긴둘 오작할가 철
리상사에 기신 랑군 다시 만나 회포하고 얼골이라도 반기 보니 이제 죽어
도 한이 업네(57쪽).

위의 인용문에서 보듯이 『남원고사』의 〈옥중상봉가〉는 춘향이 "누가 날 찾는가" 형식의 가요에 임이 찾아오지 못한 여러 이유를 원망에 섞어서 자문자답하고, 상봉의 기쁨과 현실의 아픔을 주 내용으로 한 여러 가요 형식을 혼용하고 있다. 이에 비해 이선유본의 〈옥중상봉가〉는 이제야 찾아온 연유를 자문자답하는 형식으로, 이제 그리던 임을 만났으니 죽어도 여한이 없음을 이야기하는 내용의 작품이다. 곧 이선유본의 〈옥중상봉가〉는 『남원고사』의 춘향의 원망 섞인 자문자답 형식을 활용하여 노래하였다는 점에서 형식적 유사성을 보이지만 그 내용은 전혀 다르게 진행되고 있다.

16) 〈상봉환희가〉

남: 얼스 조흘시고 이거시 꿈인가 상신가 견셩인가 이셩인가 아모랴도 모로깃너 조화옹의 작법인가 쳔우신조흐엿눈가 조흘조흘 조흘시고 어스셔방이 조흘시고 셰상스람 다 듯거라 쳥츈금방 괘명흐니 소년등과 즐거온 일 동방화쵹 노도령이 슉녀 맛나 즐거온 일 (…즁략…) 셰상의 즐거온 일 만컨마는 이런 일도 쏘 잇눈가 실낫 갓튼 너 목슘을 어스낭군이 살녓고나 조흘조흘 조흘시고 져리 귀히 되엿고나 어졔날 유걸긱이 오늘날 슈어시라 어졔 잠간 맛낫실 졔 조곰이나 일찌오지 그딕지도 속여눈고 허판스의 용혼 졈이 쳔금이 빠리로다 어시 화답흐딕 무릉도원 화총즁의 호졉 오기 졔격이오 영쥬봉너 삼신산의 신션오기 졔격이오 소상강 동졍호의 홍안 오기 졔격이오 악양누 등왕각의 소인 오기 졔격이오 빙옥렬녀 츈향의게

어ᄉ 오기 졔격이라(478~479쪽).


이 : 얼시구나 조흘시고 지화자 조흘시고(63쪽).


위의 인용문에서 보듯이 『남원고사』의 상봉 장면은 춘향의 즐거운 일을 열거하는 내용으로 이루어져 있고, 그 즐거움에 이도령이 화답하는 내용이 첨가되어 있다. 이에 비해 이선유본의 경우는 아주 간단하게 그 즐거움을 "얼시구나 조흘시고 지화자 조흘시고" 하면서 춤추는 분위기만 보여주고 있다. 그런 점에서 두 작품은 전혀 다른 모습을 보여주고 있다.


## 3. 삽입가요를 통해 본 『남원고사』와 〈춘향가〉의 상관성


『남원고사』와 〈춘향가〉의 상관관계를 파악하기 위해서는 앞에서 살핀 바를 토대로 몇 가지 점을 검토할 필요가 있다. 이 필요를 충족시키기 위해서 여기서 검토할 몇 가지 사항을 열거하면 다음과 같다. 첫째, 『남원고사』에만 실려 있는 삽입가요의 성격을 살펴보겠다. 둘째, 이선유본에만 실려 있는 삽입가요의 성격을 살펴보겠다. 셋째, 두 작품에 공통으로 등장하는 삽입가요의 상관성을 검토해 보겠다. 넷째, 『남원고사』의 〈허두가〉의 작시 원리를 통해 『남원고사』의 구성방식을 유추해 보겠다.

『남원고사』에는 63편의 삽입가요가 실려 있다. 그 가운데 이선유본에 실리지 않은 삽입가요가 38편에 이른다. 『남원고사』의 성격을 이해하기 위해서는 바로 이 38편의 삽입가요를 검토해볼 필요가 있다. 먼저 38편 가운데 겹치는 작품 5편을 제외하고 33편의 제목을 열거하면 다음과 같다. 〈허두사〉, 〈신세자탄가〉, 〈봄타령〉, 〈소상팔경시〉, 〈누대명승풀이〉, 〈유산가〉, 〈백구사〉, 〈꽃타령〉, 〈나무타령〉, 〈새타령〉, 〈짐승타령〉, 〈보고지고타령〉, 〈권주가〉, 〈술타령〉, 〈운림처사가〉, 〈바리가〉, 〈글자타령〉, 〈황계사〉, 〈상사별곡〉, 〈사미인곡〉, 〈신관노정기〉, 〈신관도임차비사설〉, 〈죽지사〉, 〈선소리〉, 〈신선가〉, 〈푸른산중〉, 〈춘면곡〉, 〈처사가〉, 〈어부사〉, 〈송서〉, 〈노름타령〉, 〈놀이요〉, 〈해몽점복사〉 등이다. 이 가운데 『춘향전』의 줄거리와 직접적으로 관련된 시가는 〈보고지고타령〉과 〈신관노정기〉, 〈신관도임차비사설〉 정도이다. 그 외의 30여 편의 삽입가요는 그 제목을 보면 알 수 있듯이 그 장르와 형식도 매우 다양한 작품들이다. 이도령의 〈신세자탄가〉처럼 신세타령류와 〈봄타령〉이나 〈유산가〉, 〈권주가〉, 〈노름타령〉, 〈놀이요〉처럼 유흥적 성격의 가요가 있는가 하면 점치는 말로 이루어진 〈해몽점복사〉가 있고, 〈새타령〉이나 〈선소리〉처럼 민요도 있으며, 〈상사별곡〉이나 〈사미인곡〉 같은 창작 가요도 있다. 그 장르도 다양하여 〈소상팔경시〉 같은 한시와 민요, 가사, 시조, 잡가 등 조선 후기에 유행한 모든 가요의 장르들이 망라되어 있다. 다시 말하면 『남원고사』에 등장하는 상당수의 삽입가요들이 판소리와 상관없이 당대인들의 생활 속에게 창작되어 향유되던 다양한 장르의 가요들로 존속하다가 『남원고사』의 작

자에 의해 그 서사화 과정에서 삽입가요로 활용된 작품들이다.[21]

이선유본에는 총 34편의 삽입가요가 등장한다. 그 가운데 이선유본에만 등장하는 삽입가요는 9편이고, 『남원고사』의 〈신관노정기〉와 〈신관도임차비사설〉과 관련이 있는 〈신연맞이〉를 제외하면 8편이 된다. 그 8편의 삽입가요는 〈기산영수〉와 〈명승가〉, 〈산세풀이〉, 〈낭군가〉, 〈갈까부타〉, 〈잡가〉, 〈기생들사설〉, 〈과장풍경가〉 등이다. 이 가운데 〈기산영수〉는 〈춘향가〉의 더늠이고 〈낭군가〉와 〈갈까부타〉, 〈기생들사설〉, 〈과장풍경가〉는 『춘향전』의 줄거리와 관련된 삽입가요들이다. 나머지 작품에서 순수한 삽입가요는 〈잡가〉 정도이다.[22] 이는 『남원고사』에는 없고 이선유본에만 등장하는 삽입가요가 〈잡가〉 정도를 제외하면 대부분 『춘향전』의 줄거리와 관련된 가요임을 보여주는 것이다. 말하자면 〈춘향가〉의 삽입가요는 기존의 가요를 서사화 과정에서 삽입시켰다기보다는 줄거리 전개에 맞게 가요를 창작하여 삽입시켰을 가능성이 있음을 뜻한다. 바로 이 점이 이선유본의 판소리적 성격을 보여주는 것으로 추정된다.

다음으로 두 작품에 공통으로 삽입되어 있는 작품을 살펴볼 필요가 있다. 두 작품에 공통으로 등장하는 삽입가요의 제목을 나열하면 〈나귀·이도령치레〉와 〈적성가〉, 〈추천가〉, 〈금옥사설〉, 〈그른내력〉, 〈천자뒤풀이〉, 〈춘향집치례〉, 〈팔도담배가〉, 〈주효기명사설〉, 〈사랑가〉, 각종 〈이별가〉, 〈독수공방사설〉, 〈기생점고〉, 〈군노사령치레〉, 〈집장

---


21 이들은 여러 가집과 악부에 전하고 있다. 구체적인 내용은 윤덕진 임성래, 앞의 4편의 글을 참조할 것.

22 〈명승가〉와 〈산세풀이〉는 기존의 가요인지 창작된 가요인지가 불분명하다.

가〉, 〈십장가〉, 〈옥중자탄가〉, 〈어사노정기〉, 〈어사복색치레〉, 〈농부
가〉, 〈산유화가〉, 〈옥중몽중가〉, 〈옥중상봉가〉, 〈생일연가〉, 〈어사출도
가〉, 〈상봉환희가〉 등이다. 이 가운데 『춘향전』의 줄거리와 직접적인 관
련이 없이 생성되었을 것으로 추정되는 삽입가요는 〈농부가〉와 〈산유
화가〉 정도이다. 그 외의 작품 가운데 〈적성가〉나 〈어사노정기〉, 〈어사
복색치레〉, 〈어사출도가〉 등은 판소리의 더늠으로 생겨났을 가능성이
있고, 일부는 기존 가요가 서사화 과정에서 변형되어 삽입되었을 것으
로 추정된다.

그런데 문제는 앞에서 살핀 바와 같이 『남원고사』와 이선유본에 공
통으로 등장하는 삽입가요들의 대부분이 제목은 같지만 내용은 같은
작품이 아니라는 점에 있다. 말하자면 『남원고사』와 이선유본에 공통
으로 삽입된 가요들이 제목이 같음에도 불구하고 내용상으로는 다른
작품이 대부분이라는 점이다. 앞의 비교에서 살펴보았듯이 공통점을
보이는 것은 일부 어귀나 단어 정도에 불과하고 그 형식이나 내용이 다
른 작품이 거의 대부분을 차지하고 있다. 이는 결국 『남원고사』의 삽
입가요와 이선유본의 삽입가요가 다르다는 사실을 보여준다.

『남원고사』와 〈춘향가〉의 삽입가요들은 내용상으로 볼 때에는 아
무런 동질성을 가지고 있지 못한 서로 다른 노래들로 판명할 수 있다.
그럼에도 불구하고 이들 노래들이 유사한 서사 단락에 위치하였다는
공통점은 어떤 요인에 의거하였을 것이다. 춘향 서사의 문학 양식화에
있어서 춘향 이야기가 골격이 되는 점을 우선 들 수 있다. 공통 서사 단
락에 의해 줄거리를 형성하였기 때문에 삽입가요의 위치가 같아졌다
고 볼 수 있다. 같은 서사물의 같은 위치에서 다른 내용을 전개한 요인

은 문학 양식을 각기 달리 하였기 때문일 것이다. 『남원고사』의 소설과 〈춘향가〉의 판소리는 서로 다른 지향을 가진 문학 양식이다. 소설이 독서물로서 독자의 상상에 전달될 현실 재현을 지향한다면 판소리는 공연 예술로서 현장에서의 극적 발현을 지향한다. 소설은 행위 재현을 통한 인물 형상화에 주력하여서 서술자의 개입부분이 줄어들지만, 판소리는 연창, 특히 일인 연창으로서 아니리에 의한 서술 부분이 강화될 수 밖에 없다. 『남원고사』와 〈춘향가〉의 삽입가요들을 대조할 때에 이 노래들이 위치한 대목이 같다고 하더라도 서로 다른 내용으로 표출됨은 문학 양식이 다르기 때문인 점을 고려할 필요가 있다.

한편, 두 문학 양식의 향유 형태가 율문으로서 공통되는 점도 중요한 고려 사항으로 다루어야 한다. 근대 이전의 소설 향유 조건은 낭송-청취의 집단 향유에 기반하기 때문에 소설 문체도 이에 적합한 율문체를 기본으로 하였다. 같은 율문이라고 하더라도 문학 양식이 다름에 따라 다른 종류의 운율을 사용하게 됨은 가사·판소리·소설의 실례를 들어보면 확연해진다. 『남원고사』에도 들어 있는 〈계우사〉의 예로 본다면, 가사집의 〈계우사〉는 4음보 위주의 가사체로 되어 있지만, 판소리 〈계우사〉(〈왈자타령〉)는 서술 아니리 부분과 창 부분을 관류하는 늘어진 운율을 지니고 있다. 4음보뿐만 아니라 3, 5, 6음보가 혼효되어 운율 정체를 파악할 수가 없다. '잡가'로 통칭되기도 했던 것은 판소리의 이러한 부정형한 운율 조건에 말미암았다고 할 수 있다. 〈계우사〉는 지금 전하여지는 실물이 소설 가운데 섞여 있어서 이를 소설로 볼 것이냐 판소리 대본으로 볼 것이냐에 대하여 판정을 유보할 수밖에 없지만, 판소리와 관련 있는 산물임은 확정지을 수 있다.

위에서 살핀 바를 토대로『남원고사』와 이선유본 〈춘향가〉, 곧 판소리계 소설과 판소리의 상관관계를 살펴볼 필요가 있다. 필자들이 기존 글에서 밝힌 바와 같이『남원고사』는 여러 가집에 실린, 곧 당시 가창되었거나 창작되어 있던 가요를『춘향전』의 줄거리 전개에 삽입하여 활용하고 있다.[23] 이러한 사실은『남원고사』가 〈춘향가〉의 사설을 정착시키는 방식으로 이루어진 작품이라기보다는 춘향의 이야기를 토대로 당시 유행하던 가요를 잘 알고 있던 작자의 가요 정착 방식으로 이루어졌을 가능성을 시사하고 있다.

그런데『남원고사』는 이선유본에 비해 많은 가요를 줄거리 전개에 삽입시켰다. 그 줄거리 전개에 삽입된 가요들은 기존의 가요를 활용한 작품들이 많고, 판소리 〈춘향가〉의 삽입가요를 활용한 경우는 별로 많지 않았다. 두 작품에 공통으로 들어 있는 작품이라야 〈적성가〉 정도에 불과하다. 두 작품에 공통된 내용을 담고 있는 〈적성가〉조차도 실제로 내용이 겹치는 부분은 길지 않고, 그 가요의 지향점도 차이를 보인다. 또한 일부 삽입가요에서 단어나 어귀의 공유 현상이 나타나기는 하지만 그것이 해당 가요의 전반적인 상황이 아닌 극히 국지적인 면에 한정되어 있기 때문에 두 작품의 공통가요로서의 면모를 전혀 보여주지 못하고 있다.

여기서『남원고사』와 판소리의 삽입가요를 활용한 서사화 방식의 차이와 관련된 시사점을 보여주는 것이『남원고사』의 〈허두사〉 대목이다. 앞에서 살핀 바와 같이 다른『춘향전』이본들에는 없는 다양한 형식의 가요를 엮어 놓은 〈허두사〉가『남원고사』에 들어 있다. 이 〈허

---

23  윤덕진·임성래, 앞의 글 4편을 참고할 것.

두사〉에 들어 있는 여러 종류의 가요들—사설시조, 음영가사, 가창가사 등—이 어우러져 하나의 독립된 단락을 이루어내는 방식은『남원고사』에서 이후의 매 단락에서 되풀이되는 서사화의 중심 원리라고 할 수 있다. 판소리 서사화의 중심 원리가 노래들의 배합에 의한 줄거리 전개 방식이라고 한다면 〈허두사〉에서 보여준『남원고사』의 서사 원리는 일단 판소리와 같은 유형으로 파악된다. 그러나『남원고사』의 노래들은 〈허두사〉에서 보는 것처럼 시조나 가사를 중심에 두고 잡가나 민요가 부수적으로 세부를 구성해 나간다는 점에서 판소리의 서사화 방식과는 다른 것으로 보인다. 곧 판소리의 서사화 방식은 더늠과 줄거리가 중심이 되고 삽입가요가 부수가 되는 구성 방식을 취하고 있어서『남원고사』의 〈허두사〉 방식과는 다른 국면에서 이루어진 것으로 생각된다.

〈허두사〉가 보여주는 이 국면에 대한 정보를 비슷한 시기의 가집인『청구영언』(육당본)이나『남훈태평가』(1863)에서 찾아볼 수 있다.『청구영언』(육당본)은 가곡 대본인 평시조를 위주로 하면서 말미에 19편의 가창가사를 합철하고, 그 사이에 많은 분량의 사설시조를 배열하고 있다.『남훈태평가』역시 "시조-가사-잡가"라는 세 부류를 포괄함으로써『청구영언』(육당본)과 비슷한 시기의 시가 발전 단계를 반영하고 있다. 그러나『남훈태평가』에는 〈소춘향가〉나 〈백구사〉를 "잡가"항에 배열하면서 "가사"항에 〈처사가〉, 〈춘면곡〉 등 현재까지 12가사의 곡목으로 전창되는 가창가사를 배열함으로써 〈관동별곡〉이나 〈관등가〉 등 12가사에서 빠진 작품을 유지하고 있는『청구영언』(육당본)의 다음 단계에 해당하는 가집임을 시사하고 있다. 송만재의 〈관우희(觀優戲)〉(1843)에

〈영산선성(靈山先聲)〉이라 하여 일종의 판소리 허두가에 대한 대목이 있는데, 여기에 〈관동별곡〉이 들어 있어서 『청구영언』(육당본)은 〈관우희〉에 가까운 단계의 산물임을 보여준다. 이처럼 19세기의 시가 발전 단계는 중심 장르와 부수적인 장르의 관계에 따라 여러 국면으로 나누어짐을 알 수 있다.

이러한 사실을 토대로 추정해보면 『남원고사』와 판소리는 각기 서서화의 중심 원리가 다른 국면에서 삽입된 시가 장르의 모습을 작품에 반영함으로써 노래 자체가 변하였을 뿐만 아니라 노래들의 배합 원리도 달라질 수밖에 없었을 것이다. 말하자면 서울지역에서 주로 유통된 『남원고사』의 경우 〈춘향가〉의 사설 정착과 관계없이 가요를 활용한 소설 서사 방안에 깊은 관심을 가진 작자가 춘향 이야기의 서사화 과정에서 당시 가창되던 가요를 적극 활용하여 문자화했을 가능성이 더 크다. 이 말은 『남원고사』가 판소리의 영향 아래서 창작된 소설이라기보다는 서울지방에서 유행하던 가요의 구성방식의 영향 아래서 창작된 소설일 가능성이 더 큼을 시사한다.

이러한 사실은 『남원고사』 계열의 『춘향전』의 여러 이본들, 곧 경판 35장본을 비롯한 경판 방각본 소설들과 동양문고본, 동경대본, 이고본 『춘향전』이 〈춘향가〉의 영향과는 상관없이 가요 집성을 통한 소설 서사화라는 방안에 공통 관심을 가졌던 작가들에 의해서 창작되었을 가능성을 시사한다. 그와 같은 가능성을 보여주는 예가 지금까지 살핀 바와 같이 『남원고사』에 등장하는 삽입가요가 실제 〈춘향가〉에서 불리고 있는 삽입가요와는 다른 작품이라는 사실일 것이다. 필자들은 흔히 판소리계 소설은 판소리 사설의 정착이라는 인식이 오류일 수 있음을 보여주는 증거의 하나로 『남원고사』와 판소리의 삽입가요가 거의 상관이 없고, 그 구성방식도 다르다는 점을 그 예로 들고 싶다.

이처럼 시가 장르의 총합으로서 서사적 성격을 드러내는『남원고사』의 장르적 특징을 밝히는 일은 소설과 판소리와의 이종 장르 교섭에 관한 문제라기보다는 시가와 판소리라는 친연 장르 관계에 대한 문제임이 드러났다. 앞으로의 과제는 시가 발전사 위에서 판소리가 발생하고 변모하여 20세기의 흥왕기를 맞기까지의 여러 단계를, 그때마다 관여하는 가요와 그 가요들의 배합 원리의 규명을 통하여 드러내면서 판소리라는 총합적 장르로 진행하는 시가들의 지향점을 밝혀보는 것이다. 이 방향에서 동시에 개별 시가 장르들이 서로 어떤 관련 아래서 이 길을 따라가는가 하는 시가발전사의 구체적인 국면이 드러나리라고 본다. 시가에서 판소리로 진행하는 장르 발전의 행로에 판소리계 소설이라는 이종 장르를 둠으로써 야기되었던 문맥 당착의 문제도 이 과정에서 해소되리라고 기대한다.『남원고사』에 실린 가요들의 여러 가지 형식을 분류하는 일과 아울러서 그 형식을 요청했던 당대 사회와 시가 발전 단계의 관계 실상을 밝히는 일을 다음 장의 목표로 삼고자 한다.

# 제5장

# 『남원고사』의 시가 수록과 시가사의 관련

이 장에서는 『남원고사』에 삽입된 시가가 당대 시가사와 어떤 관련이 있는지 파악하기 위하여 『남원고사』와 밀접한 관련이 있는 『남원고사』계 『춘향전』[1]들도 함께 다루려고 한다. 그 까닭은 『남원고사』계열의 『춘향전』의 이본들 가운데 일부에 『남원고사』에 실리지 않은 시가들도 몇 작품 실려 있고, 당대 시가사와 『남원고사』에 실린 시가의 성격을 파악하기 위해서는 당대 시가의 흐름을 시기적으로 파악할 필요가 있어서 이들을 함께 다루는 것이 효과적이기 때문이다.

---

[1] 1860년대에 이루어진 『남원고사』를 필두로 1838년에 이루어진 〈선루별곡〉을 위시한 여러 유형의 시가들을 독자적으로 실음으로써 19세기 말 경 편찬된 것으로 추정되는 도남본 『춘향전』, 1900년 부분 필사본을 지닌 동양문고본 『춘향전』, 1907년 필사 추정의 동경대본 『춘향전』 등을 대표적인 이본으로 들 수 있다. 이들은 세책본으로 유통된 공통점을 지니지만 제책 방식이나 보존 상태를 서로 달리함으로써 각기 다른 조건에서 유통되었음을 알 수 있다. 이들에 대한 서지 정보는 김석배, 「남원고사계 춘향전의 이본연구」,(『금오공대 논문집』 제12집, 1991)에서 확인할 수 있다.

　기본적으로 『남원고사』는 판소리계 소설을 중심으로 한 다른 계통의 『춘향전』과 마찬가지로 『춘향전』 전승의 중심인 서사 문맥[2]을 지니고 있다. 그러나 이 서사 문맥을 이끌어나가는 방식이 여러 가지 노래를 취합함으로써 이루어지는 것은 이 계통의 작품 성격을 다른 계통의 『춘향전』과 달리 규정하게 한다. 노래가 서사 문맥에 관여하는 이런 성격을 “판소리 창본”으로 규정하는 시도가 있었지만, 『남원고사』계 『춘향전』은 순수하게 소설적 전개를 보이는 부분이 있고, 또 노래와 노래가 이어지는 방식이 창과 아니리의 질서 있는 교체에 의하지 아니하고 노래들 자체의 자유로운 배합에 맡겨지고 있어서 반드시 판소리와의 관련 아래서만 설명될 수 있는 것은 아니다.

　여러 가지 다른 종류의 노래들이 모여서 이루어내는 세계의 성격을 우선 노래책[가집, 또는 가사집]으로 규정할 수 있다. 이 노래책은 당대적 시가 애호를 반영하여 시가 향유상을 가리켜 줄 뿐만 아니라, 노래들의 서로 다른 성격이 어우러진 정황이 어떤 총체적인 인상을 만들어내기도 한다. 이 인상을 당대의 사회상에 대한 반영으로 볼 수도 있고, 또는 노래의 향유 방식을 중심으로 한 문화사적 단면으로 파악할 수도 있다.

　노래책은 시조나 가사의 가집에서 볼 수 있듯이 일정한 시기의 시가 향유 양태를 정리해 놓고 있다. 『송강가사』나 『노계가사』가 충신연주지사를 중심한 주제 이해 위주의 사대부 가사 향유 양태의 반영이라면, 18세기 이후의 주로 악조별로 편찬된 가곡 가집은 악곡, 곧 연행을

---

2　단지 스토리의 순차 내지 플롯만을 가리키지 않고, 이야기를 이루어 내는 근본 원리를 대상으로 한 말이다. 설성경이 「춘향전의 계통과 보편 구조」(한국고소설연구회 편, 『춘향전의 종합적 고찰』, 아세아문화사, 1991)에서, 개별 작품들에서 추출되는 스토리 상동성 이전의 거시적이고 포괄적인 틀을 지칭한 “보편구조”와 유사한 개념이다.

중시한 향유상의 반영이라 할 수 있다. 이런 일정한 방향을 가진 가집 편찬이 굴곡을 일으킨 것은 19세기에 들어서 가곡 가집 말미에 가사가 첨록되는 변화를 보이면서 시작된다. 1764년(영조 41년)에 편찬된 것으로 추정되는 『고금가곡』에 이미 가사 16편이 첨록되어 있고, 이런 방식의 첨록은 19세기 중반에 편찬된 육당본 『청구영언』에서도 확인된다. 한편, 1821년에 편찬된 가사집 『잡가』에는 모두 19편의 가사가 실려 있는데, 대부분이 양반가사의 대표작인 가운데 〈호남가〉 같은, 후일 판소리 허두가 대표 곡목의 원사(原辭)에 해당하는 작품과 〈송여승가〉 같은 상사연정 주제의 가사가 함께 실려 있다. 이 책의 편자는 이렇게 여러 종류의 노래들이 뒤섞이는 양태를 "잡가"로 명명한 듯하다. 또한 1823년에 편찬된 가사집 『기사총록』은 주로 애정이나 유흥을 주제로 하는 작품들을 싣고 있다. 아마도 기방 언저리에서 생성되고 발전된 듯한 이 작품들이 1860년대의 시조 가집 『남훈태평가』나 19세기 후반의 『가곡원류』계열 시조 가집인 『협률대성』, 그리고 한시사부 가창까지 포괄하여, 성격상 이들 가(사)집의 총집이라고도 할 만한 『해동유요』에 재첨록되어 있는 것을 보면 19세기 동안 널리 애호되었음을 확인할 수 있다.

　『남원고사』계 『춘향전』의 시발 작품인 『남원고사』가 성립한 19세기 중후반의 시가 발전이 이처럼 주제 중심 향유에서 연행을 중시하는 향유로 바뀌었으며, 애정 주제 편향이나 유흥적 성향의 강화와 같은 세속화 취향이 확대되어가는 모습을 보여주고 있다면 『남원고사』도 이 흐름에서 자유로울 수는 없었을 것이다. 더구나 『남원고사』에는 이전 시기부터 향유되어오던 가곡과 가사만이 아닌 새로운 종류의 노래들이 집적되어 있기도 하다. 이 책의 저자는 하나의 "사화집(Anthology)"을 통해 당대의 사회상과 문화사의 단면을 보이려는 의도를 가지고 있었던 듯하다. 춘향 서사가 시대를 뛰어넘는 보편적인 주제에 의지하고 있다면, 이 주제를 구체화시키는 방안을 작자는 당대의 노래 향유상에서 찾고 있었다. 작자는 당대의 노래를 모두 기억하고 있던 애호가이면서 이 노래들이 지향하는 시가사의 방향을 예견할 수 있는 역량도 갖추었던 것으로 보인다. 길고 짧은 노래들의 총합체이거나 운문과 산문의 병합체인 "서사시"의 성격을 가진 소설 양식을 빌린 것은 작자의 시가사에 대한 전망을 보여주고 있다. 작자가 예견하였던 노래와 소설이 만난 다음 단계가 어떤 구체적인 양식으로 귀결하는가는 유보해 두더라도, 우선 여러 가지 양식의 총합을 통하여 새로운 양식을 모색한 것은 기존의 관습을 벗어난 장르 실험을 의도한 것으로 볼 수 있다. 앞으로 『남원고사』의 장르적 특성을 규명할 것을 기약하면서 그 전 단계로 이 "서사시" 속의 노래들이 어떤 변개를 거치면서 새롭게 양식화되었는가를 검증하는 절차를 통하여 작자의 장르 실험의 의도를 읽어 보려고 한다. 이 변개상의 규명을 통하여 서사 양식 속에 노래들을 존립시키는 작자의 문예적 역량과 의도가 드러나면서 소설관 내지는 시가사적 전망을 포괄하는 작가의 문예관이 밝혀질 것이다.

# 1. 『남원고사』 수록 시가와 가집 수록 상황의 대비

『남원고사』는 소설책으로서만이 아닌, 여러 가지 노래들을 한 데 싣고 있는 노래책으로서의 면모를 보이고도 있다. 『남원고사』계『춘향전』이 성립되기 시작한 1860년대는 육당본『청구영언』을 필두로 한 가곡집 말미에 가사 첨록이 일어나고 있어서 가곡 위주로 향우되던 가악계에 변화가 있었음을 알려주고 있다. 여기에 첨록된 가사들은 뒤에 「십이가사」로 정리되는 가창가사들인데, 이들이 가곡집에 첨록되는 경로는 설명을 필요로 한다. 1820년대에 편찬된 가사집인『잡가』나 『기사총록』을 통하여, 정악 계통인 가곡의 범위를 넘어선 노래들이 이미 널리 불리고 있었음을 알 수 있다. 애정이나 유흥을 주제로 하는 이들 노래들은 그 향유층이 사대부를 넘어서서 서민층까지 확산되어 있었음을 시사하고 있다. 서민들의 시가 향유는 18세기 동안의 여러 정황을 통하여 확인된다. 〈춘면곡〉, 〈상사별곡〉과 같은 애정 주제의 가사들이 시정에서 향유된 정황이 포착되며, 사대부 문인들이 이들 노래에 관심을 가지고 비평하거나 악부시화하는 사례도 찾을 수 있다. 그리고 19세기에 이루어지는 가사집의 편찬은 위와 같은 새로운 가악 판도를 반영한 것으로 정리할 수 있다.[3]

19세기 중후반까지의 시가사 발전 경로를 개관하면서 이 경로가『남원고사』계『춘향전』들로 이어지는 맥락을 감지할 수 있다. 이제 구체

---

[3] 이 경로에 대한 구체적인 설명은 윤덕진, 『조선조 장가, 가사의 연원과 맥락』(보고사, 2008)의 제4장 "가사 양식의 다기화"에 미룬다.

적으로 가사집과 『남원고사』 양편에 해당하는 노래들을 대비하면서 이 경로를 드러나게 할 차례이다. 먼저, 양편에 속하는 노래들을 목록화함이 필요하다. 목록에 드는 노래들은 일단 가(사)집에 수록된 경우를 기준으로 하였다. 가(사)집에 실려 있다는 사실은 이들 노래들이 가창 연행물이라는 것을 말해 주는데, 『남원고사』에 채택될 때에도 대부분이 온전한 전편의 형태로서 연행 정황을 반영하는 상태로 실려 있기 때문에 원래부터 연행 정황의 반영물인 가(사)집에 실린 상태와 성격이 다르지 않다고 할 수 있다.

한편, 수록 상황을 대조하는 데 동원된 가(사)집은 『남원고사』계 『춘향전』이 성립되기 시작한 19세기 중후반을 기준으로 삼아, 그 전후의 가까운 시기에 이루어진 것들을 택하되 대체로 노래의 유형을 공유하고 있는 한도에 드는 것을 대표성의 조건으로 삼았다. 노래의 유형을 공유한다는 말은 곧, 빈출 정도가 비슷한 노래들을 함께 싣고 있다는 것인데, 이 빈출도의 공유는 곧 당대 시가 향유의 취향에 대한 반영이라고 할 수 있다. 많은 이들이 즐겨 부르는 노래들을 『남원고사』에 실음으로써 당대의 문화 풍토를 제시할 수 있을 뿐만 아니라, 독자로 하여금 노래를 즐기는 시대의 분위기를 공감하게 할 수 있었을 것이다. 또한, 당대 애창곡의 수록은 세책본 소설로서 독자들의 인기를 의식해야하는 『남원고사』의 작자가 택함직한 창작의 전략이라고도 할 수 있다.

이렇게 선택한 가(사)집에 관한 간략한 서지와 『남원고사』계 『춘향전』 수록 작품을 도표로 제시하면서 이들이 공유하는 성격을 가시화해 보고자 한다(가집 약호는 다음과 같이 사용한다. 『잡가』→ 잡가, 『기사총록』→ 기사, 육당본 『청구영언』→ 청육, 가람본 『청구영언』→ 청영, 『해동유요』→ 해유,

『가곡』→ 가곡, 『망로각수기』→ 망로).


〈표 2〉 『남원고사』계 『춘향전』 수록 시가의 가(사)집별 분포 상황

| | 편찬시기 | 『남원고사』계 『춘향전』 수록 작품 | 수록작품 계 |
|---|---|---|---|
| 잡가 | 1821년 | 〈낙빈가〉, 〈호남가〉, 〈장진주사〉(송강), 〈처사가〉, 〈어부사〉, 〈승가〉 | 6 |
| 기사 | 1823년 | 〈노처녀가〉, 〈백구사〉, 〈명당가〉, 〈권주가〉, 〈바리가〉, 〈계우사〉, 〈상사별곡〉, 〈춘면곡〉, 〈어부사〉, 〈노름타령〉 | 10 |
| 청육 | 1850~60년 | 〈사설시조〉(구운몽), 〈강촌별곡〉, 〈낙빈가〉, 〈백구사〉, 〈권주가〉, 〈사설시조〉(태산이·어촌의), 〈양양가〉, 〈장진주사〉(송강), 〈장진주〉(이백), 〈매화타령〉, 〈사설시조〉(백초를), 〈황계타령〉, 〈상사별곡〉, 〈사설시조〉(푸른산중), 〈춘면곡〉, 〈처사가〉, 〈어부사〉 | 18 |
| 청영 | 19세기 중반 | 〈낙빈가〉, 〈명당가〉, 〈권주가〉, 〈사설시조〉(태산이), 〈계우사〉, 〈장진주〉(이백), 〈상사별곡〉, 〈사설시조〉(푸른산중), 〈춘면곡〉, 〈처사가〉, 〈어부사〉 | 11 |
| 해유 | 19세기 후반 | 〈사설시조〉(구운몽), 〈강촌별곡〉(〈강촌가〉), 〈운림처사가〉(청음), 〈계유사〉, 〈승가〉, 〈양양가〉, 〈장진주사〉(송강), 〈상사별곡〉, 〈춘면곡〉, 〈처사가〉, 〈어부사〉, 〈사미인곡〉(〈상사곡〉)) | 12 |
| 가곡 | 19세기 말 | 〈사설시조〉(구운몽), 〈강촌별곡〉(〈어부가〉), 〈권주가〉, 〈운림처사가〉, 〈상사별곡〉, 〈춘면곡〉, 〈처사가〉(〈낙빈가〉)), 〈어부사〉, 〈사미인곡〉 | 9 |
| 망로 | 1911년 | 〈소상팔경가〉, 〈어부사〉 | 2 |


　많은 수의 작품을 수록하고 있는 육당본 『청구영언』, 가람본 『청구영언』, 『해동유요』 등의 가(사)집들은 대개 19세기 중반 이후를 성립 시기로 하고 있다. 이들이 『남원고사』계 『춘향전』이 성립되기 시작한 단계의 가(사)집이라는 사실은 『남원고사』계 『춘향전』 성립의 두 가지 요인 ─ 가창 흥왕기의 시대상 반영과 노래를 즐기는 당대 독자 취향에의 부합 ─ 을 확인케 한다. 그 곡목들이 사설시조와 가창가사를 위주로 한다는 것은 그대로 당대 가악의 판도가 이들 종류를 주곡목으로 삼은 사실의 반영으로 보아 무리가 없을 것이다. 사설시조는 농·락·편과

같은 정악 가곡의 신종 변개 양식으로 연행되고, 가창가사는 새로운 유행 악조인 시조창과 같이 민속악적 요인이 개입한 새로운 창조였다는 사실을 참조하면 결국 사설시조와 가창가사가 주를 이루는 곡목 체제란 당대적 가악취향의 직접적 반영이라고 할 수 있다. 사설시조와 가창가사 외에 『남원고사』계 『춘향전』에 실린 노래들은 〈노처녀가〉나 〈계우사〉처럼 소설과 관련을 가지는 것들, 〈바리가〉나 〈노름타령〉처럼 어희를 기반으로 하면서 유흥적 성향이 강화되는 것들, 〈사미인곡〉(송강 작의 변용작과 가명만 빌린 두 종류가 있음)처럼 상사연정을 주제로 한 것들을 들 수 있다. 이 세 가지 방향 또한 새로운 양식이나 취향, 주제에 대한 당대인들의 경사를 반영하고 있는 것이어서 결국, 『남원고사』계 『춘향전』의 수록 시가 채택은 당대적 양식인 소설을 선택하는 가운데 당대적 사회상을 적극 수용한 것으로 평가할 수 있다. 여기서 남는 의문은 작가가 이들 시가를 채택한 근원적인 동기가 무엇인가? ─곧, 소설 서사의 구현에 어떤 계기로 시가를 활용하였는가 하는 것이다. 판소리라는 양식이 그 해답으로 주어져 왔던 것이나, 창과 아니리의 교체라는 표면적 사실만을 가지고는 소설 서사의 원리 모색을 충족할 수가 없었다. 이에, 다시 한 번, 수록 시가의 종류를 가름하면서 그들이 본문(여기에도 감추어진 노래가 많다)과 가지는 관련을 모색해 볼 필요가 생긴다.

이번에는 수록 시가별로 『남원고사』계 『춘향전』에 실린 상황을 점검하면서 이 문제를 확장해 나가기로 한다. 우선, 수록 상황을 도표화해 본다.[4]

---

[4] 이본 약호는 다음과 같다. 『남원고사』 → 남원, 도남문고본 『춘향전』 → 도남, 동양문고본

<표 3> 『남원고사』계 『춘향전』 수록 시가의 수록 상황

| | 가요명 | 남원 | 도남 | 동양 | 동경 | 수록가집(비고) |
|---|---|---|---|---|---|---|
| 1 | 사설시조(구운몽) | ○ | 낙장 | ○ | ○ | 청육・해유・가곡 |
| 2 | 단가(강호주제) | ◎ | 낙장 | ◎ | ◎ | |
| 3 | 강호가사(조합) | ◎ | 낙장 | ◎ | ◎ | 잡가(〈낙빈가〉)・청육(〈강촌별곡〉, 〈낙빈가〉)・청영(〈낙빈가〉)・해유(〈강촌가〉,[5] 〈낙빈가〉)・가곡(〈장사탄〉, 〈어부가〉[6]) |
| 4 | 신세자탄가 | ◎ | 낙장 | ◎ | ◎ | 기사 |
| 5 | 소상팔경가 | ○ | 낙장 | ○ | ○ | 망로 |
| 6 | 유산가 | ◎ | 낙장 | ○ | ◎ | |
| 7 | 백구사 | ○ | 낙장 | ○ | ○ | 기사・청육・남태 |
| 8 | 명당가 | ○ | 낙장 | ○ | ○ | 기사・청영 |
| 9 | 권주가 | ○ | 낙장 | ○ | ○ | 기사・청육・청영・가곡 |
| 10 | 운림처사가 | ○ | 낙장 | × | ○ | 해유(淸陰작)・가곡 |
| 11 | 사설시조(4편) | × | × | × | ○ | 태산이 : 청육・청영 쥬렴의 : 남태 어촌의 : 청육・남태 가노라 : 남태 |
| 12 | 바리가 | ○ | ○ | ○ | ○ | 기사(〈십태가〉)・악부(〈짝타령〉) |
| 13 | 호남가 | × | ○ | × | × | 잡가(異種임) |
| 14 | 계우사 | × | ○ | × | × | 기사・청영・해유 |
| 15 | 선루별곡 | × | ○ | × | × | 李厚淵작(1838년)[7] |
| 16 | 낙빈가 | × | ○ | × | × | 잡가・청육 |
| 17 | 승가 | × | ○ | × | × | 해유・잡가(부분) |
| 18 | 양양가 | × | ○ | × | × | 청육・해유 |
| 19 | 장진주사(송강) | × | ○ | × | × | 잡가・청육・해유 |
| 20 | 장진주(이백) | × | ○ | × | × | 청육・청영[8] |
| 21 | 매화타령[9] | × | ○ | × | × | 청육・남태 |
| 22 | 사설시조(백초를) | × | × | ○ | × | 청육 |
| 23 | 황계타령[10] | ○ | ○ | ○ | ○ | 청육 |

『춘향전』→ 동양, 동경대본 『춘향전』→ 동경.

표에 사용한 기호는 다음과 같다.

○ : 전편이 온전히 실린 경우

◎ : 부분만이 실리거나 여러 노래를 조합하여 다른 한편을 만든 경우

● : 가명만 언급된 경우

× : 전혀 실리지 못한 경우

| 24 | 성주푸리 | × | ○ | × | × | |
| 25 | 상사별곡 | ○ | ○ | ● | ○ | 기사 · 청육 · 청영 · 남태 · 해유 · 가곡 |
| 26 | 사미인곡(송강) | ○ | × | × | ○ | |
| 27 | 죽지사 | ◎ | × | × | × | |
| 28 | 집장가 | ○ | × | × | ○ | 악부[11] |
| 29 | 선소리 | ○ | × | × | ○ | |
| 30 | 사설시조(신선가) | ○ | × | × | 낙장 | |
| 31 | 사설시조(푸른산중) | ○ | × | × | ○ | 청육 · 청영 · 남태 |
| 32 | 자즈나닙 | × | ● | × | × | |
| 33 | 춘면곡 | ○ | ○ | ● | ○ | 기사 · 청육 · 청영 · 남태 · 해유 · 가곡 |
| 34 | 처사가 | ○ | ○ | ● | ● | 잡가 · 청육 · 청영 · 남태 · 해유 · 가곡(〈낙빈가〉) |
| 35 | 어부사 | ○ | ○ | × | × | 잡가 · 기사 · 청육 · 청영 · 남태 · 해유 · 가곡 · 망로 |
| 36 | 송서 | ○ | ○ | ○ | ○ | |
| 37 | 노름타령 | ○ | ○ | ○ | ○ | 기사(〈장기가〉) |
| 38 | 옥중자탄가 | ○ | ○ | ○ | ○ | 악부 |
| 39 | 사미인곡 | ○ | ○ | ○ | ○ | 해유(〈상사곡〉) · 가곡 |

---

5  청육의 〈강촌별곡〉과 동종.

6  청육의 〈강촌별곡〉과 동종 작품. 18세기 중후반의 『고금가곡』에 나타나는 〈강촌별곡〉은 후에 나타난 〈낙빈가〉와 가명 혼동을 일으키다가 결국은 〈낙빈가〉와 가명을 교환하는 것으로 귀착된다. 이 과정 중에 〈처사가〉가 나타나 이 3종의 강호가사 작품이 이본 착종과 가명 혼동을 일으키는 가운데 〈어부사(가)〉라는 강호가사의 범칭이 작품명으로 채택되기도 하는데, 『가곡』의 〈어부가〉가 그 경우이다. 『가곡』의 이러한 가명 차용은 일단 청육이 19세기 중후반에 〈강촌별곡〉, 〈낙빈가〉, 〈처사가〉 3종의 작품 가명을 확정한 뒤에 일어난 것으로 보인다. 따라서 『가곡』은 강호가사의 가명 이동이 일단 정착된 청육 단계를 지난 19세기 말 쯤의 산물로 추정해 볼 수 있다. 〈강촌별곡〉과 〈낙빈가〉, 〈처사가〉의 이본 파생과 가명 교환에 관한 사항은 윤덕진, 「가사집 '잡가'의 시가사상 위치」(『열상고전연구』 제21집, 열상고전연구회, 2005) 191∼194쪽을 참조할 수 있음.

7  임형택 편, 『옛노래, 옛사람들의 내면풍경』(소명출판, 2005)에 작품이 실리고 해제 붙음.

8  도남본 『춘향전』은 이백의 〈장진주〉 전편을 현토 가창하나, 『청구영언』(청육 · 청영)에서는 서두부 6구만 따와서 사설시조형으로 만들었다.

9  청육이나 남태(잡가편)에서는 모두 〈매화가〉라는 명칭을 사용하고 있다. 李裕元(1814∼1888), 「嘉梧藁略」(1871)의 속악 십륙가사 조에는 〈매화사〉라 하였고, 정현석(1817∼1899)의 「교방가요」(1872)에서는 다시 〈매화타령〉이라 한 것을 보면 이 노래의 품격 규정이 정격 시가

위의 노래들의 번호순 배열은 대체로 줄거리 전개의 순서를 따르고 있는데,[12] 이들이 불린 장면의 특징은 노래의 성격을 작자가 어떻게 규정하고 있는가에 대한 문제에 일정한 시사를 던져줄 것이다. 서두부를 기다란 노래들의 조합으로 엮어나간 것은 다른 계열과 대비되는『남원고사』계『춘향전』만의 특색이라고 할 수 있다. 불교의 공사상을 바탕에 둔『구운몽』주제의 사설시조를 맨 처음에 놓음으로써 뒤에 전개되는 "이 셰상의 미오 이상ᄒ고 신통ᄒ고 거룩ᄒ고 긔특ᄒ고 픠려ᄒ고 밍낭ᄒ고 희한흔 일"(『남원고사』)을 암시하고 있는 작자는 노래에 대한 감식이 예사롭지 않음을 내보이고 있다. 물론 이 감식은 작자만의 개성이 아니라 노래를 통하여 세계를 이해하는 풍조가 만연한 19세기 중후반의 세태 전반과 관련된 사항이다. 17세기 이후로 제한된 공간에서 향유되던 전아한 궁중 가악 계통의 정악이 급속하게 시정의 유흥공간으로 확산되기 시작하면서 세속적 유행과 인기의 영향 아래 변개해 나왔고, 이 흐름의 정점에 해당하는 시기가 바로 19세기 중후반이라고 할 수 있다. 소설 서사의 본질을 사회상의 반영에 둘 수 있다고 한다면, 노래로 흥청거리는 사회상을 제시하고자 하는 것이『남원고사』계『춘향전』작자의 일차적 창작 동기가 될 수 있다.

서두부의 두 번째 단락을 이루는 강호한정 주제 단가[13]와 가사는 현

---

와 민속 가요 사이에서 오가는 상태를 짐작해 볼 수 있다.

10  청육-〈황계가〉「嘉梧藁略」-〈황계사〉로 되어 있는 사정이 〈매화타령〉과 유사하다.

11  『악부』(고려대 소장. 1930년 대 이용기 편찬)의 〈집장가〉는「열녀춘향수절가」의 해당 대목과 어구를 공유하지만『남원고사』계『춘향전』은 그들과 다르게 대목이 부연 확장된 모습을 보인다. 이런 점에서도『남원고사』계『춘향전』은 판소리를 거치는 잡가의 생성 경로와는 별개의 양식적 통로를 반영하고 있는 것으로 보인다.

12  1~7 : 서두부 8~21 : 춘향 이도령 초야 대목 22~37 : 남원 왈자 놀이 대목 38~39 : 옥중 춘향 대목

실 공간 너머의 이상 세계를 희구하는 내용을 공유하는 노래들이 선후행 이본들의 이행 경로를 확인할 수 없게끔 조합되어 있다. 이들 노래들의 차용은 일정한 주제에 통합 반복되는 공식구적 관용 표현에 의거하였겠지만, 표현 어구의 조합에 의한 새로운 각편은 이종화를 넘어서는 창작 단계에 이름으로써 작자가 새로운 세계관을 담아낼 양식을 모색 중이라는 것을 알려준다. 뒤에 상사연정 가사에서도 꼭 같은 현상이 일어나지만, 이 같은 양식 내의 이본 착종이 야기하는 방향은 어떤 새 양식으로 귀결될 것이기 때문에 잡가, 또는 판소리와 같은 장르 혼재의 상태를 예기하지 않을 수 없다(이 문제는 수록 시가와 본문과의 관련을 따지면서 더 구체화하기로 한다). 한편 이들 강호 주제 단가와 가사는 서경 양식으로서의 본태를 구현함으로써, 소설 첫 부분의 배경 설정의 기능을 수행하고 있기도 하다. 다른 소설에서의 배경 설정이 이후 전개될 사건의 예비적 단계로서 구체화된 시공간을 제시하는 쪽으로 이루어져 있다면, 작품 전체가 노래판으로서의 서정적 감흥에 의해 지배되는 『남원고사』계『춘향전』은 바로 그 감흥을 예시할 수 있는 서정 시가들을 배경 설정 부분에 배열한 것이다. 따라서 기대 심리를 위축시키는 고정된 원본의 배열보다는 순간적 정서에 따라 굴곡하는 새로운 이본 조합의 시도가 이 예시 대목에는 적합할 수 있다.

서두부가 배경 설정의 기능을 가지는 독립된 부분이라고 한다면, 이

---

13 김동욱 외,『춘향전 비교연구』(삼영사, 1979)에서 이 부분의 노래를 "단가"로 명명한 것을 따랐다. 거기서는 판소리 단가를 지칭한 것인데, 서두부에 놓이면서 이어질 서사 맥락을 압축 예시하는 위치에 따른 기능은 이 부분을 판소리 단가로 인식하는 데 장애를 주지 않는다. 그러나, 단일 전편인 판소리에서 추출되는 경로가 아니라 여러 개별 노래들의 조합에 의해 형성되는 다른 경로는 이 부분의 성격을 판소리 단가와 다르게 보게끔 한다.

후 전개되는 부분들은 줄거리에 의해 한 묶음으로 엮이면서 서로 관련을 지니게 된다. 이 관련은 선행 연구에서 장면 분할로 규정되었거니와,[14] 해당 장면의 분위기에 적합한 노래들의 배열이나, 장면과 장면의 연속적 전개를 위한 노래의 선택 같은 일들을 통하여 이 장면 분할이 실현된다. 판소리에서 아니리 부분을 경계로 장면이 분할되는 것과 유사한 면모이면서도, 노래에 더욱 비중이 두어져, 장면과 장면 사이에도 단순한 사설이 아니라, 곡조를 띄운 타령조의 노래가 관류하는 점은 판소리와 다른, 『남원고사』계 『춘향전』의 개성이다.

　『남원고사』계 『춘향전』의 양식적 지향이 어디에 있느냐 하는 문제를 소설-판소리로 양단하여 판단할 때, 노래의 결집만을 기준으로 한다면 판소리에 근접하는 것으로 볼 수도 있다. 그러나 청중을 위한 공연물이 아니라 독자를 위한 독서물이라는 성격은 소설로서의 요건을 갖춘 것이기도 하다. 『남원고사』계 『춘향전』은 소설로서의 양식적 지향을 지니되, 낭송 독서의 관습 아래에서 율문적 조건을 공유하는 노래들을 서사 맥락에 배열함으로써, 이야기와 노래의 결합태인 판소리에 근접하는 양식적 의사성을 내보이게 되었다. 그러므로 「열녀춘향수절가」가 판소리의 정착본으로서의 성격을 지니는 것과는 달리, 『남원고사』계 『춘향전』은 새로운 노래책을 지향하면서 순연한 독서물로서의 소설 양식을 추구하였다는 점에서, 이를 「열녀춘향수절가」와 같이 판

---

**14**　김동욱 외, 『춘향전 비교연구』(삼영사, 1979)에서는 『남원고사』 전체 줄거리를 여러 개의 독립된 장면으로 분할하여 놓고 있는데, 그 의도는 판소리를 의식한 것으로 보인다. 노래를 통한 장면 구성의 수법은 판소리 전개의 기본이 되지만 『남원고사』에서 이 수법을 사용한 것은 판소리와는 다르게 해석될 필요가 있다. 말하자면, 소설에서 극적 전개의 활용이라는 측면에서 접근해야 하겠는데, 이에 대하여는 다음 장에서 논하기로 하겠다.

소리에 후행하는 결과물로서 평가하는 일은 유보되어야 한다. 판소리
계 소설에 대한 현 단계 연구 성과는 판소리에 후행하는 쪽으로만 정리
되어 있는데,[15] 『남원고사』계 『춘향전』은 판소리 후행과는 다른 경로
의 가요 결집 현상으로 보이는 징후들을 내포하고 있다.[16] 이 가요 결
집 현상을 일단, 『남원고사』계 『춘향전』 성립 당대의 문화 현상인 가
(사)집 편찬과 관련시키면서, 『남원고사』계 『춘향전』 수록 가요들의 성
격을 타진하는 작업부터 수행하기로 한다.


## 2. 『남원고사』계 『춘향전』 수록 시가의 성격과 시가사적 위치


『남원고사』계 『춘향전』에 등장하는 노래는 다음과 같이 몇 가지로
정리된다.

  1) 사설시조

  2) 가사

---

**15**  이런 연구 방향은 『남원고사』계 『춘향전』의 독자적인 성격을 가장 잘 드러내어 보여주고 있는
설성경의 『한국고전소설의 본질』(국학자료원, 1991)에서도 그대로 유지되고 있다.

**16**  다른 이본계와 구별되는 『남원고사』계의 가요 결집이라는 특징은 후행본들이 선행본인 『남
원고사』의 장면 순차를 그대로 따르면서도 이본 성립 당대의 노래들을 보충하는 방식에서 잘
드러난다. 예를 들면, 도남문고본에는 〈표 3〉의 13~21항까지 다른 이본에는 없는 노래들을
싣고 있는데, 판소리 관련 시가(〈호남가〉, 〈계우사〉), 새로 지은 경물가사(〈선루별곡〉)나 애
정가사(〈승가〉), 그리고 당대 유행의 가창가사(〈양양가〉, 〈매화타령〉) 등의 아마도 이본 성립
시기로 추정되는 19세기 말 경의 가악 풍토를 반영한 다종다양한 노래들이 실려 있다.

(1) 여러 작품을 조합하여 새로운 한 편을 만든 경우

(2) 일정한 유형을 견지하며 새 작품을 지은 경우

(3) 통용되던 원사를 서사 구조에 맞추어 변개한 경우

(4) 가창가사

3) 여타 노래들

(1) "타령"이나 "푸리"류의 장형 시가

(2) 서울 지역에서 유통되던 민요

(3) 지방에서 전파되어 올라온 민요

(4) 송서(誦書)나 소설의 한 대목


이제, 이들이 본래 지닌 시가로서의 성격을 점검하고 그들이 서사 문맥에 참여하면서 이루어진 변모양상을 살펴보면서 『남원고사』계 『춘향전』이 성립된 시기의 시가사가 소설 양식에 관여하는 국면을 추상해 보기로 한다.


## 1) 사설시조


〈표 3〉의 1·11·22·30·31항에 들어가는 8편의 사설시조 가운데 청육과 남태가 각기 5편과 4편씩 싣고 있다. 청육은 가곡창 가집이고, 남태는 시조창 가집이라는 점을 참고하면, 『남원고사』계 『춘향전』은 가곡과 시조 두 계열의 창곡 항유가 동시에 이루어지던 가악 판도를 반영하였음을 알 수 있다. 특히, 11항의 4편이 『남원고사』계 『춘향전』 가

운데 가장 후행 이본으로 보이는 동경대본에만 수록되어 있으며, 그 가운데 2편은 시조창 가집인『남훈태평가』에만 실려 있다는 사실은 가곡에서 시조로 가악 판도 중심이 옮겨가는 정황을 알려주고 있기도 하다. 한편, 선행본인『남원고사』에만 실린 22항의 경우는 청육에만 들어 있어서 가곡창 계통으로 향유되다가 일실된 경우로 볼 수 있으며, 30항의 경우에는 어느 가집에도 들어 있지 않은 상태여서 향유 범위가 제한된 상태로 전승되다가 일실된 것으로 보인다. 30항의 내용이 신선에 관련된 전아한 취향이라는 사실이 이 노래의 일실을 세속화되는 방향으로 진행되는 가악 판도의 변화와 관련지어 해석할 수 있게 한다. 이는 대나무의 속성을 전고에 의지하는 방식으로 풀어내는, 우회적인 표현 방식을 택한 22항의 경우에도 마찬가지로 적용될 사항일터인데, 직설적인 표현에 의지하며, 세속적 취향에 부응하는 사설시조의 변동 방향 내에서 전아한 품격의 우회적인 표현에 의지하는 작품들이 도태된 것으로 정리할 수 있다.

## 2) 가사

가사는 수록 시가 가운데서 양적으로 가장 우세하다. 뿐만 아니라, 그 수록 상태도 여러 가지로 나누어지는데, 이는『남원고사』계『춘향전』성립 당대의 가악 판도를 반영한 것이며, 그 가운데 가사의 활발한 운동성이 드러난 것이기도 하다. 위의 〈표 3〉에 근거하여 가사의 수록 상태를 점검해 보기로 한다.

(1) 여러 작품을 조합하여 새로운 한 편을 만든 경우 : 2 · 3

(2) 일정한 유형을 견지하며 새 작품을 지은 경우 : 4 · 38[17]

(3) 통용되던 원사를 서사 구조에 맞추어 변개한 경우 : 8 · 26

(4) 가창가사 : 7 · 9 · 16 · 18 · 21 · 23 · 25 · 33 · 34 · 35

(1)의 경우는 서두부의 강호 시가 부분과 옥중에 갇힌 춘향이 별한을 토로하는 대목에서 일어난 사례이다. 강호 시가나 상사연정 주제 시가는 당대에 향유되던 가사의 주종류이었음을 가사집을 일별만 해도 알 수 있다. 강호가사가 사대부 계층에게 향유되던 첫 단계에서는 주요 작가의 주요 작품을 중심으로 한정적으로 향유되었다. 이 때에는 작자성의 문제가 심각하게 고려되고, 정본의 문제도 철저하게 검증되었다. 그러다가 향유층이 두터워지면서 작자성이나 정본의 문제가 희석되고 대신 향유 정황에 따른 이본 파생이 왕성해진 것으로 보인다. 그 과정에서 가명 부여나 작자 선정 등 정본 확인에 관련된 사항이 착종을 일으키는 동시에 어구들도 서로 교환되는 일까지 일어난 것으로 보인다. 이와 같은 향유 조건의 변화는 (1)과 (2) 두 경우에 모두 해당되는 사항이지만, (1)은 작품의 필요 대목들을 큰 단위인 단락별로 인용하여서, 어구 단위의 부분 인용에 그친 (2)와는 구별이 된다. 가사의 단락은 독립된 주제 하에 어구들이 통합되어 있을 뿐만 아니라, 몇 개의 단락들이 결합하여 전편을 성립시키는 관계 고리를 지니고 있기도 하다. 어

---

**17**　38. 〈옥중자탄가〉는 뒤의 『악부』(1930년대)에는 독립된 작품으로 남게 되지만, 그 작품 구성의 내부에는 여러 유형의 상사연정 가사들이 조합된 모습이 보인다. 또, 춘향이 이별 직후에 이한을 토로하는 대목도 유사한 모습을 보인다.

구의 결합이 지향하는 단위가 단락이라면, 단락은 전편을 지향하는 관계 속에서 결합된다. 어구는 단락에 종속되는 한도 내에서 위상이 인정되지만, 단락은 그 자체로서 독립적인 위상이 인정된다. 단락이 전편의 축약형으로 기능하기도 하는 예는 단락의 독립성을 잘 보여준다.[18]

〈표 3〉의 2항에 속하는 가사는 강호 주제를 표출하는 판소리 단가 형태와 유사한 면모를 지녔다.[19] 2항의 노래들을 단가 형태로 파악하는 것은 그 율조가 3항에 있는 가사체들의 4음4보격을 벗어나 있는, 판소리 단가로 남아 있는 노래들과 유사한 분위기를 지녔기 때문이다. 예를 들면, 판소리 단가 〈고고천변〉이나 〈대관강산〉의 자연 풍광 묘사 대목에서 칠언 한시 구절을 앞에 놓고, 그를 뒤따르는 구절은 우리말로 풀어서 한 시행을 이룬 경우가 유사한 풍모를 지닌 것들이다.[20] 칠언 한시구는 4 · 3음으로 분절되면서 분절 말미에 우리말 조사를 붙이면 자연스럽게 4 · 4조로 율독되어 반행을 이루게 된다. 뒤따르는 우리말

---

**18** 가창가사가 노래 부르기에 간편한 단형으로 정리되는 방향이 주요 단락을 중심으로 이루어지고, 판소리의 눈이라고 할 수 있는 대목들을 단가로 독립시켜 허두가로 활용하는 예를 단락의 독립성이 실현된 예로 들 수 있다.

**19** "쳥이 죠흔 남니샹의 니화방초 고든 길의 쳥녀완보 드러가니 / 산여옥셕층층님의 만학군봉 쇼스 잇고 / 쳥소쥬분졈졈비의 빅도뉴쳔 기러 잇다. / 층암졍슈졀벽간의 져 골 쇠쏘리 죵달식는 셕양쳥풍 풀풀 날고 / 만학젹요 깁흔 골의 귀촉도 불여귀라 두견시 슬피 울고 / 무심흔 져 구롬은 봉봉이 걸녀는디 / 빅당뉴ㅅ징요쉬라 나무마다 얼의엿고 / 싁싁이 붉은 꼿츤 골골마다 영롱ㅎ니 / 일군교됴공졔홰라 가지가지 낭즈ㅎ다. / 힝진쳥계불견인은 무릉도원이 어디메뇨" (『남원고사』에서 앞 부분만 인용. 이하는 비슷한 형태임.)

**20** "게산파무울츠아(稽山罷霧鬱嵯峨) 숀은 층층 노파 잇고 / 경슈무풍야츠파(鏡水無風也自波) 물은 풍풍 깁퍼 잇다"(〈고고천변〉, 「신재효사설집」 : 인용은 김진영 · 이기형 교주, 『단가집성』, 월인, 2002)
"일락중ㅅ츄싁원(日落長沙秋色遠)은 가퇴부의 셔름이요 / 풍엽젹화심양강(楓葉荻花潯陽江)의 빅향손 어디 갓노"(〈대관강산〉, 「신재효사설집」 : 위와 같은 데서 인용)

반행과 더불어 한 행을 이루는 시행 형성 방식은 이미, 전대의 〈樂志歌〉(李緒, 1520년경)에서 보이던 것인데,[21] 그 때는 전체 시행이 정연한 4음4보격을 유지하는 방식이었지만, 판소리 단계에서는 4음보와 6음보가 교체되면서 좀 더 진폭이 큰 율격을 마련하고 있다. 이러한 증폭된 율격은 여러 가지 곡조의 변태를 다양하게 구사해야 하는 판소리의 양식적 조건을 충족하기 위하여 필요하였을 것이다. 한편, 한시구의 활용은 뒷시기의 판소리 단가에서도 빈번하게 보이는 것이기 때문에, 시기와 관련된 해석보다는 좀 더 정치한 고찰을 필요로 한다. 앞 구에 칠언 한시를 차용하고, 이어지는 뒷구를 우리말 어구로 받아나가는 시행의 예는 판소리뿐만 아니라, 〈관등가〉 같은 가창가사를 거쳐, 〈유산가〉와 같은 잡가류를 지나, 『남원고사』계 『춘향전』의 〈바리가〉 같은 데로 이어져 나간다. 원래, 가창가사의 〈양양가〉 같은 작품은 순연히 한시사부에 현토한 수준인데, 한시 차용 시행은 그 쪽에 연원이 있지 않을까 한다.

한시사부의 가창은 유래가 오랜 것으로,[22] 『남원고사』계 『춘향전』의 한시 차용 시행을 전대의 한시 위주 시행 형성 방식을 계승한 경우로 볼 수도 있다. 그러나 『남원고사』계 『춘향전』의 여러 대목에서 빈번히 나타나기도 하면서, 뒷시기의 시가 양식 전반에 만연하는 한시 차용 시행의 시가사적 의미에 대하여는 좀 더 다른 각도의 설명이 필요할 듯하다. 예를 들어, 『남원고사』계 『춘향전』에서는 기생점고 대목에서도

---

21 "丘隅綿蠻 喚友鶯이 於止知其 所止ᄒ니 / 天地中間 이 너 生이 止善홀 줄 모를소냐 / 丹山夜月 墮卵鳳이 以德知其 覽德ᄒ니 / 萬物之靈 이 너 몸이 覽德홀 줄 모를소냐."

22 이에 대한 여러 예는 윤덕진, 앞의 책, 「제1장 장가 형성의 경로」, 제1절 "한시사부에 대한 가창"을 참고할 수 있음.

"강남치련금이뫼라 슈즁옥녀 부용이 나오. 원앙금니츈몽난ᄒ니 네가 일졍 영이로다"(『남원고사』) 식의 한시 차용형의 시행이 있는데, 이런 정도의 한시는 명작으로서의 권위에 바탕한 전고가 아니라 이미 일상화된 단계의 표현 층위에 속하는 것이다.[23] 한시의 독서나 작시는 원래 일부 계층에 한정된 특권적 문화에 속하던 일이었지만, 여러 경로를 거치는 가운데, 계층 하향화의 성향을 띠는 쪽으로 일반화되면서 텍스트 보편화의 현상이 일어났다. 시가에 인용된 한시들은 대개 보편화된 차원의 작품들로서 뚜렷한 작자성을 방기한 상태에서 구전의 유동적 전승 양태를 띠게 된다.

한시사부가 시가에 차용되면서 이렇게 비근한 단계로 전환한 경우가 있는가 하면, 『남원고사』계 『춘향전』들에 모두 실려 있는 〈소상팔경가〉 같은 경우는 익재 이제현의 원사를 그대로 유지하는 모습이어서 또 다른 방향의 설명을 요한다. 뒤에 시조, 잡가, 판소리 단가로 재창작이 이루어지는 단계에서는 "슈벽ᄉ명양안티에 불승청원각비리라 나라오난 져 기럭기 갈숖 ᄒ나흘 닙에다 물고 일졈 이졈에 졈졈마다 항열 지어 쩌러지니 평사락안 이 안인냐"[24]처럼 앞부분은 한시에 현토하고 뒷부분은 우리말 노래로 내용을 풀이하여 내용의 이해와 가창이 가능하도록 변개하였다. 〈소상팔경가〉에 제한한다면, 한시현토체 노랫말

---

**23** "셰우동풍향난간ᄒ니 화등부귀 모란이 나오. 상엽홍어이월화ᄒ니 부귀강산 츈외츈이 나오"(도남문고본)는 유명 한시 구절을 차용했지만, 이 경우도 전고 차원은 아닌 것으로 판단된다. 익숙하게 알려진 명편은 작자성을 떠나 구전 상태의 유동적인 텍스트로 변화하기 때문이다. 이도령이 짓는다고 하는 한시들도 비슷한 차원에 속하는 것으로, 이미 구전상의 유통이 한참 지나 독자들에게 익숙한 단계의 작품들이다.

**24** 고려대 민족문화연구소간, 『주해 악부』에서 인용. 『악부』(1934)는 역대의 거의 모든 노래들을 망라하려는 의도로 만들어 진 듯하다. 앞서 〈표 2〉에서 제시한 『남원고사』계 『춘향전』 수록 시가들의 거의 전부가 그 속에 들어 있다.

이 선행하고 우리말 풀이 노랫말이 후행한다는 이본 발전 과정이 성립할 수 있을 것이다. 한시현토체 시가는 〈어부사〉부터 시작하여 古詩 〈將進酒〉(李白·李賀)와 〈黃鶴樓〉, 〈鳳凰臺〉 등의 칠언 한시, 〈歸去來辭〉, 〈赤壁賦〉 등의 辭賦가 그 대상이 되어왔다. 이들은 연행 정황을 최대한 반영하여, 원사의 우리말 소리를 그대로 표기하는 데까지 이르면서도, 원사를 이탈하지 않았다. 이 같은 원사 고수는 일정한 악곡에 의존하는 연행 방식에 말미암은 것으로 보인다. 이들이 의존하는 악곡은 樂戱調, 羽樂時調, 蔓橫, 界二數大葉, 界三數大葉, 編樂, 言弄 등의 가곡창 계열이거나, 가창가사 계열이었다.[25] 가곡은 정악의 범위를 벗어나지 않고, 가창가사에는 민속악적 요인이 많이 개입하지만, 타령류로 파악되는 잡가와는 달리 일정한 악곡의 규격 내에서 연행되었다. 사설의 분량을 극대화하면서 절주가 촉급해지는 잡가 단계에 이르면, 가창 악조의 규격은 깨뜨려지고, 고저 완급의 조절이 방기된다. 『남원고사』계 『춘향전』 안에도 격조의 구분이 있는 두 계열의 노래가 병존하는데, 이 병존 현상은 당대 가악 판도가 반영된 것으로 보인다. 또한 서로 다른 성격의 노래 연행자를 인물 형상화함으로써 당대의 사회 분위기를 노래를 통하여 구체화하였다고 볼 수 있다.[26]

〈표 3〉의 3항은 4종류의 강호가사를 조합하여 새로운 작품을 만든 경우이다. 맨 앞에는 잡가 〈유산가〉와 유사한 분위기의 간략이 온다. "산은 첩첩 천봉이오 슈는 잔잔 벽계로다 / 긔암층층 절벽간의 폭포쳥

---

파 쩌러지고 / 힝심일경 빗긴 길에 창송은 울울 벽도화 난만즁의 / 쏫 속의 잠든 나뷔 즛최 쇼리의 펄펄 날고 노화홍요젹막혼디 / 아희야 무 릉이 어디메니 도원이 여긔로다”와 같이 4, 6음보 시행이 교차하는 모 습이 〈유산가〉의 “창송취죽은 창창울울헌디 / 긔화요쵸 난만즁에 / 쏫 속에 잠든 나뷔 자취 업시 나라난다 / 유상잉비는 편편금이요 / 화간접 무는 분분셜이라”[27]와 흡사하다. 이 단락의 바로 뒤에는 “삼간초옥 젹 막혼디 일편셕문 다드두고 / 니화월빅 붉은 날의 두견셩즁 홀노 안즈 / 칠현금 빗기 안고 쳔니고인 싱각호니 / 산댱슈원 먼나몬디 안졀어침 더욱셜다”와 같이 4음보격을 유지하는 시행들이 뒤따르는데, 이 부분 은 가집 『가곡』[28] 의 〈長思歎〉(총 12행)에서 시작 부분 4행을 옮겨온 것 이다. 〈長思歎〉은 원래 중국 악부시의 이름인데, 이를 가명으로 빌어 오면서 〈상사별곡〉, 〈음창가(추풍감별곡)〉, 〈승가〉[29] 등의 상사연정 가 사에서 차용한 어구를 활용한 것을 보면, 상사연정 가사의 유통이 성행 하던 단계에 여러 작품을 향유하는 작자가 공유 어구를 활용하여 창작 한 것으로 보인다. 상사연정 가사는 가악의 향유 성향이 세속화되는 과정을 가장 잘 반영한 유형인데, 강호가사가 사대부적 품격을 유지하 면서 성행하였던 것처럼, 서민적 취향을 충실히 담고 새로운 가사 향유

---

27 정재호·김흥규·전경욱 편, 『주해 악부』, 고려대 민족문화연구소, 1992, 259쪽.

28 〈漁父詞〉,〈長思歎〉,〈樂貧歌〉,〈漁父歌〉,〈牧童歌〉,〈雲林處士歌〉,〈思美人曲〉,〈怨婦辭〉,〈孝養歌〉,〈湖西歌〉,〈相思別曲〉,〈春眠曲〉,〈勸酒歌〉 등의 가사와 역대 명인의 시조 작품을 싣고, 뒤에는 羽調初數大葉, 二數大葉, 短數葉, 三數葉, 促數葉 등으로 악조 구분된 시조시를 싣고 있다. 연세대 소장.

29 人生百歲 얼미인디 各在南北 그리난고(인간 백년 얼마관대 각재동서 그리는고(〈추풍감별곡〉, 『악부』) 梧桐秋雨 줌 긴후와 蝴蝶春風 희긴날의(오동야우 셩권 비에 밤은 어이 더디 가며(『부용상사곡』)오동츄야 단장시의 츠마어이 들을것가(〈음창가〉, 『기사총록』)오동츄야 발근달의 임싱각이 시로왜라(〈상사별곡〉, 『기사총록』) 若不相見 할작시면 死而已矣 쑨이로다살인지스라 호니 나 죽으면 넨들 술냐(〈승가〉, 『傳家寶藏』)

층으로 부상한 서민들에게 큰 호응을 얻었다. 사대부들의 가사 향유가 기록성에 충실한 정본 지향의 성격을 지녔다면, 서민들의 향유 성향은 구전적 유동성 속에서 어구 공유를 기반으로 새로운 이종 작품을 산출하는 모습을 보였다. 〈長思歎〉은 이런 단계에서 이루어진 신출작으로 생각된다.

3항의 나머지 부분은 〈낙빈가〉의 시상 전환 역할 시행[30]과 〈강촌별곡〉의 본사부 이후를 결합하였다. 이 두 작품은 강호가사가 가명의 교환이라는 적극적인 전승 단계에 들어선 징표를 두드러지게 보여주고 있거니와,[31] 이런 현상도 상사연정가사의 경우와 마찬가지로 향유층이 사대부 계층 이하 서민으로까지 확산되면서 일어난 유동적 전승의 결과로 파악된다. 3항의 경우를 통하여 보면, 『남원고사』계 『춘향전』의 가사 수용은 가사 발전이 향유층의 확대에 수반한 세속화 성향으로 이끌어지던 단계를 반영하고 있으며, 하나의 커다란 노래판이라고도 할 수 있는 『남원고사』의 작자는 이 노래판을 이끄는 "좌상객"으로서 새로운 방향의 가사 향유상을 연출하는 역량을 보여주고 있다.

3항과 같은 조합형 이본 산출보다도 작자의 가악 향유 역량이 좀 더 적극적으로 발휘되는 경우는 『남원고사』의 서사 문맥에 맞추어서 새로운 작품을 지어낼 때이다. 4항은 봄날을 맞이하여 청춘의 이도령이 자탄하는 대목인데, 부분적으로 〈노처녀가〉가 차용되기도 하지만,[32]

---

30 "산가촌젹을 어부ᄉ로 화답ᄒ고"
31 강호가사의 전승 상황 변동에 대하여는 앞의 주 6)에서 대체적인 설명과 근거 글을 예시함.
32 "쩌맛쳠 삼츈이라. 초목군싱지물이 기유이ᄌ락이라 쩍갈남긔 속닙 나고 노고질이 놉히 쩟다 건넌산의 아ᄌ랑이 씨이고 잔쯰잔쯰 속닙 나고 달바조 씽씽 울고 = 俄然듯 春節 드니 草木群生 다 즐기네 杜鵑花 滿發ᄒ고 잔듸닙 속닙 난다 싹은 바자 씽씽ᄒ고 종달시 도두 쓴다"(『악부』) "날즘싱도 빵이 잇고 길버러지도 짝이 잇고 헌 고리도 짝이 잇고 헌 집신도 짝이 잇네 = 곤충도

서술자가 개입하는 대목을 계기로 타령류의 기다란 호흡을 지닌 사설
이 펼쳐지고 있다. 이와 같은 노래들은 『남원고사』계 『춘향전』의 주요
서술 대목에서 나타나는데, 등장인물을 가창자로 변환한 대목에서 노
래의 원사를 인용하거나, 공동 어구를 조합하여 이본 노래를 만들어내
는 것과는 달리, 서술자가 가창자가 되어 전혀 새로운 노래 — 곧, 『남
원고사』에서만 통용되는 노래를 신조한 것들이다. 그러므로 이 노래
들이 들어 있는 대목은 판소리의 서술자 개입 부분인 아니리와 유사한
모습을 보이기도 하지만, 차이가 나는 점은 『남원고사』계 『춘향전』의
서술자 개입 부분은 "니도령이 칙방의 홀노 안주 탄식후는 말이"나 "이
러투시 탄식후며 시졀을 도라보니"처럼 설명적 부분이 짤막하고 이어
지는 노래 부분이 긴 데 비하여, 판소리 아니리의 경우는 전체가 설명
적인 발화로 부연 확장된 모습을 보인다는 것이다. 판소리의 아니리
부분은 창 부분과 더불어 광대에 의해 일관되게 연창되지만 확연하게
어조를 구분하여 서술자가 극적 정황으로부터 거리를 두고 있음을 표
시하고 있다. 이는 일인극을 관람하는 청중들에게 극적 구조를 효과적
으로 전달하기 위한 판소리의 독특한 표현 방식이라고 할 수 있다. 반
면, 『남원고사』계 『춘향전』은 서술자 개입 부분이 등장인물의 주요 행
위인 가창 부분과 뚜렷하게 경계가 지지 않고, 가창 부분과 유사한 타
령조의 가락을 유지한다. 독서물로서의 소설 담화는 서술자와 등장인
물이 분리된 상태로 전달되기 때문에, 서술 부분과 등장인물 행위 부분
이 구분되는 문체로 표지되기 마련이다. 서술자 개입 부분이 노래로
되어 있는 『남원고사』계 『춘향전』에서는 이 구분을 등장인물이 부르

---

짝이 있고 금수도 자웅 있고 헌 짚신도 짝이 있어 음양의 배합법을 낸들 아니 모를쏜가"(『삼설기』)

는 것과는 다른 종류의 노래를 배열함으로써 실현한 것으로 보인다.[33]

한편, 38항과 같은 경우는 3항과 유형적 성향이 유사한 듯하면서도, 뒷시기에 독립된 노래로 남아 있음으로써, 새로운 장르로 발전하는 잠재력이 더 강한 특징을 보이고 있다. 이 잠재력의 내용은 가악 세속화에 편승하면서 발휘된 듯한데, 아래에 그 과정을 예시 설명해 보고자 한다.

『남원고사』에 수록된 〈옥중자탄가〉를[34] 보면, 기다란 가사체로 되어 있는 옥중의 신세타령을 줄거리로 하면서, 상사연정 주제의 여러 가사에서 어구, 어휘를 차용하여 새로운 가사를 만들어낸 것을 알 수 있다. 상사연정가사는 생성·향유 배경의 동질적 요인[35]으로 말미암아 하나의 작품에서 유사 이본이 파생하여 이종화하는 속성을 보인다. 〈상사별곡〉, 〈춘면곡〉, 〈규원가〉 등을 중심으로 한 원본의 권역은 〈진정편〉, 〈상사진정몽가〉, 〈청루원별곡〉, 〈별별상사곡〉, 〈상부가〉, 〈단

---

33　판소리와 소설의 이러한 상대적인 성격은 다음과 같이 잘 지적되었다. "'춘향전'의 작자는 '춘향가'적 전통을 한편으로 수용하면서 또 다른 한편으로는 일반 고대소설과 마찬가지로 하나의 이야기를 형상화하려는 이중적 성격을 기본적으로 지니고 있다. '춘향전'의 독자들도 하나의 이야기가 담긴 글을 읽으면서 이야기성이 환기하는 의미들에 심취하기도 하지만, 부분적으로는 '춘향가'적 요소들이 환기하는 정서들을 즐기기도 하는 것이다. 따라서, '춘향전'은 '춘향가'적 효과를 노리는 독서물이라고 할 수 있다(김현주, 『판소리 담화분석』, 좋은날, 1998, 188쪽).

34　그런데 『악부』에는 〈리도령생각〉(〈獄中記〉)이라 하여 이 대목이 독립된 노래로 보존되어 있어서 주목을 요한다. 『남훈태평가』의 『잡가』 부분에 〈쇼춘향가〉가 실려 있어서 판소리의 특정 대목이 독립된 노래로 불리는 것을 확인할 수 있었고, 〈십태가〉나 〈집장가〉 들이 뒤에 십이 잡가의 한 곡목으로 불리기도 하지만, 이처럼 『춘향전』 특정 이본의 한 대목이 완전한 노래로 보존되는 것은 이채로운 일이라 아니할 수 없다. 판소리 계열의 다른 『춘향전』에 이 노래가 보이지 않는 가운데에 이루어진 보존의 경로는 판소리를 거치지 않는 별개의 과정을 거쳤을 터인데, 이 사실을 바탕으로 판소리 관련 대목이 잡가가 되는 방식과는 다르게 잡가가 생성되는 별개의 경로를 『남원고사』계 『춘향전』을 중심으로 설정할 수 있을 것이다.

35　아마도 유흥문화의 확산으로 말미암은 기방 풍류의 확대 같은 사회적 요소가 작용하였을 것이다. 이들 가사들이 교섭하는 구체상은 뒤에 따로 제시하겠다.

장사〉, 〈홍도상사가〉 등 헤아리기 어려운 파생본을 생산해 내면서 넓혀지는데, 여기에 〈추풍감별곡〉 같은 소설과의 교섭을 보이는 작품이 중간에 끼어들면서 상사 연정 주제의 관용 어구를 확정하는 데 기여하기도 한다. 상사연정 가사의 어구 공유에 기반한 이종 작품 생산의 예는 이별 대목에서 춘향과 이도령이 교환하는 노래들에서 잘 드러난다. 그 중 한 대목을 들어보면,

<blockquote>

츈하츄동 ᄉ시졀의 님을 그리워 어이 슬니

나릐 돗친 학이 되여 훨훨 나라가셔 보고지고

영두에 구름 되여 놉히 쩌셔 보고지고

창희의 달이 되여 빗최여나 보고지고

우든 눈물 바다니면 비도 타고 가련마는

만쳡샹ᄉ 그려닌들 혼 붓스로 다 그리랴

류야당혜 김도 길ᄉ 쳔니샹ᄉ 덕욱 셟다

샹ᄉ흐든 도련님을 꿈의 맛나 보건마는 잠 곳 씨면 허시로다

구회간장 만곡슈를 담을 디가 젼혀 업니

인싱 빅년이 언미완디 각지동셔 그리는고

공방미인독샹ᄉ는 날을 두고 니름미라

잇고 답답 설음이야 이룰 어이 흐잣 말고

졍화는 작작흐고 두견은 난만흐디

ᄌ규야 우지 마라 울거든 네나 우지

잠든 날을 씨와닉여 갓득한 님 니별의 여른 간장 다 셕이느니

니별이 비록 어려오나 니별 후가 더 어렵도다

</blockquote>

동지야 긴긴 밤과 하지일 긴긴 날의 써마다 샹시로다

약슈삼쳔니 못 건넌다 일너시나 님 계신 더 약슈로다

익고 익고 설운지고(『남원고사』 212쪽).


이 대목은 〈상사별곡〉, 〈춘면곡〉 등 상사연정 주제의 가사에서 구절을 차용하여 새로운 상사연정 가사를 만들어내었다. 〈상사별곡〉은 13행 정도의 단형과 43행 정도의 장형 두 유형이 있는데, 대처로 장형이 축약되어 단형이 된 것으로 볼 수 있다. 『기사총록』(1823년)에 52행의 〈상사별곡〉이 실려 있고, 1863년 간행의 『남훈태평가』[36]에도 48행의 〈상사별곡〉이 실려 있다. 〈춘면곡〉 역시 『기사총록』과 『남훈태평가』 양 가집에 다 실려 있다. 각기 77행과 63행짜리이다. 이 두 가집에 실려 있는 두 작품을 기준으로 『남원고사』의 해당 대목을 정리하면 다음과 같다(앞부분은 『남원고사』의 해당시행, = 이하는 『기사총록』과 『남훈태평가』의 해당 시행. 인용 작품 약호는 다음과 같다. (기·상) = 『기사총록』의 〈상사별곡〉, (남·상) = 『남훈태평가』의 〈상사별곡〉, (기·춘) = 『기사총록』의 〈춘면곡〉, (남·춘) = 『남훈태평가』의 〈춘견곡〉).


나리 돗친 학이 되여 훨훨 나라가셔 보고지고

= 나리 돗친 학이 되면 나라드러 가련마는(기·상)

= 날리 돗친 학이 되여 나라가다 아니 가랴(남·상)

---

36 　『남훈태평가』는 악조별로 배열된 200여 수의 시조 말미에 〈츈면곡〉, 〈쳐사가〉, 〈어부가〉, 〈쇼춘향가〉, 〈매화가〉, 〈백구사〉 등의 가사가 실려 있는 19세기 말의 대표죠인 대중적 가집으로 가집으로서는 드물게 판각되기도 하였다.

창희의 달이 되여 빗최여나 보고지고

= 산 두의 반월 되여 임의 곳의 빗취고져(기 · 춘)

= 산두의 편월 되여 임의 낫헤 빗취고져(남 · 춘)


우든 눈믈 바다니면 비도 타고 가련마는

= 지는 눈물 밧닷시면 비을 타고 아니 가랴(기 · 상)

= 우는 눈물 바다니면 비도 타고 아니 가랴(남 · 상)


만첩상수 그려닌들 혼 붓스로 다 그리랴

= 만첩 청산 그려니면 한 붓스로 그리리라(기 · 상)

= 만첩상사 그려닌들 한 붓스로 다 그리랴(남 · 상)


공방미인독상수는 날을 두고 니른미라

= 공방미인 독상수는 예로붓허 이러혼가(기 · 상)

= 공방미인 독상사는 녜로붓터 이러혼가(남 · 상)


정화는 작작후고 두견은 난만혼듸

= 정화는 작작혼디 가는 느뷔 머무는 듯(기 · 춘 / 남 · 춘)


약슈삼쳔니 못 건넌다 일너시나

= 약슈 삼천니을 이런 쥴을 닐넛고늑(기 · 춘)

= 약슈 삼쳘니 머단 말을 이런 디를 니르도다(남 · 춘)

〈상사별곡〉과 〈춘면곡〉 인용 밖의 남은 대목은 『남원고사』 자체의 서사 구조에 따라 첨가된 부분도 있고, 또는 상사연정 주제의 다른 노래에서 차용한 부분도 있다. 차례대로 정리하면 다음과 같다.

• 『남원고사』 자체의 서사 구조에 따라 첨가된 부분 :

츈하츄동 스시졀의 님을 그리워 어이 슬니

류야댱혜 김도 길스 쳔니샹스 덕욱 셥다

샹스흐든 도련님을 꿈의 맛나 보건마는 잠 곳 씨면 허시로다

잇고 답답 설음이야 이롤 어이 흐잣 말고


• 다른 노래에서 차용한 부분 :

구회간장 만곡슈롤 담을 디가 젼혀 업니

= 구회의 밋친 근심 어이흐여 풀어니랴 (『기사총록』의 〈음창가〉[37])

= 구회간장 구뷔구뷔 셔린 근심 풀쳐니니 한슘이요 셧거니니 눈물리라 (『기사총록』의 〈환별곡〉[38])

인싱 빅년이 언미완디 각지동셔 그리는고

= 인간 백년 얼마관대 각재동셔 그리는고 (『악부』의 〈추풍감별곡〉)

ᄌ규야 우지 마라 울거든 네나 우지 잠든 날을 씨와니여 갓득한 님 니별의 여른 간장 다 셕이느니

---

37　〈음창가〉는 〈추풍감별곡〉의 선행본이다. 이 작품은 〈상사별곡〉이나 〈춘면곡〉 또는 〈규원가〉 등과 시어를 공유하기도 함으로써 〈상사별곡〉이나 〈춘면곡〉과 마찬가지 환경에서 생성 향유된 것으로 보인다. 〈淫娼歌〉라는 가명이 가리키듯이 기방이 그 생성 향유 공간이다.

38　이 작품 또한 기방에서 생성된 상사연정 주제의 노래이다. 다른 곳에서는 찾을 수 없고 『기사총록』에만 실려 있는데 기존의 상사연정 주제의 가사 또는 시조에서 어구와 시상을 차용한 흔적을 보인다.

= 상 아러 우는 실솔 너는 무슴 나을 뮈어 지는 달 시는 밤의 잠시도 긋치 안코 긴 소리 져른 소리 경경이 셕거 우러 젹은듯 남은 간장 어이 마즈 셕이느니 (『기사총록』의 〈음창가〉)

= 상하에 우는 실솔 너는 무슴 나을 뮈어 지는 달 시는 밤의 잠시도 쓴치 안코 긴 소리 져른 소리 경경이 셕거 우러 셕고도 남은 간장 어이 마즈 셕니노 (「장편가집」[39]의 〈츄풍감별곡〉)

위와 같이 『남원고사』의 작자는 당대에 유행하던 상사연정 주제의 노래들을 교묘히 취합하여 새로운 노래를 만들어내면서 결락 부분은 스스로 채워 넣는 솜씨를 보였다. 행의 제한이 없는 가사체는 이러한 변개를 수용하기에 가장 적합한 장르이다. 길이가 제한되어 있는 시조는 변개의 폭이 제한되어 있는 데 반해 가사는 거의 다른 작품으로까지 진행하는 변개를 허락할 수 있다. 『남원고사』의 작자는 이러한 장르적 특질을 잘 활용하여 기존의 가사를 역량껏 재단하여 새로운 서사 단위로 변개하는 데 성공하였다.

(3) 통용되던 원사를 서사 구조에 맞추어 변개한 경우는 8항의 〈명당가〉와 26항의 〈사미인곡〉이 해당되는데, 단락과 어구를 원래의 서사 맥락으로부터 『남원고사』계 『춘향전』쪽으로 이동한 결과들이다. 〈명당가〉는 무가에 연원을 두고 있는데, 집터를 고르는 卜地 대목이 원사에서는 중요하지만 『남원고사』계 『춘향전』에서는 불필요하기 때문에

---

[39] 필사 연대 미상의 가사 중심의 가집. 〈만고명장가〉·〈역대가〉·〈금부가〉(〈금보가〉의 이본)·〈운림처사가〉·〈은군자가〉·〈낙빈가〉·〈상사가〉·〈상사별곡〉·〈추풍감별곡〉 등 열아홉 편의 긴 노래들이 실려 있다. 실려 있는 노래들의 면면으로 보아 19세기 후반 시가의 장르 혼재라는 시기적 특징을 담고 있는 가집으로 생각된다.

산삭하였다. 또 〈사미인곡〉에서는 44군데나 어구 변동이 일어났는데, 忠臣戀主之詞로서의 사회적 동의 덕으로 비교적 충실한 원본의 모습을 유지해 오던 〈사미인곡〉이 여기서 심각한 굴절을 맞이하고 있음을 본다. 이 작품이 『남원고사』계 『춘향전』의 서사 문맥에서는 이미 忠臣戀主之詞가 아니기 때문이기도 하지만, 『남원고사』의 작가가 새로운 이본을 만들어내는 역량을 가진 것이 더 큰 원인일 것이다. 『남원고사』계 『춘향전』 생성 시기의 가사 향유는 주제 중심의 정본 지향을 탈피하여, 연행의 흥취를 강화하면서 유동적인 이본 산출을 지향하는 쪽으로 진행되고 있었고, 당대 가악의 흐름에 참여하고 있었던 『남원고사』계 『춘향전』의 작자가 그런 성향을 서사 문맥에 반영하여 새로운 이본 변개로 이끌어간 것으로 볼 수 있다.

(4) 가창가사는 주로 이도령과 춘향의 초야 수작이나 옥중 춘향을 위로하려는 남원 왈자들의 놀이판 같은 유흥적인 분위기에서 활용되었다. 가창가사는 가악의 격조가 세속화되는 가운데, 전문적인 창자를 매개로 하여 발전한 양식이다. 〈어부사〉처럼 사대부 사회의 문화에 뿌리를 둔 경우도 있지만, 대부분의 경우 민속악적 요인이 작용하면서 계층적 제한을 넘는 향유가 가능한 특징을 공유하고 있다. 빨라진 박절과 요성이나 고음 같은 장식적 요소의 빈번한 사용은 아마도 대중적 취향에 부응하기 위한 변화로 생각된다. 노래판의 흥청거리는 분위기를 곧 작중 공간으로 끌어들인 셈인 가창가사의 연창 장면은 남녀의 교환창일 경우에는 기방 풍류로 연관되고, 남성 다수의 어울림일 경우에는 한량들의 풍류로 연관된다. 곧 『남원고사』계 『춘향전』의 가창가사 연창 장면은 유흥적인 분위기가 만연한 시대상을 반영하고 있는 것이며,

초야 수작이 이루어지는 춘향의 방은 폐쇄적인 무대로서, 남원 한량들이 놀이판을 벌이는 감옥 마당은 개방적인 무대로서, 가창가사 공연의 극적 효과를 수용하고 있다고 할 수 있다.[40] 가곡 한바탕처럼 여러 종류의 곡목을 순차적으로 연속 가창하여 독립적인 예술 공간을 성립하는 관례는 이후의 판소리, 가창가사, 잡가 등으로 이어지는 바, 이 한바탕의 관례는 각 시기의 성행 음악 양식에 대한 확인 과정이며, 전문적인 연행자들의 자기 세계 공표 과정이다. 소설 속의 주인공들은 전문인이 아니라, 일반적으로 이 관례를 수용하는 향유자들에 대한 반영이기 때문에 그들의 연행은 취미나 유흥 같은 생활공간 차원에서 이루어지는 것이다. 말하자면, 그들이 연행을 통하여 이루어내는 세계는 곤핍한 현실로부터 일탈하여, 노래로써 위무 받고자 하는 이상 추구의 성격을 띠게 된다. 신분적 제한이나 지배 체제의 압박으로부터 자유로워지고자 하는 욕구를 노래로써 대상 받으며, 소설의 주인공들은 초야 밀실이나 옥중 같은 폐쇄된 공간으로 상징되는 서정적 세계를 구축해 나간 것이다.


### 3) 여타 노래들

『남원고사』계『춘향전』수록 시가의 종류는 가곡(시조), 가사를 위주로 함을 볼 수 있었다. 가곡과 가사는 정악의 범주에 드는 종류로서 가악 판도가 변동되기 이전에는 양반 품격을 대표하는 가악으로서 향유

---

40 　노래 연행 과정의 극적 성격과 가창자들의 가악에 대한 인식은 다음 장에서 다루기로 한다.

층이 제한된 가운데 명맥을 유지하였다. 그러나 향유층이 확대되고 품격과 취향이 이미 세속화되는 변동 속으로 들어섰던 단계인 19세기 중반 이후에 이루어진 『남원고사』계 『춘향전』에 수록된 가곡과 가사는 변동의 기미를 다분히 보이고 있었다. 그 자체의 변동상은 앞서 제시된 바 있거니와, 변동을 야기한 직접적인 원인은 정격 가악으로서의 규격을 탈피하려는 변격의 모습을 드러내는 타령류의 장형 시가나 서울 지향의 지역 이동이 활발히 이루어지는 가운데 유통되던 민요들에서 찾을 수 있을 것이다.

타령류의 긴 노래들은 『남원고사』계 『춘향전』에서 두 가지 정황 속에 연행되는 것으로 나타난다. 초야 수작 장면에서 춘향의 노래에 화답하는 이도령의 희롱 섞인 응대가 그 하나이고, 다른 하나는 이별 장면이나 옥중 장면에서 자탄을 통하여 인물의 내면을 드러내는 경우이다. 이 두 정황의 특징은 곧 쓰이는 노래들의 성격과 관련되는데, 이도령의 희롱하는 분위기는 글자타령처럼 어희에 기반하면서 반복 형식을 통하여 단순화에 의한 가벼운 유흥으로 나타나고, 자탄의 경우는 억압적인 서사 정황 속에서 해결을 희구하는 서정성 강화라는 측면이 드러난다. 결국 대상 희롱에 의한 유흥과 현실 모순(결핍)의 해결(회복) 희구는 세속화되는 가악의 주제적 지향을 이끄는 두 방향이 되는 것인데, 『남원고사』계 『춘향전』의 작자는 이 시대적 지향에 편승하면서 장면의 연계나 갈등 해소와 같은 주요한 서사 요인에 세속화된 가악을 사용함으로써 가악의 변동상이라는 중요한 문화적 요소를 소설 작품에 반영하고 있다.

또한 서울 출신의 이도령과 남원 출신의 춘향을 연창 곡목을 통하여 대비시킴으로써, 가악의 지역 이동을 반영하고 있기도 하다. 19세기 중반 이후의 가악 판도 변화에 중요한 요인이 되는 지역간 가악 교섭은 이미 학계에서 지적되고 있는 것처럼 정악 중심의 가악 판도를 민속악 개입의 새 판으로 짜이게 한 것이었다. 『남원고사』계『춘향전』의 작자는 초야의 두 연인 수작 대목과 왈자들의 옥중 춘향 위로 대목에 당대의 기존 가악상을 반영하는 커다란 노래판을 배설해 놓고, 사이사이의 연계 대목에 타령이나 민요 등의 신생 가악들을 끼워 넣음으로서, 현재 널리 퍼진 노래를 즐기고, 새로운 곡목 산출에도 관심을 가지는 가악 향유자의 전형으로서의 역할을 충실히 수행하고 있다. 이러한 가악 향유자의 전형을 통하여 『남원고사』계『춘향전』에 드러나 있는 작자의 시가관을 살피는 일은 『남원고사』계『춘향전』을 총체적으로 파악하는 긴요한 방법이 된다고 할 수 있다.


## 3. 『남원고사』계 『춘향전』 작자의 시가관


　『남원고사』계『춘향전』에서 벌어지는 두 노래판의 기다란 연행 과정은 악공이나 악기와 같은 연행 절차는 생략되지만 적어도 곡목을 담당하는 복수 연행자의 존재는 기본 여건으로 한다. 『남원고사』계『춘향전』에 실린 노래들의 순차나 교환 상황은 여전히 실제 세계의 연행 조건을 반영하고 있을 것이기 때문에, 이에 대하여 검토하는 것은 각

곡목들의 시가사적 위치를 확인하는 동시에 이 곡목들을 배열한 작자
의 시가관을 살펴보는 일이 될 것이다. 그리고 이 시가관이 어떤 방식
으로 작품화되었는가? —곧, 춘향 서사를 시가체계를 통하여 형상화하
는 일이 어떤 방식으로 이루어졌는가를 살피는 일은 소설이라는 서사
장르와 시가 장르 간의 교섭상을 파악하면서, 새로운 시대 의식이 모색
하는 새로운 문예 양식의 형성 과정을 이해하는 통로가 되어줄 것이다.

먼저, 첫날밤 대목의 연행 정황을 검토해 보자. 검토의 요건은 소설
속의 연행자들이 각기 어떤 곡목을 담당했으며, 그 곡목에 대한 인식은
어떻게 나타났는가에 둘 것이다.

〈표 4〉 첫날밤 수작 대목의 곡목 관련 사항

| 곡목 | 담당자 | 곡목에 대한 언급 |
| --- | --- | --- |
| 〈백구사〉 | 춘향 | 가수 ᄒ나 더 ᄒ여라(남원)<br>츈향이 미쇼ᄒ고 가수 ᄒ다(동양)<br>가수나 ᄒ려무나(동경) |
| 〈운림처사가〉 | 춘향 | 칠현금 나리워 노ᄅᆡ 셧거 부르니(남원)<br>칠현금 다리워 노ᄅᆡ를 셕거 부르니 노ᄅᆡ가 미오 이상ᄒ다(동경) |
| 〈바리가〉 | 이도령 | 별 희한ᄒᆫ 쇼ᄅᆡ ᄒ되 아조 이상ᄒᆫ 십상쇼ᄅᆡ ᄒ마 그칠 졔마다 거문고<br>로 녹게 맛초와 쥬면 잘 ᄒ려니와 (남원·도남·동경)<br>희한ᄒ고 신통ᄒᆫ 소ᄅᆡ를 ᄒ리니 귀졀마다 거문고를 녹게 맛쵸아주<br>면 ᄒ고(동양)<br>바리가ᄒᆞᄂᆞ 쇼ᄅᆡ라(남원·동경)<br>바리밑ᄃᆡᄂᆞ소ᄅᆡ(도남) |
| 사설시조 | 춘향 | 시죠가샤 갓갓지로 좀 허려모나(동경) |
| 〈덕자타령〉 | 이도령 | 그쇼ᄅᆡ참별쇼ᄅᆡ오하나만더ᄒ오(춘향 : 남원·동양·동경)<br>덕ᄌᆞ 운 다라 쇼ᄅᆡ ᄒᆫ다(남원·동양·동경) |
| 〈낙빈가〉 | 이도령 | 일등명창 고슈관이가 명함을 드리깃쇼(도남) |
| 〈춘면곡〉 | 춘향 | ᄒᆫ잔만 더 붓고서 가수나 쏘 ᄒ여라(도남)<br>그거시야 츰 가싀로다(도남) |
| 〈비점가〉 | 양인 교환 | 비졈가로 화답ᄒᆫ다(남원·동경)<br>도련님은 인즈를 다라시니 나ᄂᆞ 연즈를 다라 보ᄉᆞᄃᆡ다(남원·동경)<br>이 의 네 쇼ᄅᆡ 참 별 쇼ᄅᆡ로다(남원·동경) |
| 〈매화타령〉 | 춘향 | 듯든 노ᄅᆡ 듕의 졔 희한ᄒᆞ니 왼몸이 져려 못 (견)뒤깃다(도남) |

우선 곡목을 대별해 볼 때 춘향은 가창가사 계통의 "가스"를 주곡목으로 하고 있다. 반면에 이도령은 타령 푸리류의 노래들을 주곡목으로 하고 있다. "가스"는 "가사는 가곡의 아들, 시조는 가사의 아들"[41]이라는 가객들의 속설만큼이나 정격 가악인 가곡이 민속 가악의 영향으로 변동을 일으켜 시조로 옮겨가는 어간에 이루어진 가창 양식이다. 이 양식은 몇 가지 관련된 자료로 미루어 볼 때, 다음과 같은 조건에서 생성된 것으로 보인다. 첫째, 가악의 연행이 제한된 계층의 향유를 벗어나 좀 더 개방적으로 제공되는 단계에서 생성되었다. 가창가사의 첫머리를 여는 〈춘면곡〉, 〈상사별곡〉 등의 연행에 관련된 자료를 보면, 이 곡목들을 특장으로 하는 가객과 불특정 다수의 향유자를 전제하는 일반적인 향유상으로 변화해 나가는 가운데 양식적 요건을 갖추어 나왔음을 알 수 있다.[42] 이렇게 형성되는 양식적 요건의 기본은 연행 공간의 성격에서 결정된다. 양반들의 연회 장소인 내정이나 정자와 같은 폐쇄된 공간이 시정의 유흥적 공연 공간으로 바뀌면서부터 향유의 여러 요건이 바뀌어 나갔다. 도회의 형성은 기능에 따른 각종 주거 형태를 산출하면서 동시에 소비향락을 전제로 하는 유흥 공간과 유흥 대상

---

41  이병기, 「시조의 발생과 가곡과의 구분」, 『진단학보』 제1호, 진단학회, 1934, 138쪽.

42  대표적인 사례를 예거한다면, 다음과 같은 것이다. "이것(〈상사별곡〉)은 본디 院曲(敎坊의 곡이란 뜻인 듯함) 가운데 하나다. 그 가사에 '오동추야 달 밝은 때에 나는 多情도 하여라'라고 하였으니, 대개 옛 〈長相思〉 종류이다. 근래 이 곡이 성행하여 거리의 아동이나 하인들이라도 입만 열면 노래를 부른다. 역시 淫俗이 변한 것이다. 그래서 부연하여 풍속을 기록한다"(此本院曲中一 其詞曰 梧桐秋夜月明時 咱多情伊 蓋古長相思之類也 近來此曲盛行 雖歌童走卒 開口便唱 其亦淫俗之變 遂演而成之 以老時尙). 18세기의 아전 출신 문인인 兪漢緝의 『翠茗遺稿』 가운데 〈상사별곡〉과 관련된 기록이다. 세속화된 가악이 유행되어 불특정 다수에게 향유되는 정황을 알려주고 있다. 같은 책에 〈贈歌童孔得〉이란 시도 있는바, 孔得은 바로 〈상사별곡〉을 특장 곡목으로 하는 가인이었다(이상은 심경호의 「아전 출신 문인 兪漢緝의 『翠茗遺稿』에 대하여」, 『어문논집』 37권, 민족어문학회, 1998)에서 인용함).

을 마련하는데, 조선 후기에 이르러 기방, 주막 등의 소비향락 공간이 증대하면서 그 공간에서 연행되는 공연물들이 발전하는 것이 이에 해당된다고 할 수 있다. 둘째, 중앙과 지방의 문화 교류가 활발해지는 어간에 생성되었다. 앞의 〈춘면곡〉, 〈상사별곡〉 등의 연행어 관련된 자료 가운데에는 특히, 지방을 사건 배경으로 하는 것들이 눈에 띄는데, 같은 곡목을 대상으로 한 중앙과 지방의 공간 배경 공유는 이런 곡목들의 전파가 전국화되었으며, 중앙에서 지방으로의 하향 전파 방향뿐만 아니라 때로는 그 반대의 방향도 있었음을 알려주고 있다.[43]

춘향과 이도령이 각기 지방과 서울을 출신 지역으로 하는 것은 소설 주제의 전개상 긴요한 요건이지만, 전국적인 전파 유통이 이루어지는 단계에 이른 시가 향유상을 반영하는 데에도 적절한 조건이 된다. 두 사람이 공유하는 가악의 종류로서 처음 수작을 걸 때 건네지는 것은 〈백구사〉나 〈권주가〉와 같은 가창가사이다. 한 마당으로서 편가되는 곡목들이 배열되는 순차가 단순하고 기본적인 데서부터 복잡하고 변이된 데로 나아가는 것처럼, 이들이 처음 수작판을 벌이면서 시작하는 노래들은 가창가사 가운데서도 곡조나 노랫말 구조가 손쉽게 연창할 수 있도록 되어 있는 것들이다. 이런 간단한 곡목으로 운을 뗀 뒤에 춘향이 택한 곡목은 〈운림처사가〉인데, 그 연창에 거문고 반주가 수반되는 것을 보면, 좀 더 섬세한 악곡 구조를 하고 있음을 알 수 있다. 〈운림처사가〉는 『해동유요』와 『가곡』 등 편찬 연대가 19세기 후반으로 추정

---

[43] 예를 들어 李夏坤(1677~1724)이 1722년 호남 지역에서 처음 〈춘면곡〉을 듣고 경도되는 바, 이런 노래들은 지역에서 먼저 생성 전파되다가 중앙까지 알려진 것으로 보인다(이상주, 「춘면곡과 그 작자」, 『우봉 정종복박사 화갑 기념 논문집』, 화갑논문간행위원회, 1990 참조).

되는 가사집에만 들어 있으면서도, 뒤에 12가사의 한 곡목으로 정착하여 지금까지 전창되는 〈처사가〉류와는 다른 특징을 지니고 있다. 우선, 전체 길이가 〈처사가〉에 비하여 상대적으로 길면서, 〈처사가〉가 4음 4보격의 정연한 율조를 유지하여서 규칙 장단에 어울리는 형태를 하고 있는 데 반하여, 다양한 율조를 지닌 시행들의 조합으로 이루어져서 불규칙 장단에 어울리는 형태를 하고 있다. 불규칙 장단에서 규칙 장단으로 이행해 온 것이 근세 가악의 흐름이라고 한다면, 〈운림처사가〉는 〈처사가〉보다 전대적 특징을 지니고 있다고 해야 할 것이다.[44]

춘향이 규칙 장단의 노래에서 불규칙 장단의 노래로 옮겨감으로써, 한마당의 판을 열어 놓자, 이도령은 이에 수응하여, "울며 부르는 경성 쇼리"(〈천자푸리〉)를 부른다. 그 노래를 들은 춘향의 반응이 "그 노리 듯지 못한던 노리요"인 것을 보면, 이 노래는 중앙을 중심으로 유통되면서, 아직 지역적 전파가 활발히 이루어지지 않은 상태인 것을 알 수 있다. 〈천자푸리〉는 오늘날까지 판소리 대목으로 전창되는 곡목으로, 노랫말의 전개 방식이 "즈시에 싱텬하여 광대무스부하니 호호탕탕 하늘 텬, 툭시에 싱디하여 오힝을 맛타이셔 만물창싱 쓴디, 츈풍셰우 호시 졀의 현됴남남 감을 현, 금목슈화도 오힝즁의 듕궁을 맛타시니 토지졍 식 누루 황"(『남원고사』)[45]과 같이, 동일한 구조의 시행을 반복 중첩해 나가는 방식으로 이루어져 있다. 노랫말의 형태가 같은 구조의 시행을

---

**44** 백대웅, 『다시 보는 판소리』, 어울림, 1996, 110~119쪽 참조. 이러한 전대적 특징이 동경대본과 같은 후행 이본에서는 "노리가 미오 이상한다" ― 곧, 당대 가악의 특징과는 다른 지나간 시대의 특징을 지닌 것으로 평가되었다고 할 수 있다.

**45** 이선유 창본에는 "자시에 생천하야 불언행 사시하니 유유피창 하날 텬 축시에 생지하야 금목 수화토 맛터스니 양생만물 짜지 유현미묘 흑증색 북방현무 가물 현 궁상각치우 동서남북 중앙 토색 누루 황"으로 되어 있다.

반복 중첩함으로써 드러남은, 노래하는 방식이 같은 구조의 악곡에 의지한다는 사실을 암시한다. 노랫말과 가창 방식의 관련이 복잡하지 않고 쉽사리 예측된다는 사실은 악곡이 규칙적인 구조에 의지함을 말해 준다. 실제로 오늘날 전창되는 판소리 대목 가운데 〈천자뒤푸리〉를 들어보아도 선율보다는 장단에 의지하여 읊조리는 사설 방식의 연창임을 알 수 있다. 결국, 서울 출신의 이도령이라는 연창자를 통하여 구현된 가악의 본태는 남원 출신의 춘향을 통해 구현된 가악과는 다른 사실이 반영되어 있는데, 춘향이 구현하는 곡목들도 나름대로 당대적 특징을 반영하고 있지만, 서울 출신의 이도령을 통하여서는 그보다도 더 첨단화된 가악 변동상을 반영하고 있는 것이다. 두 사람은 노래판을 펼치기 위하여 서로를 권면 조장하는 추임새 비슷한 발화를 하고 있는데, 이도령이 "시죠가샤 갓갓지로 좀 허려모나"(동경)와 같이, 이미 알려진 악곡 종류를 예거하고 있는 데 반하여, 춘향이는 "그 쇼리 참 별 쇼리오 하나만 더ᄒᆞᆼ오"(남원·동양·동경)와 같이 미지의 상태로 제시하고 있다.

당대 가악의 변동상을 이처럼 자세하게 다루고 있다는 것은, 『남원고사』계 『춘향전』의 작자가 서울에서 지방으로 확산되어 나가는 가악의 변동상을 주요한 사회상의 하나로 인식하고, 이를 구체적으로 작중에 반영하기 위하여 주인공들을 가악 연행자로 설정하였다고 볼 수 있는 근거가 된다. 특히, 주인공들이 서로간의 연창 곡목에 대한 평가를 내리고 있는 대목을 보면, 당대 가악을 향유하는 모습이 어떠하였는가를 잘 알 수 있다. 연창 곡목 가운데 양인 교환의 방식으로 수창되는 〈비점가〉를 보면, "도련님은 인ᄌᆞ롤 다라시니 나는 연ᄌᆞ롤 다라 보스이다"(남원·동경)와 같은 춘향의 언급이 있는가 하면, 춘향의 〈연자푸리〉에 대하여 이도령이 "이 이 네 쇼리 참 별 쇼리로다"(남원 · 동경)라고 찬탄하고 있기도 하다. 이 찬탄은 악곡 전파자로서 그 악곡의 전파상에 대한 것이라고 할 수 있는데, 바꾸어 말하면 당대 가악의 전파상을 주요한 사회 현상으로 파악하고 있는 작자의 가악 변동상에 대한 경이감을 이도령을 통하여 표출하고 있는 것으로 볼 수 있다. 이도령과 춘향 양인 수창의 정황을 통하여 당대 가악의 전파 수용 양상을 제시하고 있는 작자는 중앙과 지방의 활발한 가악 유통이 이루어지는 가운데, 새로운 지방 악곡을 접하는 경이감을 이도령을 통하여 표출하고 있기도 하다. 춘향이 양인 수창의 흥취가 최고에 달하였을 때 부르는 〈매화타령〉에 대한 이도령의 "듯든 노리 듕의 졍 희한ᄒ니 왼몸이 져려 못 (견)ᄃᆡ깃다"(도남)는 언급은 새로운 가악의 자극적인 변화에 대한 것으로 볼 수 있다. 양인 수창의 정황은 곧바로 육욕적인 장면으로 전환되는 것이므로 그 직전에 불리는 노래의 성격이 자극적인 것이 될 수밖에 없다. 가악의 세속화가 극대화된 단계를 "蕩子伐女輩教坊沿習淫僻之聲"으로 지적하고 그 폐해에 대한 우려가 "翫物喪志"[46]로 나타나는 것을 보면 유흥적인 성격이 강화되면서 상사연정의 주제를 즐겨 다루는 풍조가 가악계에 만연하여 갔음을 알 수 있다.

춘향으로 하여금 당대 유행 가악의 연행자 역할을 맡게 하였다는 것은 실제의 연행자들이 기녀들이었다는 사실과 관련하여 소설적 반영의 근거를 알 수 있게 할 뿐만 아니라, 화답자로서의 이도령의 역할이 곧, 풍류객(손님)임으로 해서 기방문화가 만연한 당대의 사회상을 짐작

---

**46** 洪翰周(1798~1868), 『智水拈筆』, 「國朝歌曲」조. 여기서, 특히 變調로서 지적이 된 대상은 〈길군악〉, 〈매화타령〉, 〈황계가〉, 〈백구사〉 등의 상사연정 주제 가창가사들이다.

하게 하기도 한다. 기방에서의 수작이 기녀의 일방적인 공연으로 이루어지는 것이 아니라 손님이 수응하는 대등한 참여의 관계로 이루어졌다는 사실은, 이 시기의 가악 향유와 관련한 중요한 단서를 던져준다고 할 수 있다. 양반 사대부들이 수동적인 청중의 상태를 벗어나 가악의 현장에 직접 참여하는 일은 후원자로서 적극적인 애호가 심화되면서 자연스럽게 이루어진 것으로 보인다. 처음에는 정풍의 가악에만 국한되던 사대부의 향유가 변풍의 세속적인 가악에까지 미치는 것은 가악 발전의 자연스러운 경로를 좇아간 것이기도 하지만, 특히 상사연정 주제의 가악에 대한 경도는 이 발전 경로를 급격하게 굴절시킨 주요인이 되기도 하였다. 고관대작을 거친 사대부인 이세보(李世輔, 1832~1895)가 남긴 개인가집 「풍아(風雅)」의 422수의 시조 가운데 100여 수가 애정 주제일 뿐만 아니라, 이 가운데 다수가 기녀들의 정서를 직접 반영한 여성화자형인 것을 보면, 19세기 후반 사대부 풍류의 성격을 가늠해 볼 수 있다. 이제 더 이상 사대부들의 가악 향유도 도덕적 주제나 정치적 상황을 반영하여 작중 세계와 실제 세계가 분리되지 않는 따위의 고답적인 차원에 머물지 않고, 서정적 정황을 극대화하여 실제 세계와 고립된 작품 세계를 개인 정서화하는 단계에까지 이르렀던 것이다. 사대부가 출신으로 그려진 이도령의 가악 풍류는 이런 당대적 변모상을 반영하고 있다고 할 수 있다.

가악의 변모상을 통하여 변모하는 사회상을 제시하고자 의도하였던 『남원고사』계 『춘향전』 작자의 시가관을 엿볼 수 있는 또 하나의 장면은 남원 왈자들의 옥중 춘향 위로 대목에서 보이고 있다. 왈자란 조선 후기 가악 풍류를 주도하던 중간 계층을 범칭하는 용어[47]로, 이들이야

말로 상업화되기 직전 유흥 공간의 주 고객이며, 가악의 세속화에 가장
큰 영향을 미친 향유층으로 볼 수 있다. 이들이 벌인 노래판이라면, 바
로 최신 유행의 곡목들로 이루어졌을 것이기 때문에, 고초의 극한에 처
한 춘향을 위무하는 노래판의 연행자로 왈자를 택한 작자의 의도를 미
루어 생각해볼 수 있다. 고초에 처한 춘향을 궁핍한 시대의 민중으로
바꾸어 본다면, 그를 위무하기 위한 세속적인 가악이란 탈출구 없는 궁
핍한 시대의 위안거리가 될 수 있는 것이다.

〈표 5〉 남원 왈자들의 옥중 춘향 위로 대목 곡목 관련 사항

| 곡목 | 곡목에 대한 언급 |
| --- | --- |
| 사설시조 | 노래 브르딕(남원) 엇던 왈자 시조도 ㅎ고(동양) |
| 션소리 | 칼 멘 왈직 선소리 흔다(동양 · 도남 · 동경)<br>슌 사람을 메고 가며 상도군의 소리는 웬 일이니(동양 · 도남 · 동경) |
| 자즈나닙 | 아셔라 우리 가스나 ㅎ자(도남 · 동경) |
| 츈면곡 | 가스 하나식 ㅎ즈ㅎ고(남원)<br>우리 가스나 ㅎ자(동양) |
| 상스별곡 | 쏘 한 왈직 상스별곡 ㅎ고(동양 · 도남) |
| 쳐스가 | 흔 왈직 쳐스가흔다(남원 · 동양 · 도남 · 동경) |
| 황계타령 | 쏘 한 왈자 황계타령 ㅎ고(동양 · 도남 · 동경) |
| 어부스 | 흔 왈직 어부스 흔다(남원) |
| 송서 | 언문칙 본다(남원 · 동양 · 도남 · 동경)<br>나는 슈호지 보깃다(남원)<br>엇던흔 왈직 셔유긔 본다(남원 · 도남 ) |
| 노름타령 | 한편의셔는 노름흔다(남원 · 동양 · 도남) |

한편, 왈자들의 노래판은 유흥 공간이나 유흥 방식의 축도로서 소설
속에 반영되어 있는 것으로 볼 수 있다. 이러한 축도는 왈자의 전형을

---

**47**　왈자 집단의 성격과 활동상에 관하여는 강명관, 「조선후기 서울의 중간 계층과 유흥의 발달」,
　　『조선시대 문학 예술의 생성 공간』(소명출판, 1999)을 참고할 수 있다.

주인공으로 삼은 소설 「계우사」에도 나타나는 바, 「계우사」에서는 몰락한 왈자인 무숙이의 왕년 풍류를 재현하기 위한 서사적 의도 아래 거나한 노래판이 제시되어 있다. 「계우사」에서는 명가자 혹은 명인을 나열하여 노래판의 정황을 제시하고 있거니와, 이 또한 당대의 가악 향유상을 반영한 것으로 볼 수 있다. 명가자나 명인은 가악의 향유가 일반화되어 인기나 흥행 같은 대중적 성향이 개재할 때에 성립되는 것이기 때문이다.

> 노릭 명충 황스진니 가亽 명충 빅운학니 니야기 일슈 외무릅吳物音니 거진말 일슈 허지슌니 거문고의 어진충니 일금 일슈 중게랑니 퉁쇼 일슈 셔게슈며 장고 일슈 김충옥니 졋더 일슈 박보안니 피레 일(슈ー)오랑니 히금 일슈 홍일등니 션쇼리의 슝흥녹宋興祿니 모흥갑车興甲 니가 다 가 익고ᄂ[48]

이미 "션소리"(立唱)가 가악의 한 갈래로 자리 잡은 단계에서 "노릭"로 명명되는 것은 가악의 근본으로 인식되던 가곡임에 틀림이 없다. 다른 갈래들은 새로 파생된 고유의 명칭을 붙이지만 가악의 근본으로서의 가곡은 각종 가악을 대표하는 명칭으로서 "노릭"를 붙일 수 있었을 것이기 때문이다.[49] "가亽"는 앞서 거론되었듯이 가곡의 권역이 민

---

48　김종철 주석, 「게우사」, 『판소리연구』 제5집, 판소리학회, 1994, 421쪽.

49　노릭갓치 죠코 죠흔 줄을 벗님네 아둣든가 春花柳 夏淸風과 秋明月 冬雪景에 弱雲 昭格 蕩春臺와 漢北 絶勝處에 酒肴爛熳ᄒ듸 죠흔 벗 가즌 稽笛 아름다온 아모 가히 第一名唱들이 次例로 벌어 안즈 엇결어 불을 쩍에 中한닙 數大葉은 堯舜 禹湯 文武 갓고 後庭花 樂時調는 漢唐宋이 되엿는듸 騷聳이 編樂은 戰國이 되야이서 刀槍劍術이 各自騰揚ᄒ야 管絃聲에 어리엿다 功名도 富貴도 나 몰리라 男兒의 豪氣를 나는 죠화ᄒ노라(김삼불 교주, 『해동가요』, 1950, 정음사, 가번 548) 에서의 "노릭" 역시 가곡을 지칭하였다.

속악 쪽으로 넓혀지면서 생성된 가창가사를 가리킨다. 가곡과 가사가 가악의 필두로서 노래판의 시작을 이끄는 모습은 여러 군데에서 확인된다.

거상조 느린후에 쇼리ᄒᆞ는 어린 기싱 한숀으로 머리 밧고 아미를 반즘 숙여 **우죠라 계면이며 쇼용이 편락이며 츈면곡 쳐ᄉ가며 어부ᄉ 상ᄉ별곡 황계타령 민화타령** 줍가시조 듯기죠타 [50]

〈한양가〉에서 각종 악곡의 연주 뒤에 기생의 가창 공연이 이어지는 대목이다. 고딕체 부분은 가곡의 기본 곡조인 우조 계면조를 필두로 변조인 소용 편락 등까지 연창하고 난 뒤에 이어서 가창가사의 여러 곡목을 연창하는 차제를 제시하고 있다. 또한, 『고금가곡』(1764) 이래 육당본 · 가람본 『청구영언』 같은 대표적인 가집들은 가곡을 악조별로 싣고 있는 뒤에 가창가사를 부기하고 있음으로써 가곡 · 가사 중심의 가악 향유 정황을 반영하고 있기도 하다. 나아가, 1863년에 세책으로 판각될 만큼 대중적 호응이 높았던 시조 중심 가집 『남훈태평가』는 권두의 목록에 가곡의 편차를 제시하였지만 실제 내용은 종장 말구 생략의 시조형으로 배열한 뒤에 잡가 가사 항목을 덧붙임으로써, 가곡에서 시조로 악곡의 변화가 일어나면서 가사도 가창가사와 잡가로 분화되는 가악 변동 상황을 반영하고 있다.

〈표 5〉의 "남원 왈자들의 옥중 춘향 위로 대목 곡목 관련 사항"을 보면, 송서나 〈노름타령〉 같은 신생 갈래의 노래들이 섞여 있지만 주로 가창가사 중심의 배열을 하고 있음으로써, 아직 잡가로 혼효되기 이전

---

50　박성의 교주, 『농가월령가 · 한양가』, 민중서관, 1974, 136~137쪽.

의 가악 판도가 반영되어 있음을 알 수 있다. 아마도 이 판도는 다음과 같이 제시된 노래판이 벌어지는 단계에 해당하는 것이었으리라고 볼 수 있다.

혼가호 處士歌는 낙민가로 和答ᄒ고

다졍훈 相思歌는 春眠曲 和答ᄒ고

허탄ᄒ다 漁父辭는 梅花曲 和答ᄒ고

듯기 죠흔 길고낙은 권쥬가로 和答ᄒ고

쳐량ᄒ다 노고가는 화계타령 和答ᄒ고[51]

가창가사 가운데 같은 취향의 노래들을 짝 맞추어 화답하는 정경 가운데, 흥취가 고양된 마지막 단계("듯기 죠흔")에 이르러서는 〈노고가〉(〈노처녀가〉)와 〈화계타령〉(〈꽃타령〉[52])과 같은 새로운 양식의 작품을 동

---

51 〈노인가〉, 일본 동양문고본 「가사육종」(1850년 무렵).

52 『남원고사』계『춘향전』의 광한루 주변 풍광 묘사에 사용된 노래. 잇달아 있는 나무를 제제로 한 부분과 함께 〈나무타령〉, 〈꽃타령〉 등의 가명이 가능하다. "츄문쥬가하쳐지오 목동요지힝 화쏫, 북창삼월 쳥풍취ᄒ니 옥창오경잉도화쏫, 위셩조우읍경진ᄒ니 긱스쳥쳥 버들쏫, 난만 화즁쳑촉화 고츄팔월진암초ᄒ니 만지츄상국화로다. 동졀츈싱졀ᄒ니 요님군의 명협화 셕양 동풍 희당화 졀벽강산 두견화 벽희슈변 신이화 요슈부목 무궁화 길퍼화계 무금화 흰초난초 킈ᄀᆞ튼 파초 모란 작약 월계 스계 치ᄌᆞ 동빅 종녀 오동 왜셕뉴 화셕뉴 영산홍 왜쳑쥭 포도 다리 으흐름 너츌 얼그러지고 뒤트러졋다" 처럼 여러 꽃을 제재로 하면서 각각에 해당하는 한시구를 차용하여 시행을 이루었다. 여성가사인 〈화조가〉에서 꽃과 새를 제재로 하여 열거 나열한 것과 유사한 분위기를 지녔다. 그러나, 〈화조가〉가 "말잘하는 鸚鵡聲은 만세만세 호만세요 / 글잘하는 할미새난 군사만년 축수한다 / 흉년기새 뻐죽새난 금년춘을 미리알고 / 뒷동산 소 쩍새난 금년풍조 미리 전코"나 "一枝紅 秋季花는 태양따라 피어있고 / 錦江春風 군자화난 蓮葉 酒를 獻壽한다 / 閑山九月 처사국은 陶淵明을 벗을 삼고 / 줄기좋은 출장화난 무삼일로 내쳤든 고" (필사본. 인용은 김성배 외,『주해 가사문학전집』, 집문당, 1981, 504~505쪽)처럼 4음보격 의 규격을 유지하는 데 반하여 〈꽃타령〉은 흩트러진 규격의 긴 호흡 가락에 의지하고 있다. 이런 형식에 "타령" 이란 갈래 이름을 붙임이 적절하다고 볼 수 있는데, 〈화계타령〉 이란 가명 이 그에 부합된다.

원하기도 하였다. 〈노고가〉는 소설과 관련이 있는 작품으로서, 소설집 『삼설기』에 〈노처녀가〉라는 가명을 유지한 채 실린 작품이 가사집 『기사총록』(1823년)의 〈노처녀가〉와 동종임이 확인되는 것으로 보아, 가사로 횡전되다가 소설로 정착한 경로를 설정해 볼 수 있다. 또한, 〈화계타령〉이 『남원고사』계 『춘향전』의 〈꽃타령〉과 동종일 가능성까지 고려한다면, 판소리에서 파생된 판소리계 잡가와는 다른 생성 경로를 지니는, 가사 내부에서 발전된 새로운 시가 양식을 시가사상에 설정할 필요가 생긴다. 가창가사 이후의 시가 양식 발전이 판소리로 귀착되는 경로는 "영산선성(靈山先聲)"과 같은 중간 단계를 설정하는 데까지는 나아갔으나, 타령류의 새로운 시가 양식을 개입시키는 데 있어서는 구체적인 방향이 잡히지 못하고 있는 실정이다. 만일, 가사에서 판소리를 거치지 않고 소설로 진행하는 경로를 구체화할 수 있다면, 모든 시가 양식 발전의 귀착점을 판소리에 두는 시각은 교정이 불가피할 것이다. 『남원고사』계 『춘향전』은 이 시각 교정에 확고한 지표가 되며, 모든 시가 양식의 귀착지로서 소설을 택한 작자의 역량은 판소리 광대의 공연용 사설 창작과는 다른 각도에서 논의되어야 할 것이다.

『남원고사』계 『춘향전』이 다른 계통 『춘향전』과 구별되는 사항을 노래책(가사집)과 관련된 것으로 보고, 『남원고사』계 『춘향전』이 출발한 19세기 중후반 전후의 가사집에 수록된 시가들과 『남원고사』계 『춘향전』 수록 시가들을 대조하면서 『남원고사』계 『춘향전』 작가의 시가 수록 방향에 일정한 지향이 있음을 알았다. 우선, 당대 가악 풍토에 정통한 최상의 향유자로서 당대의 시가 향유상을 소설 속에 담아내려고 한 점이다. 당대에 유행하던 작품들을 서사 문맥에 적합하도록 종류에 따라 배열하였을 뿐만 아니라, 때로는 새로운 노래들을 조합 창작하여 끼워넣기도 함으로써 작자 자신이 가악에 정통함을 내비치고 있다. 뿐만 아니라, 각 노래들의 작중 연행자들을 작중 정황에 어울리게 성격을 부여함으로써 작자의 가악관을 명확히 드러내 보이고 있기도 하다.

일반적으로 학계에서는 서사문맥에 시가를 삽입하는 방식을 판소리와 관련하여 해석하려고 해왔지만 『남원고사』계 『춘향전』들의 시가 수록 방식은 판소리처럼 아니리와 창을 교체 배열하는 것이 아니라, 노래들의 배열 자체에서 어떤 서사 맥락을 형성하며 서술적인 부분도 타령류로 명명할 수 있는 노래들로 이어감으로써 전체 작품이 노래가 주류를 이루는 흐름 속에 이어져 나가게 하였다. 이런 방식의 서사 의도는 커다란 노래판 속에서 당대의 사회상 전체를 읽히려는 것으로 해석할 수 있다.

이러한 자신의 서사 의도를 실현하기 위하여 작자는 서정적 분위기에 적합한 춘향 이야기를 채택하여 이에 대한 서술 전략을 당대에 유행하던 노래들의 특성 내지는 이들 특성이 총집된 노래판을 통하여 찾아낸 것이다. 노래들의 총집을 통하여 새로운 양식을 모색했다는 점에서는 판소리와도 공통되는 요인을 찾아볼 수 있지만, 노래판의 재현이라는 수단을 사용하여 사회의 반영이라는 소설적 서사 의도를 성취한 점에서 『남원고사』계 『춘향전』의 양식적 지향은 판소리와는 구별된다고 할 수 있다. 판소리 구성의 목표가 현장의 청중을 위한 연행물의 완성에 있는 것과는 다르게 미지의 독자들에게 애독되는 독서물을 제시해야 하는 『남원고사』계 『춘향전』 작자는 우선 당대의 공통 담론인 춘향 서사를 채택한 위에 그것을 소설을 통해 효과적으로 전달하는 방안을 고심하며 모색했던 것으로 보인다. 그가 택한 방안인 노래판의 재현은 가창 흥왕기인 당대의 사회상을 가장 잘 반영할 수 있는 것이었으며, 당대의 가악에 정통한 작자는 이 방안을 실현하기에 가장 적합한 자질을 갖추었다고 할 수 있다.

이 글에서 제시한 여러 가지 실증적 자료들과 부대 설명은『남원고사』계『춘향전』의 서사 의도와 그를 실현한 작자의 자질을 확인하기 위한 것이었다. 그 절차를 마친 다음에 남는 문제는『남원고사』계『춘향전』의 소설사적 위상과 작자의 사회사적 위치 규명으로 이어질 터이다. 앞으로 춘향 담론이 여러 가지 문학 양식으로 발현되는 당대적 사례를 검토하면서,『남원고사』계『춘향전』의 작자가 소설 양식을 선택한 경로를 다른 양식과의 대비를 통하여 더 구체적으로 모색해 보고자 한다.

# 제6장

# 춘향 서사의 발전 단계와
# 『남원고사』의 서사화 방식

판소리계 『춘향전』은 판소리의 기록 정착본이라는 의미에서 내려진 명칭이며, 실제로 작품 내부에 판소리적인 구조를 반영하고 있다. 예를 들면 판소리계 『춘향전』에는 판소리의 아니리 구연자를 연상시키는 서술 화자의 존재가 뚜렷하다. 이 화자는 판소리 연행의 실제 담당자인 광대의 작품화라고 볼 수 있다. 반면, 『남원고사』계 『춘향전』은 서술 부분을 담당하는 화자의 존재가 은폐되어 있다. 서술자는 노래 부르는 가객의 형상으로 드러나거나(서두 부분) 아니면 장면 전환의 부분에서 극히 짧은 대사의 주석적 화자로 나타날 따름이다. 또, 『남원고사』계 『춘향전』의 주요 인물 형상은 교환(춘향과 이도령) 또는 집단(남원왈자들) 연창자로 모습 지어져 있다. 『남원고사』계 『춘향전』의 서술 화자는 판소리처럼 뚜렷하게 제 모습을 드러내지 않고, 대신 등장인물을 통한 제시의 방식을 통하여 자신을 투영시키고 있다. 이런 자기 은폐적인 서술자 개입에서 판소리와는 다른 양식적 지향을 가늠할 수 있다.[1] 아마도 이 지향은 고소설의 평면적 화법을 벗어난 새로운 화법에 의존하는 새로운 양식(새로운 소설)에 대한 것으로 볼 수 있을 것이다.

판소리계와 다른 『남원고사』계 『춘향전』의 특징을 수사적인 차이에서도 볼 수 있겠지만, 판소리 창 부분의 노래들과는 다른 모습을 하고 있는 『남원고사』계 『춘향전』의 전편에 차용된 노래들을 가장 두드러진 차이점의 표지로 삼을 만하다.[2] 판소리에서 불리는 노래들은 기존의 노래를 차용하더라도 부분창으로 하거나 변개된 형식으로 개창하는 데 반하여 『남원고사』계 『춘향전』의 경우는 오로지 전체 노래를 빌어 와서 등장인물이 그 노래를 부르는 정황을 명백히 제시하고 있다. 판소리를 흔히 일인창으로 규정하듯이 그 안에 들어 있는 모든 노래의 연행자는 한 사람의 광대로 귀착되는 데 반하여, 『남원고사』계 『춘향전』의 등장인물들은 각기 주어진 정황에 해당하는 노래들을 나누어 부르게 되어 있다. 예를 들면, 춘향과 이도령이 서로 교환하는 노래의 경우, 춘향은 주로 가창가사를 중심으로 한 기존 작품으로 수창하는 데 반하여, 이도령은 〈천자풀이〉나 〈꽃타령〉, 〈나무타령〉, 〈바리가(짝타령)〉 등 부연된 사설에 늘어진 율조를 지닌 새로운 노래로 대응하고 있다. 춘향에게 남원 거주인으로서 지방에서 유통되던 가악의 향유상이

---

1    김홍규, 「19세기 전기 판소리의 연행 환경과 사회적 기반」(『어문논집』 30권, 민족어문학회, 1991)에서 『남원고사』를 판소리나 판소리계 소설과는 다른, 선행하는 소설이나 창본에 부연·윤색이 가해진 소설로 파악하였으나, 그 이후 『남원고사』의 양식적 특성에 대한 논의는 별다른 진전을 보이지 않았다.

2    예를 들어 춘향과 이도령의 초야 수작에서 불리는 노래는 〈권주가〉, 〈운림처사가〉, 〈바리가〉 등인데 모두 전편이 실려 있다. 특히, 도남문고본에는 이들 노래 외에도 〈호남가〉, 〈계우사〉, 〈선루별곡〉, 〈승가〉 등의 새로운 노래들이 이 대목 안에 첨가되어 있다.

반영되어 있다면, 이도령에게는 서울의 신생 유행 곡목을 태분하여 가악의 향유상에 대비되는 성격 부여를 하고 있다. 이런 뚜렷한 차이점 때문에 제시된 앞장의 가설 —새로운 소설 양식에 대한 지향—이라는 문제를 집중적으로 다루어서 판소리계 소설과는 다른 경로의『춘향전』성립 사실을 확정하고 그 이론적 근거를 제시하고자 한다.

## 1. 춘향 서사의 다양한 전개와 그 양식적 귀결

먼저, 판소리 〈춘향가〉나 소설『춘향전』이라는 양식으로 귀결되기까지의 춘향 서사의 전개 경로를 살피고자 한다. 이는 춘향 서사의 여러 양식으로의 전개를 살피기 위한 목적을 위한 첫 단계 작업으로서 불가결한 것이라고 생각한다. 각기 다른 양식으로 귀결하는 경로를 밝혀낼 수 있다면 자연히 두 양식 간의 차이가 드러날 것이기 때문이다. 이검토를 위한 지침은 선행 연구에서 풍부하게 찾아낼 수 있다. 이른바발생론 내지 계통론 계열의 연구들이 다양한 견해를 펼쳐 왔었다. 발생론의 선편을 잡은 나손 김동욱은 근원설화를 발생지로 보는 설화발생론을 펼쳤고,[3] 이 가설은 소설 설화발생론의 대표 사례로 인정되면서『춘향전』발생론의 주류로 자리 잡아 왔다.『춘향전』설화발생론의 좀더 진전된 논의는 여러 단위의 설화가 개입하여 전편을 형성하였다

---

**3**　김동욱,「춘향전 근원설화고」,『춘향전연구』, 연세대 출판부, 1965.

는 쪽으로 나아갔다. 이 논의는 전편을 여러 단위의 설화로 나누어 보면서 설화들의 개입 정도에 따라 유형을 가르고 유형별로 계통을 따지는 계통론으로 발전하였다. 실제상으로는 이본 연구로 귀결되는 계통론에서 『남원고사』계 『춘향전』은 완판본의 파생본으로 다루어지기도 하였다. 그러나 완판본의 발간 연대가 20세기 초두로 비정되면서 다른 이본 계통을 수립할 필요가 생겼다.[4] 진작에 완판본의 파생본으로만 규정되기 어려운 독자적인 성격을 지니는 『남원고사』계 『춘향전』의 특징은 다음과 같이 지적되기도 하였다.

『남원고사』 작가는 선행한 대본을 거듭 재생산해나가는 과정에서 장면을 제거하기보다는 과감히 새 장면을 생성 삽입하고, 동일 장면도 대체적으로 부연 확대한 결과 새로운 이종본을 만들어내어 새 춘향전 계통이 생겨나게 하였다. 특히, 이런 확대 재생산에 의해 창작된 『남원고사』의 상위 플롯은 춘향전의 기본 구성인 만남, 사랑, 이별, 시련, 보상의 대목은 그대로 유지하고 있지만, 만남, 사랑, 보상 대목에서 맛볼 수 있는 흥과 환희에 따른 신명의 정서와 함께 이별, 시련 대목에서 맛볼 수 있는 절망과 슬픔에 따른 한의 정서가 「별춘향전」 계통의 『춘향전』에 비하여 심화되면서 그 예술성을 높이고 있다. 이러한 예로는 사랑 대목의 절정에서 춘향과 도령의 사랑놀이를 엮어내면서, 기생집에서의 사랑 분위기를 위하여 '춘향 뜰사설' · '방안 그림사설' · '그릇사설' · '음식사설' 과 함께 '권주가' · '백구사' · '천자뒤풀이' · '짝타령' · '덕운가' · '비점가' · '인짜타

---

**4**   유탁일, 김종철 등의 판본 비교 작업에 의하여 발간 연대가 뒷시기로 조정되었다. 아마도, 다른 선본 소설이나 판소리 창본에 의지하여 성립되었을 이 계통의 형성 경로를 밝히는 일은 『남원고사』계 『춘향전』의 양식적 특징을 규명하려는 이번 작업과도 연계되는 사항을 지니고 있을 것이다. 그러나 이에 대한 구체적인 진행은 다른 자리로 미룬다.

령’·‘연자타령’ 등의 가요를 대폭 수용하여 흥을 돋구어 주고 있다. 이러한 현상은 이 텍스트의 일반적 체계로서 산문과 운문 양식들의 독특한 섞임의 구조를 통해 문예성이 확대되는 보기를 보여준다.[5]

위에서 지적한 『남원고사』의 개성은 “장면의 확대”·“가요의 수용”·“산문과 운문 양식들의 섞임” 등의 개념으로 요약된다. 이 세 항목에 대한 논의는 다른 이들에 의해서도 이루어진 바 있다. 먼저 장면화와 관련된 문제는 춘향 서사의 판소리화를 다룰 때 빠뜨리지 않고 거론되었다. 판소리가 지닌 공연 예술로서의 특질 때문에 전체 줄거리의 연계를 통한 전달보다는 주요 장면으로 분절되면서 통합적인 인상을 남기는 방안이 필요하다는 논지가 그 논의의 대체였다. 판소리의 극적 성향에 대한 것으로 정리할 수 있는 이들 논의 가운데 특별히 『남원고사』계 『춘향전』의 개성과 관련하여 빌어올 만한 것이 “노래에 의한 장면화”의 논리라고 생각한다. 아니리와 창으로 분할되는 판소리의 구조 속에서 아니리가 서술자의 몫에 해당하는 설명적·묘사적인 부분이라면, 창은 등장인물의 몫에 해당하는 부분으로써 독립된 장면을 통합적인 인상으로 압축시켜 이해시키는 기제라는 것이 “노래에 의한 장면화” 논리의 요지이다. 이 논리는 판소리의 극적 성격을 규명하는 데에는 크게 기여하였으나, 연행 예술로서 노래의 본질과 관련된 좀 더 구체적인 논의로는 진전하지 못한 것이 사실이다. 그런 점에서 노래 가운데 내재한 극성을 찾아내어 이를 모든 극적 양식의 기반으로 이해하려는 다음의 입장이 좀 더 진전된 논의의 디딤돌이 될 수 있을 것이다.

---

**5**　설성경, 『춘향전의 통시적 연구』, 서광학술자료사, 1994, 195쪽.

그 동안 이 가사류의 원전들을 시가문학으로만 취급하여 그것이 음악·무용 들과 어울려 가창·가무로 연행되는 대본임을 중시하지 않았던 게 사실이다. 물론 그것이 구비·기록을 막론하고 시가임에 틀림은 없지만 그 문학적 실상· 성격·기능 등에서 가장 본질적이고 미학적인 정체는 그 연행의 대본이라는 데에서 드러나는 게 확실하다. 따라서 가사류의 모든 작품이 악보를 전제한 가창 극본이라고 볼 수밖에 없다. 이와 관련하여 악보류 중에서 가사를 동반한 모든 작품은 역시 가창극본이라고 보아진다. 그것은 현실적으로 가창하기 위한 대본 임을 직증하고 있기 때문이다.[6]

위의 논의는 한국 희곡의 장르 재편성을 위한 일련의 노력 가운데 한 부분이므로 모든 연행예술을 극 장르에 포괄하려는 의욕에 가려져 있는 부분이 없지 않지만, 적어도 노래의 극성을 지적한 거의 최초의 본격적인 논의라는 의미를 지니고 있다. 필자가 이 논의에서 주목하고자 하는 바는 일인 연행으로서의 노래가 극적인 양식으로 발전할 수 있는 자질이다. 사재동은 이 자질을 가창대본이라고 명명하여서, 가창 연행을 준비·계획한다는 의미의 대본으로서의 역할을 부여하였다. 필자는 연행 이전뿐만 아니라, 진행 중이나 사후의 감상 내지 수용의 문제를 포괄하는 의미로 이 명명에 동의한다. 그리고 이 가창 대본이 기록물로서 고정되어 있는 것이 아니라, 연행 과정을 통한 변개의 가능성을 지닌 유동적인 성격을 지녔다는 연행 대본으로서의 본질을 반드시 고려할 필요가 있다고 생각한다. 그런 점에서, 이 가창대본에는 연행자

---

6　사재동, 「한국음악관계 문헌의 희곡론적 고찰」, 『열상고전연구』 제16집, 열상고전연구회, 2002, 386쪽.

나 연행 정황과 관련된 기록까지 포함해야 한다고 볼 수 있다. 뒤에 살펴겠지만, 이 연행 관련 기록 가운데에는 일인 가창곡에서 판소리와 같은 극적 양식으로 발전하는 단서가 숨어 있다.

조선조의 성악곡은 집단 연행의 歌舞樂 종합 연행의 상태에서 일인 가창으로 변모해 나온 궤적을 보이고 있다. 유명 가자(歌者)에 딸린 인기 곡목이 선정되어서 청중들이 자기 기호를 연행에 반영할 수 있는 적극적인 수용 단계에 이르면서 극적 연행물로 발전할 수 있는 계기가 마련된 것으로 보인다. 단가(短歌)를 우리나라 성악곡의 역사가 서정노래에서 극가(劇歌, 판소리)로 바뀌는 길목에 등장한 노래로 보는 견해[7]는 이 계기를 지적한 것이어니와, 이런 양식상의 변전을 좀 더 체계적으로 규명하기 위해서 "서정노래가 극가로 바뀌는" 구체적인 경로를 따로 살펴볼 필요가 있다. 여기서, "서정노래"란 주로 애정 주제를 위주로 한 〈춘면곡〉〈상사별곡〉 등의 가창가사 계열의 노래들을 가리킨 것으로 볼 수 있는데, 그 앞 시기의 강호·연군·교훈 등의 사대부 성향 주제의 정풍 가악에서 세속적 애정 주제의 민속 가악으로 선회하는 데에는 단순히 취향이나 품격의 차원에서만 논할 수 없는 복잡한 요인이 개재하고 있다. 향유 계층의 확대, 향유의 사회적 조건 변화와 같은 문제 외에 작자(연행자)나 청중의 자발적인 참여로 이끌어지는 작품 생산 경로의 진전이라는 문제가 중요하게 다루어져야 하는 것은 변화의 계기가 주로 이들 향유자들이 작품을 대하는 태도에서 마련되었기 때문이다.

그 동안 조선 후기 시가 향유층의 달라진 수용 태도에 대한 논의가 여러 군데에서 이루어졌거니와, 그 내용을 간추리자면, 감상적인 이해

---

7    백대웅, 『다시 보는 판소리』, 어울림, 1996, 109쪽.

와 표출 정서의 극대화라는 항목으로 요약해 볼 수 있다. 이전 시기에 향유되던 같은 노래라고 하더라도 이 시기에 들어서면서 특별히 경사된 정서로 수용하는 실례를 곧잘 볼 수 있다. 송강의 〈장진주사〉를 소재로 한 석주(石洲) 권필(權韠)의 〈過松江墓有感〉[8]에서는 비오는 낙목 숲으로 잡힌 작품 배경을 사후의 세계를 그린 〈장진주사〉 중장 부분에 맞추어 침체된 분위기를 강화시키는 것을 볼 수 있다. 이런 자세는 동악(東岳) 이안눌(李安訥)이 〈龍山月夜. 聞歌姬唱故寅城鄭相公思美人曲. 率爾口占. 示趙持世昆季〉에서 "강머리에 뉘 부르는 〈미인사〉인고? 바로 외로운 배에 달이 지려는 때에. 애닲다 님 그리는 끝없는 마음, 세상에 오직 저 아씨만이 아느니(江頭誰唱美人詞. 正是孤舟月落時. 惘悵戀君無限意. 世間惟有女郎知)"[9]라고 했을 때, "외로운 배에 달이 지려는 때"를 시간 배경으로 삼으면서 비애감을 고조시킨 것과 같은 조건에서 나왔다고 할 수 있다. 석주나 동악에게는 송강 문인으로서의 특수한 입장이 관여하였다고 볼 수도 있지만, 송강가사가 비애를 주조로 하는 정서에 의해 재해석되면서 수용되는 모습은 당대의 가악 향유의 전반적인 분위기에 부합하는 것이라고 볼 수 있다. 이 분위기는 조선 후기에 사대부들이 가악, 특히 시정의 가악을 대하는 모습으로 이어진다. 사대부들이 이전에 즐기던 정악의 규제가 풀린 상태에서 대면하는 시정 가악의 새로운 자극을 거침없이 받아들이는 모습을 보게 된다. 이 모습은 서정성의 극대화라는 작품 세계의 변화와 연계되며, 또한 그 변화는 새로운

---

8  "빈 산 낡에 잎 진데 비마저 스산히 / 상국의 풍류가 예서 쓸쓸하군요 / 슬프다, 한 잔 술 다시 올릴 수 없다니 / 옛 적 부른 노래가 바로 오늘 말함이군요"(空山落木雨蕭蕭 / 相國風流此寂寥 / 惘悵一杯難更進 / 昔年歌曲卽今朝)

9  『東岳先生續集』詩

양식 출현의 전조로 이해할 수 있다.

①

　때마침 병영의 진무 가운데에 춘면곡을 잘 부르는 자가 와서, 자리를 내주고 노래하게 하였다. 이 노래는 강진의 진사 이희징이 지은 것인데, 그 소리의 슬프기가 극진하여서 듣는 자가 눈물을 흘리기까지 하였다. 남쪽 사람들은 또 부르기를 시조별곡이라기도 하였다.[10]

②

　입성이며 먹새가 지내기에 편하니, 자제의 훌륭함을 마음 깊이 알겠구나

　자단삼을 늘상 먹으니, 살부피가 눈처럼 희구나

　자리엔 고수 열매를 뿌리고, 문방엔 마조 놀이를 벌였구나

　누가 꽃 핀 달밤을 아쉬워하는가, 시조 소리 딱히 마음을 파고든다[11]


　①은 노론계의 명망 있는 문인이었던 이하곤(李夏坤, 1677~1724)이 1722년 스승이며 장인인 송상기(宋相琦)의 강진 유배지를 찾아간 길에 조우한 〈춘면곡〉 관련 기사이다. 이하곤은 시서예에 통달하였던 학자로서 가악에 대하여도 높은 견식을 지녔던 바, 처음 대하는 지방의 민속 가악에 대하여 깊은 관심을 가지고 이후 몇 차례 더 〈춘면곡〉을 찾아 들

---

10　時兵營鎭撫有善歌春眠曲者適來此. 賜坐歌之. 此乃康津進士李喜徵所作也. 其聲哀甚. 聞者至於涕下. 南人又稱爲時調別曲. [『頭陀草』冊十八, 雜著「南遊錄」二]

11　服食便居養. 心知子弟佳. 紫團茶飯共. 白皙雪冰皆. 丈席胡荽撒. 文房馬弔排. 馬弔. 亦名葉子戲. 誰憐花月夜. 時調正悽懷. 時調. 亦名時節歌. 皆閭巷俚語. 曼聲歌之. [『洛下生集』冊十八, 『洛下生藁』上「觚不觚詩集」〈感事三十四章〉]

는다. 위의 기사에서도 〈춘면곡〉의 특징을 "그 소리의 슬프기가 극진하여서 듣는 자가 눈물을 흘리기까지 하였다(其聲哀甚. 聞者至於涕下)"라고 지적한 만큼 당시의 가악 향유 풍조는 애상적인 분위기에 지배되고 있었음을 살필 수 있다.

②는 ①보다 한 세기쯤 뒤인 1824년에 실학자 계통의 문인인,『낙하생고(洛下生藁)』의 저자 이학규(李學逵, 1770~1835)가 한가로이 지내는 여가에 기술한 〈感事〉라는 34 시편 가운데 한 편이다. 〈感事〉에는 매 편마다 청대 문물의 영향 아래 있었던 당대의 문화적인 분위기 속에서 한거양생하는 실생활 제재들을 구체적으로 제시하고 있다. ②에서는 노경에 든 사람이 여유롭게 지내는 생활 가운데 즐기는 시조창에 관한 기사가 들어 있다. 꽃 핀 달밤(花月夜)의 분위기에 어울리는 시조창의 성조 역시 애조[凄懷]에 관련된 것으로 파악되고 있다.

이와 같이 가악의 수용 태도가 애조와 같은 편향적인 정서로 기우는 사실은 이 사실이 사조나 양식상의 변화까지 유발한다는 점에서 유의해서 살필 부분이라고 하겠다. 우리 가악 가운데 정악 악조 편성의 주조는 우조(羽調), 혹은 평조(平調)이다. 우조의 특징은 "淸莊激勵" 평조의 특징은 "雄深和平"으로 요약되듯이 정대하며 조화로운 분위기에 맞는 악조이다. 반면, 일부 특수한 정서 표출에 사용되는 계면조의 특징은 "哀怨凄悵"으로 표시되는 바와 같이 편향과 부조화를 주조로 한다.[12] 계면조의 기울어진 기운은 우조의 외적 정대함에 대한 내면화를 택한다고 할 수 있다. 우조가 이념의 표상에 적절하다면, 계면조는 사정(私情)의 토로에 어울린다. 정악 가곡 자체의 변조 생성이 이루어지는 방향

---

12　이상 악조의 특징을 지적한 용어는『歌曲源流』(국립국악원본) 머리 부분 곡태 설명에서 따옴.

에 대한 논의도 있어왔고, 대체적으로 17세기 이후에 파생 악조가 다양하게 형성되었다는 논지로 귀결한 듯하나, 거기에서 개인화된 극적인 표출과 관련된 사항을 짚어내기에는 필자의 역량에 한계가 있다. 다만, 앞서 예시되었던 가창가사나 시조창 등에 대한 기사에서 본 것처럼 가악을 향유하는 분위기가 전반적으로 애조에 지배되고, 그에 따른 악조의 재편성이 불가피했으리라는 점만은 밝혀둘 수 있으리라고 본다.

위에 예시한 송강가사나 가창가사, 시조창 등의 수용과 관련된 태도 변화는 주로 사대부 계층 내에서 일어난 것으로 새로운 양식인 "서정 노래"의 출현에 우회적으로 영향을 주었을 수는 있으나, 직접적인 계기는 향유 계층 확대의 현상 속에서 찾아보아야 할 것이다. 세속적 주제의 새로운 노래는 새로운 계층의 기호에 의하여 이끌어진 새로운 관습으로 이루어졌을 것이기 때문이다. 이 경우에도 이미 여러 사례가 발굴 제시되어 있지만, 공연 현장에 대한 구체적인 묘사가 이루어진 쪽이 새로운 연행 관습을 살펴보는 데 도움을 줄 것이다. 그런 자료가 희귀한 가운데, 18세기 후반 서울의 풍물을 그려낸 「한경사(漢京詞)」 106수 가운데 다음과 같은 시편은 가악 연행 현장의 묘사와 아울러 청중의 반응과 같은 실제적인 사항까지 제시되어 있다.

유하주 가득 찬 잔, 노래 소리 감돌고
봄비 오는 주점에 저녁까지 날 궂어
줄곧 눈길로 아리따운 짓 하나
무리 속 뉘게인지 아리송해
流霞滿酌匝歌聲

春雨旗亭晚未晴

驀地眉波爲阿那

衆中輸款不分明[13]


　주점에서 기녀의 노래에 매혹된 손님들의 부칠 데 없는 심정을 그려
내었다. 장소는 시정(市井)에 놓여 있으며, 그 손님들은 계층적 구분에
크게 구애 받지 않았을 것이다. 기녀의 노래는 양반으로 청중이 한정
되었던 단계와는 다른, 품격의 제한을 받지 않는 것이어야 했을 것이
다. 이런 노래는 대체로 시정(市井)의 주점에서 이런 저런 신분의 손님
들이 섞이어 있는 청중을 대상으로 하는 것이다. 그만큼 이 노래의 품
격이 맞추어서 세속화되어 있어야 하고 혹은 그 품격에 맞추어진 인기
도를 유지하고 있어야 했을 터이다. 18세기 들어서서 일어난 가악 연
행의 달라진 조건들은 양반 문인의 회연(會宴)이나 파적을 위한 아정한
품격의 폐쇄적인 공간보다는 유흥적 성격이 강화된 개방적인 공간을
필요로 하였다.

　이 시기 이전에도 연행자에 관한 기록이 없었던 것은 아니지만, 주로
사대부들을 청중으로 하였기 때문에 연행자와의 관계가 청중에 의하
여 주도되는 일방적이었던 데 반하여, 이 시기에는 연행자의 개성(특장
곡목이라든가 예술적 기량)이 가장 중요한 요소이며, 청중은 그 개성의 첨
예화에 편승(더욱 세련된 기량을 요청하는 등)하는 방식의 참여를 하고 있
는 것을 볼 수 있다. 이 시기에 명가자(名歌者)로 거론되었던 이들은 청
중의 요구에 부응할 수 있어야 했고, 적응을 하지 못하는 경우에는 도

---

13　姜彝天, 〈漢京詞〉 제48번.

태되기도 하였다. 전대의 사대부 주도 연행 조건이 규범적인 성격을 지
녔기 때문에, 연행자가 지닌 개성이 허용되는 범위가 극히 제한되어 있
었던 데 반하여, 이 시기부터는 연행자의 존립은 개성의 강약 여부에
달려 있게 된다. 이처럼 연행자의 개성이 살아나는 바탕 위어서 청중들
의 기호에 맞출 수 있는 새로운 양식이 출현하게 된 것으로 보인다. 연
행 장소도 이전 시기의 규식적인 틀(양반들의 주거 공간이나 정자와 같은 유
상 공간이기 마련인 점)을 벗어나 시정의 특정 공간(시장이나 주막과 같은 상
업과 유흥의 장소)으로 옮겨가는데, 그 장소에는 오로지 유흥을 목적으로
하는 청중 집단이 형성되기 때문에 전대의 규범적인 완상고는 다른 형
태의 수용이 이루어지게 된다. 시정의 생활공간 가운데 자리 잡은 연행
장소에서 새로운 청중이 원하는 좀 더 강렬한 정서적 자극에 호응하기
위해서는 연행 장소의 무대적 성격을 강화하는 가운데 좀 더 극적 효과
가 두드러진 내용의 연행물로 전환할 필요가 있었을 것이다. 좀 더 자
극적이고 극화된 연행으로 전환하는 이 모습은 서양 가곡이나 그 가곡
의 확대형이라고 할 수 있는 오페라 발전의 중요한 계기가 개인 창자의
출현과 극화된 내용으로의 전환에 있었던 것과 유사하다.

서양의 가악도 처음에는 궁중의 연행에서 출발하였다가 점차, 귀족
들의 개별 향유로 옮아갔으며, 귀족들의 기호도에 따른 특정 양식이나
그 연행자들이 부각되면서 발전의 계기가 마련되었다. 악곡 형식의 변
화에 수반하는 개인 연행자의 특색을 지적한 다음과 같은 대목은 우리
가악의 변전 계기에 관한 기술과 흡사한 면모를 보인다.

그(전문 가인 Bido)의 노래를 들으면 청중들의 정신이 온통 움직이어 불타오

른다. 그리고 그렇게 이름난 사람은 청중들을 하늘로 들어올린다고 여겨졌다. Marchetto Cara도 노래로 감동시키는데 그러나 더욱 부드러운 화음으로 그리하였다. 그 화음은 흥겹고 영탄의 달콤함에 가득 차서, 마음에 부드럽게 파고들며 커다란 기쁨에 가득찬 격정을 부드럽게 새겨 넣는다. (…중략…)

Castiglione(Baldassare, (1478~1529) : 이탈리아 르네상스기의 작곡가)는 고백하기를, "모든 달콤함은 거의 독창(solo) 속에 들어 있고, 청중은 귀가 하나의 독창음에 쏠려 있을 때, 집단 가창음의 경우보다도 더 잘, 훌륭한 자세와 선율을 큰 관심으로 주목하고 이해할 수 있다"라고 하였다. 그리고, "viol에 맞추어 부르는 노래 가운데 詠唱(reciting)하는 방식이 나에게는 가장 만족스러운 것으로 여겨진다"라고도 말했다. [14]

16세기 이태리 궁정 음악의 연행에 관한 위의 기사는, 좀 더 감성적인 방향으로의 전환을 요청하였던 청중들의 수요에 부응하기 위한 악곡의 변동상에 관한 것이다. 이름난 전문 가인이 등장하고, 그들이 청중에 부응하는 수단은 독창이었다. 이 독창이 詠唱(reciting)으로 발전하는 경로에 등장하는 것이 오페라라는 새로운 양식이며, 이 양식의 성립에는 극적인 요소가 가장 중요한 역할을 하였다는 논지는 다음과 같은 설명을 필요로 한다.

연극이 더 큰 직접성과 간곡성을 요구하는 거기에 오페라의 중심 문제(朗唱 : declamation)가 다가간다. 왜냐하면, 거기에서 아리아나 앙상블, 혹은 합창의

---

[14] Robert Donington, *The Rise of Opera*, Faber & Faber, London&Boston, 1981, P. 70(원문은 생략함. 이하, 영문 인용은 번역만 실음).

갖추어진 형식이 전개되는 동안 대화가 더 이상 우물거릴 수가 없기 때문이다. 분노는 다스려지지 않고, 사랑은 기다리지 않으며, 두려움은 심란케 하고 용기는 충동질 친다. 우리가 긴박한 언어와 무절제한 행위로 표출하는 것은 바로 우리가 지닌 격정의 본태인 것이다. (…중략…) 음악은 우리 자신이 그러한 것처럼 바로 그렇게 격정적일 수 있고, 우리의 가장 격정적인 표출처럼 직접적이고 간곡하게 마음을 움직인다. (…중략…) 노래이기를 그만두지 않으려면, 음악은 영창이 되어야만 한다.[15]

극적인 효과를 거두기 위한 표현 방식으로서의 영창은 다음과 같이 설명되고 있다.

영창 형식(reciting style)은 본디 한 명의 가인이 부르는 성악 선율의 형태로 묘사되는 것이 일반적이다. 그 선율은 변조된 화성의 베이스 위로 진행되고, 베이스는 또 따라붙는 악기 반주를 받쳐준다. 그리고, 영창 형식은 다소간이라도 극적인 운문 대본을 할 수 있는 한 충실하고 생생하게 표현하려는 뚜렷한 목적으로 작곡된다. (…중략…) 공연성이 있다는 것은, 무엇이든 수사와 효과의 가치가 있는 것에 대한 옮아가는 느낌을 극화시킨다는 의미에서, 영창 형식의 본태에 들어간다는 것이다. 그리고 무엇보다도 개별 인물이 된다는 것이 영창 형식의 본태에 들어가는 것이다. 영창 형식은 무대 위에나 혹은 교회에서나 혹은 사적인 응접실에서든 제시되는 개인적인 정서를 직접 표현하는 것이다. 르네상스에서 바로크로 옮겨가게 되는 큰 요인이 영창 형식의 계발에 반영되었다.[16]

---

15 위의 책, 68쪽.
16 위의 책, 68~69쪽.

　다소 긴 인용에서 잡아내고자 하는 것은 연행 방식의 차이가 사조의 변화를 가져올 만큼의 영향력을 가진다는 점이다. 특히, 개인적인 정서를 직접적으로 표출하는 방식이란 결국 개인성의 신장이라는 시대적인 문제와도 관련된다는 점을 유의하고자 한다. 극적 표출 방식이 개인의 자유로운 정서 유출과 관련되면서 새로운 양식이 형성되는 경로를 서양의 오페라에게 반조하여 우리의 극적인 양식 ─예컨대 판소리의 생성 과정에 대한 규명에 일조할 수 있으리라고 생각한다. 아울러, 극적 표출을 활용한 서사 양식 ─새로운 소설의 창안이라는 관점에서『남원고사』계『춘향전』의 창작 과정을 재조명할 수 있는 방안도 마련되리라고 본다.『남원고사』계『춘향전』에서 등장인물들이 서로 노래를 주고받는 모습은 이미 극적인 대화가 이루어지고 있음을 알린다. 뿐만 아니라, 초야의 동방 宴樂이나 옥중 춘향의 위무라는 극적 상황을 설정하여 거기서 부르는 노래들로 말미암아 분위기가 반전한다는 구도에서 작자의 극적 의도를 읽을 수 있다. 작자가 이러한 극적 구도 설정에 능숙한 연유를 설명할 길이 없으나, 당대 가악의 향유에 정통한 전문가인 수준의 자질이 가악에 내재해 있는 극적 특성을 체득하게 하였고, 그 당대의 노래들이 애정 주제를 위주로 하는 극적 비애감에 팽만해 있었다는 조건들이 다소간의 해소를 가능하게 할 것이다.[17]

　서정적 표출의 극대화된 상태는 극적 독백에 근접한다. 이에 따라

---

[17] 이에 대하여는 김종철의「판소리의 수용과 수용의식의 변모양상」(『판소리사 연구』, 역사비평사, 1996)이 참고된다. "창과 아니리의 교체 반복을 통한 긴장과 이완의 연속적 반복, 상황적 정서에의 몰입, 평범한 주인공의 파란만장한 운명의 대서사시적 전개, 고도의 음악적 기교 등이 수용자의 감정을 끊임없이 자극하고 고양시킬 수 있는 판소리의 유인력이 계층간 구획이 무너진 새로운 감정문화 또는 감수성을 형성하였다"(131쪽) 라는 논지를 판소리의 극적 성향 강화에 연계하여 이해할 수 있다.

우리 시가 향유의 서정적인 국면이 극대화되면서 자연스럽게 극적 표출로 이끌어졌다는 논의도 무리가 없이 받아들여지리라고 본다. 춘향 담론의 서정양식화가 노래를 통하여 이루어진 사실은 『춘향전』의 여러 계통이 노래와 관련된 성격을 지닌 데에서 우선 확인될 수 있다. 「열녀춘향수절가」의 판소리다운 성격이나 『남원고사』의 가사집다운 특징이 노래와 관련을 가지는 것이며, 나아가서는 『옥중화』의 분창 형식으로 드러나는 모습도 동일한 맥락으로 파악할 수 있다. 일단 노래에 관련된 맥락을 잡아보면서, 이 맥락이 구체적으로 양식화되는 과정을 살펴보기 전에 춘향 서사가 다른 방식으로 양식화된 경우를 대비시켜 볼 필요가 있다. 노래에 대척되는 갈래는 이야기(서사)이다. "서사체가 특수한 사실과 경험과의 충실한 관계를 좀 더 일반화된 이상과의 충실한 관계로 대체하면서, 현실세계와 좀 더 덜 특수하게 관계를 맺게 됨에 따라, 서사체는 더욱 허구적이 된다. (…중략…) 현실의 이러한 허구적 일반화는 두 가지 대립적 충동에 의해서 통제를 받는다. 바로 미학적 충동과 지적 충동이 그것이고, 다른 말로 하자면 미에 대한 욕망과 진실에 대한 욕망이 그것이다. 미학적으로 통제된 허구의 극단적 형식은 바로 (…중략…) 로망스이다. 지적으로 통제된 허구의 극단적 형식들을, 이 형식들이 현실세계와 어느 정도 특수하게 관계를 맺든 맺지 않든 상관없이 우리는 교훈적(didactic)이라고 칭한다"[18]라고 규정하였을 때, 앞서 제시한, 극적 표출을 지향하는 노래로 엮어 내는 산물이 소설이든 판소리든 이들은 미학적 충동에 이끌리는 것으로 볼 수 있다. 이들을 향유하는 작자나 수용자는 춘향 서사의 적극적 동의자로서 이

---

[18] R. Scholes · R. Kellogg, 임병권 역, 『서사의 본질』, 예림기획, 2001, 141쪽.

서사가 지니는 의미를 정서적으로 고양된 단계에서 음미하게 된다. 반면에, 같은 춘향 서사를 대상으로 하면서도 그 의미를 지적으로 이해하고 전달하려는 의도를 보이는 산물들이 있다.

현전하는 기록물로서는 최초의 〈춘향가〉를 담고 있는 만화당(晚華堂) 류진한(柳振漢, 1711~1791)의 「춘향가(春香歌)」(1753)는 총 200구의 7언 한시로 이루어져 있다. 일종의 기속악부에 해당하는 이 작품은 악부시의 본령에 충실하게, 관찰하는 시각을 놓치지 않고 있다. 기술자는 사건(연행 현장이나 연행물 내의 사건)에 몰입함이 없이 기술에 필요한 일정한 거리를 유지하고 있다. 그는 역사의 기록자이거나 풍속의 보고자 외에 다른 역할은 거부하고 있다. 그렇기 때문에 연행물과 관련된 기술인 앞부분을 이은 결구(結構) 부분에서 토로하는 기술자의 의견은 사평(史評)이나 논평(論評)과 같은 성격을 띨 따름이다. 166구~190구에 이르는 장황한 치사는 열녀 포상의 사회적 담론을 재현하였다. 그런데, 191구부터는 자신의 기술물에 대한 의견이 표명되고 있어 주목을 요한다.

의춘 진사 〈여승가〉에도, 두미에서 가약 맺기 몇 년이나 걸렸나

미친 마음에 색을 밝혔다고 세상이 혹 기롱해도, 헐뜯음 관여찮고 큰 기쁨 함께 했다

마침내 영의정 좋은 벼슬 했으니, 구구한 祭官 벼슬이야 부러울 것도 없지[19]

---

[19] "宜春進士女僧歌 佳約何年逢杜渼
狂心好色世或譏 度外讒言同伯嚭
當來好爵領議政 不羨區區楚司烜"

〈여승가〉는 편지 왕래형 가사로 규정된 작품이다.[20] 이 작품이 실사에 기반하고 있음이 밝혀지기도 했거니와,[21] 여러 차례 반복되는 화답의 형식으로 엮어진 연작형의 이 작품은 결국 노래와 노래가 이어지는 가운데 서사물로 진전하는 양식적 특질을 지닌 것으로 판정할 수 있겠다. 만화(晚華)가 세속적 애정을 주제로 하는 당대 유행 가사에 관심을 가진 것도 이채롭거니와, 만화(晚華)의 심중에는 이 작품이 〈춘향가〉와 동일한 성격을 지녔다는 판정도 들어 있다고 본다. 실사이든 허구이든 서사적 맥락을 노래를 통하여 재현하는 방식을 두 작품 간에 확인하고 거론한 것으로 보아야 하겠기 때문이다.

춘향 서사의 지적 충동에 의한 양식화가 악부시의 객관적인 기술 태도로 드러나는 모습을 晚華의 「春香歌」에서 확인할 수 있었거니와, 이와 같은 기술 태도는 뒤에 이루어지는 「광한루악부(廣寒樓樂府)」 같은 데에서도 지속된다. 「광한루악부」의 기술자는 만화보다 한 세기 정도 뒤의 인물로서 여항민요에 대한 인식이 일반화된 단계에서 〈춘향가〉 자체의 체제와 가치를 존중하는 태도를 유지하였다. 7言 4句 1疊의 형식으로 전부 108疊으로 이루어졌는데, 서두부 3疊을 要令·轉語로, 결구 2疊을 總論·結局 등으로 분류해 놓은 뒤, 나머지 부분을 모두 분창 표시를 해 놓아서 판소리의 연행 체제를 고수하였다. 이 같은 춘향 담론에 대한 지적인 방향에서의 양식화가 극대화된 예는 수산자(水山子)의 「광한루기(廣寒樓記)」에서 찾아볼 수 있다. 한문으로 쓰여졌으며, 평

---

20  김유경, 「편지왕래형 구애가사 연구」, 『연민학지』 5, 연민학회, 1997.
21  안대회, 「연작가사 〈승가〉의 작자와 작품성격」, 『한국시가연구』 제26집, 한국시가학회, 2009.

어를 수반한 演本의 체제를 갖추어 동시대에 광포되었던, 淸 김성탄(金聖嘆)의 「서상기(西廂記)」를 모의한 듯한 인상을 준다. 그러나 동홍선생(冬烘先生)으로 표상된 권선징악적 문예관과 수산자(水山子)나 운림초객(雲林樵客)으로 표상된 진보적 문예관을 대비시키면서, 사실주의적 성향을 추구하고 있다는 점에서는 새로운 이념을 지향하는 일정한 지적 동향을 보여주고 있다. 이와 같은 지적 욕망에 이끌리는 서사 성향은 뒤에 나타나는 토의체 소설 등으로 발전한다고 볼 수도 있으며, 더 나아가서는 근대 초기의 계몽 담론과도 연원적인 관련을 지닌다고 할 수 있겠다.


## 2. 『남원고사』계 『춘향전』의 양식적 지향


　춘향 서사가 문학 양식화하는 두 가지 경로 가운데 지적인 방향에 대한 논의를 마무리하고 난 나머지 다른 방향, 미학적인 충동에 이끌리는 방향은 보통 소설이라고 범칭하는 분야를 향한다. 근대 이전까지 고소설의 큰 줄기를 이룬 유형은 영웅소설과 판소리계 소설로 잡아볼 수 있다. 영웅소설은 주인공의 일대기라는 전기적 사항이 중심이 되고, 판소리계 소설은 판소리라는 동시대 연행 양식과 관련을 가진다. 천상적 존재로서의 비범한 탄생과 지상의 활동, 그리고 승천을 궤적으로 하는 영웅 주인공의 생애 안에는 세계를 이해하는 일정한 시각이 담겨 있다.

가지적인 것과 불가지적인 것, 신성한 것과 세속적인 것, 순선한 것과 간악한 것의 대위를 통하여 구축되는 이원적인 세계는 영웅의 활동을 통하여 통합적으로 지향된다. 그 통합상이 현존하지 않는다는 의식은 영웅소설의 세계를 이상적이고 낭만적인 것으로 규정하게 한다. 세계에 대한 이런 방향의 이해는 현세 부정의 성향을 지니면서 현존을 대체하는 인물 형상을 필요로 한다. 영웅 주인공이 그런 인물 형상의 전형이라고 할 수 있다.

『남원고사』계 『춘향전』의 노래하는 주인공과 노래판으로 짜여진 작중 세계는 현존하지 않으면서도 현존의 이면에 밀착되는 모습을 보인다. 노래로서 인식하는 세계는 내면적으로 통합되면서 현존을 이탈하지만, 노래하는 존재는 현장성에 영향 받는 현재적 존재이기 때문이다. 『남원고사』계 『춘향전』이 택한 형상화의 방향이 노래의 서정적 발현에 이어지는 것이기에 인물과 사건 같은 서사적 요인이 아직 구체화의 단계를 밟지 못했다고 볼 수도 있다. 그러나 주인공에게서 영웅 주인공의 조건이 되는 비범한 천상적 존재로서의 자질을 사상하고, 노래 부르는 현장의 존재로서 규정한 의도 가운데에는 실재하는 구체적 인물에 대한 관심이 내재해 있다. 『남원고사』계 『춘향전』의 작자처럼 그렇게 다양한 노래에 대한 지식을 간직할 수 있는 자질은 전문 가인(歌人)이나 그 주변 인물이어야 가능할 것이다. 그는 노래를 통하여 새롭게 변조되는 세계의 실상을 감지하고 있는 자이며, 따라서 그가 이상적으로 구축하는 허구의 별세계도 실제의 노래와 노래판을 바탕으로 하였다. 이 노래판의 세계는 세밀한 관습에 의하여 규제되는 직접적인 구체성을 구비하며, 이 세계를 작중에 들여 놓을 수 있는 조가적 역량은 노래판의 관습에 익숙한 단계에서만이 얻을 수 있는 것이다. 『남원고사』계 『춘향전』의 서사적 성취도는 왜곡된 사회적 실상을 덮고 있는 만연한 노래판의 본질을 파악하는 지점에서부터 진전하였다고 할 수 있다. 고통과 굴곡에 매인 당대인들을 위무하는 것이 노래이며, 괴로움 속에서 부르는 노래는 서정적 흥취를 넘어서는 자기 표백(表白)의 단계에 이르면서 극적 담화로 발전한다는 원리를 인지하고 있었던 작가는 당대의 사회 실상을 중심에서 파악하여 문학적으로 형상화하는 데 성공할 수 있었다. 이런 점에서 『남원고사』계 『춘향전』 작자의 서사적 역량이 영웅소설의 이상추구형 작가와 구별되는 우월한 것으로 평가할 수 있다. 서정적 발화인 노래의 포장에 싸인 별개의 서사물을 구축하는 경로를 발견했다는 점에서 그의 작가적 역량은 천재적이라고 할 수 있다.

이본이 형성되는 시기의 유행 곡목을 첨가하여 새로운 노래판을 짜내는 것을 이본 성립의 주요 수단으로 삼은 『남원고사』계 『춘향전』의 형성과정은 이본 성립 당대의 가악 향유상에 바탕하여 밝혀낼 수 있을 것이다. 예를 들어, 춘향을 비롯한 남원 거주인들이 부르는 것으로 되어 있는, 남원 지역 유통의 노래들이 주를 이루는 『남원고사』와 관서 지역 관련 주제 곡목이나 유흥공간에서의 애창곡인 새로운 종류의 노래들이 주를 이루는 도남문고본 『춘향전』은 그 제시된 정황이 판이한 것이 사실이다. 도남문고본의 작자가 과감하게 사건 배경을 관서지방으로 옮기지 못한 것은 시대적 한계이겠지만, 그의 정서가 『남원고사』의 작자와 성분이 다르다는 사실만은 뚜렷이 밝힌 셈이다. 노래를 통한 서사를 기도하는 전통을 계승하는 입장에 서 있는 그로서는 노래

의 종류를 다르게 하는 이상의 변개는 필요하지 않았을 것이다. 『남원
고사』계 『춘향전』들에 실린 노래들은 이본 성립 시기의 향유 정황을
반영하여서, 그 노래들의 배열 자체가 사회 질서의 한 부분인 가악의
체제를 모방한 것으로 볼 수 있다. 그리고 이 반영 사실은 『남원고
사』계 『춘향전』의 작자들이 가장 주요한 서사 요인으로 파악하고 있는
것이다. 노래의 배열이 달라짐으로써 변동하는 작품세계는 『남원고
사』계 『춘향전』의 중심 의도 — 노래를 통한 극적 정황의 제시에 대한
뚜렷한 증거이다.

　노래에 의한 극적 제시는 판소리의 주요 진술 방식이기도 하기 때문
에 이것만으로 소설 양식의 성립을 추단하는 데에는 한계가 있다. 여
기서, 정황의 제시라는 극적 성향에 대한 문제를 좀 더 들여다 볼 필요
가 있다. 정황은 사건이나 인물 자체의 구체성을 희석하면서 현존하지
않는 것을 암시하는 역할을 한다. 정황 제시에 의한 표출은 현존을 한
시적이거나 대리적인 것으로 파악한다. 초월적이거나 영속적인 것은
현존하지 않으면서 현존을 지배한다. 극적 정황이 궁극적으로 재현하
고자 하는 것은 이 비현존의 실재이다. 극적 구조 속의 노래와 이야기
가 조화롭게 공존하기 위해서는 비현존의 실재를 찬양하는 방향을 택
하거나, 아니면 두 성향이 상충하는 그대로를 극적 구조의 본질로 수용
해야 한다. 오페라의 예를 다시 끌어 온다면, "오페라의 비합리성은, 합
리적인 요소가 사용되면서, 확고한 현실성을 추구하는 동시에 음악에
의하여 그 현실성이 불식된다는 데에 놓여 있다. 죽어가는 인물은 현
실적이지만, 만약 동시에 그가 노래를 부른다면, 우리는 비현실의 영
역으로 옮겨가게 된다. (…중략…) 이 상충은 그 형식 속에 너무나도 깊

이 자리잡고 있어서, 영창(the recitative)과 같은 중간 방안으로는 해결될 수가 없다. 영창은 오페라 형식 가운데 대조(contrast)를 일으키는 역할을 확실히 맡고 있기 때문이다. (…중략…) 만약 오페라에 어떤 의미가 있다면, (…중략…) 그 의미는 상충 자체 속에서 찾아져야 할 것이다"[22] 라는 언급이 유용할 것이다. 오페라에서는 "평범한 인간들이 영웅이나 혹은 신들로 분장하는데, 이 분장이 그들이 부르는 노래와 비슷한 것이다. 노래를 통하여 그들은 상승하며 변형된다. 그 과정은 특수하게 이념적이라고 할 수 있는데, 그러한 변형이 일상적인 존재에게 일어나면서, 그저 심상히 있기만 한 것이 마치 그 심상한 존재가 이미 더 위대해진 것처럼 자신을 제시하며, 또한 오페라의 관습 속에 투영된 모습의 사회 질서가 마치 절대적이거나 이상적인 세계의 질서인 양 동일시된다는 점에서 그러하다."[23]

오페라의 상충하는 세계는 노래에 의하여 조섭될 수밖에 없는데, 이런 과정은 우리의 판소리에서도 그대로 드러나는 점이다. "'춘향가'의 전편은 완만과 급속을 적절하게 조절하면서 서사적으로 진행되어 나가는데, 이러한 서사적 진행은 평면상의 움직임이라 할 수 있다. 이러한 평면상의 움직임을 입체화시키는 것이 '춘향가'의 극성이다. '춘향가'의 극성은 물론 서사적 진행만을 입체화시키는 것이 아니라 서정적 국면도 입체화시킨다. 예컨대, 옥중의 춘향이 비탄조의 옥중가를 부를 때, 늦은 장단의 진양조에다가 슬픈 가락의 계면조를 조합하여 마치 창

---

22　Thedor. W. Adorno, "Bourgeois Opera", *Opera Through other Eyes*, Stanford University Press, 1993, pp.36~37.
23　위의 책, 38쪽.

자 자신이 옥중의 춘향인 것처럼 탄식하는데, 그것은 창자가 극적인 감정이입을 이룬 상태에서 부르기 때문에 현실적인 상황처럼 입체화될 수 있는 것이다."[24] 여기서 입체화라는 개념은 "현실적인 상황처럼" 구체화된다는 의미뿐만 아니라, 형식 구조상의 특징과 관련된 것이기도 하다. "'춘향가'가 창과 아니리의 교체반복, 빠른 장단과 늦은 장단의 교체반복, 슬픈 정조와 힘차고 경쾌한 정조의 교체반복으로 이루어진다고 할 때, 이러한 음률적 교체반복이 정서의 교체반복, 즉 숭고·우아·비장과 골계, 또는 긴장과 이완, 또는 몰입과 해방과 같은 정서적 변환 장치로 기능하기도 하고, 나아가 인물들의 갈등을 누적적이고 진행적인 갈등이 아니라 상황적인 갈등으로 보이게 하는 중요한 원인이 되기도 한다."[25]

판소리 〈춘향가〉가 발전해 온 모습은 현전 창본에 대한 대조 분석 작업에서 밝혀진 바 있다. 우수한 광대를 중심으로 계파 간에 고유한 바디를 전승해 내려오면서 창본의 확장이 이루어진 경로는 다기하게 펼쳐져 왔다. 판소리 계열의 『춘향전』이 형성되어온 길도 판소리의 발전과정과 무관하지 않으리라는 추측은 창본과 소설의 내브 구조 대비로 입증될 수 있었다.[26] 『남원고사』계 『춘향전』에서도 서술자와 작중 인물 간의 관련이 광대와 판소리 내부의 창자로 전환될 수 있다. 그렇기 때문에 『남원고사』계 『춘향전』을 초기 판소리의 관련물로 파악할

---

24 김현주, 『판소리 담화분석』, 좋은 날, 1998, 106~107쪽.

25 위의 책, 135쪽.

26 이에 관한 비교적 최근의 논의 가운데, 배연형, 「『별춘향전』(완판 29장본)연구」,(『판소리연구』 제22집, 판소리학회, 2006)에서 소설과 판소리 창본과의 관련을 "당대 김세종제 계통의 소리를 선호하던 청중들이 '수절가' 계통의 춘향전을 탄생시켰다면, 고제 소리 청중들이 '꾀춘향전'을 탄생시켰다고 본다"(218~219쪽)라고 정리한 견해가 참조할 만하다.

수도 있다. 이때의 판소리란 물론, 세련된 향유 관습이 마련되기 이전의, 단순히 다종다양한 노래들의 집적물로서의 성긴 모습을 한 초기 판소리의 원모습이어야 할 것이다. 중고제 판소리의 존재를 중시하는 판소리 연구자들은 판소리의 초기 형태를 가사와 관련 있는 것으로 파악하기도 하였다.[27] 이처럼 가사가 초기 판소리와 가지는 관련을 중심으로 『남원고사』계 『춘향전』을 바라보면, 그 작품의 서두에 모여 있는 기다란 가사 작품들의 연속체[28]를 예사롭게 볼 수가 없다. 여기 모인 가사 작품들은 유동적인 변개의 기미를 품고 서로 간에 어구의 차용, 조합, 이동 등의 활동을 통하여 결속되어 있다. 말하자면 이들 가사들은 20개 내외에서 조합수를 변동해 나오다가 12가사로 귀결한 가창가사의 행로를 암시하는 존재들이며, 현존하는 모습과는 판이한 19세기 후반 당대의 허두가 목록이라고도 할 수 있다. 이들이야말로 "영산선성(靈山先聲)"이라고 지칭되던 가창가사류의 본모습이 아닐까?[29]

---

27 정출헌, 「판소리 담당층의 변화에 따른 19세기 판소리사와 중고제의 소멸」, (『민족문화연구』제31집, 고려대 민족문화연구원, 1998) 262~265쪽에서 靈山(판소리단가)과 가창가사를 구별하면서, "판소리가 격식을 갖추고 연행되기 시작하면서 歌詞唱으로 불리던 몇몇 노래를 판소리에 앞서 부르던 관습 때문에 두 갈래 사이에 혼동이 생겼으리라는 추정을 하였다. 그리고, 판소리의 성립을 가창가사의 연계선상에 두는 백대웅 교수의 논지[가곡 → 시조 → 가사 → 영산의 예와 같이 불규칙 장단이 규칙 장단으로 바뀌는 18세기의 시대성이 판소리 성립 요인이라는 설 : 「판소리 생성의 시대성」, 『다시 보는 판소리』(어울림, 1996)] 를 원용하여 이 추정을 뒷받침하였다.

28 〈낙빈가〉, 〈강촌별곡〉, 〈장사탄〉 등의 가사를 조합하였다.

29 이와 관련하여, 앞으로 해결해야 할 문제는 19세기 말의 신재효 판소리 창본이 전일하게 가사체를 사용하고 있으면서도 줄거리 전개 방식은 완판 『춘향전』을 따르고 있는 점이다. 앞 선 시기의 판소리 창본으로서 가사체를 사용하고 있는 것은 초기 판소리의 면모를 유지함이요, 완판 계열의 구성을 따름은 호남 지역 판소리에 대한 반영이라고 한다면, 판소리사의 시기별·지역별 전개 과정을 좀 더 구체적으로 해명할 수 있는 단서가 찾아지지 않을까 한다. 이에 대하여는 판소리 학계의 관심이 요구되는 바, 판소리의 성립에 가곡이나 가사가 관여한 맥락을 찾지 않고서는 이 문제의 해결은 어려우리라고 본다.

위와 같이 『남원고사』계 『춘향전』의 서두부를 판소리 허두가와 관련지어서 이해할 때 본사가(本事歌)에 해당하는 부분 머리의 "이 셰상의 미오 이상ᄒ고 신통ᄒ고 거록ᄒ고 긔특ᄒ고 픠려ᄒ고 밍늉ᄒ고 희한ᄒ 일이 잇것다"(『남원고사』)라는 허두가를 마친 광대의, 본사가 시작을 알리는 아니리 서술부로 이해할 수 있다. 『남원고사』계 『춘향전』의 주요 전환부에 나타나는 이러한 서술 부분을 판소리 창의 단락마다 나타나는 아니리와 동질적인 것으로 파악할 수 있다. 『남원고사』계 『춘향전』의 작자는 분명히 판소리의 구조를 활용하여 노래로 엮어진 서사물을 구성하려는 의도를 가지고 있었다. 그러나 『남원고사』계 『춘향전』에는 전일하게 판소리 구조로만 파악되지 않는 부분들이 남아있다. 우선, 판소리 계통과 확연히 다른 특징으로서 주요 대목을 노래판으로 전환하여 변용한 점을 들 수 있다. 이도령과 춘향의 초야 장면, 이별 장면, 어사 하행 중 농부들과 수작 대목, 남원 왈자들의 옥중 춘향 위로 장면, 옥중 탄식 장면 등 주요 대목에서는 어김없이 기다란 노래들의 조합이 이어짐으로써 서사 맥락을 대신하고 있다. 이들 노래들이 주로 전편이 제시됨으로써 연행의 실제적 정황을 반영하고 있는 점도 판소리 계통과 다른 특질이지만, 노래들의 배합이 곡목의 성격이나 연행 차제 등에 따라 현실 연행상의 재현으로 드러남도 특이한 현상이다. 앞서 거론했듯이 『남원고사』계 『춘향전』의 작자는 전문 가인이거나 그 주변 인물이어야 하는 필연성이 그러한 특질에 기인한다.

『남원고사』계 『춘향전』의 작자는 그 위에, 인용하는 노래들을 고착적으로 수용하지 않고, 작품 분위기에 어울리게 변개하거나, 아예 신작을 지어내기도 하는 역량을 지니기도 하였다. 시가 작품은 매 작품마다 고유의 율성을 지니고 있으며, 작품마다의 독자적인 의미 내용은 결국 이 율성을 통하여 전달되는 것이라고 할 수 있다. 『남원고사』계 『춘향전』의 작자는 여러 작품을 조합하거나, 원사를 변개함으로써 새로운 작품을 산출해 내었으며, 거기에는 또 다시 고유한 율성이 개재하기 마련이었다. 이 율성이 변동하는 범위는 가창가사의 단조로운 4음보격을 벗어나지 않는 경우도 있지만, 때로는 규정되지 않는 복합적인 율성으로 드러나기도 하였다. 서울 출신으로 설정되어 있는 이도령이 부르는 "타령류"의 노래들에 이 복합적인 율성이 관여하고 있는 것을 볼 수 있는데, 이 가락은 서술 부분으로 이어져 동일한 분위기를 유지하기도 한다.[30] 수사적인 특징으로 볼 때에도 서정적 압축을 통하여 대

---

30  예를『남원고사』의 남원 산천경계 묘사 대목으로 잡고, 시행 구분을 하여 그 둘쭉날쭉한 율성
의 실상이 드러나도록 해 본다.
"산천경기롤 녁녁히 숣혀보니,
산은 첩첩 천봉이오, 슈는 잔잔 벽계로다.
긔암층층 절벽간의 폭포쳥파 써러지고,
장숑은 울울ᄒ고 벽도화 난만ᄒᄃᆡ,
곳 쇽의 잠든 나뷔 즈쳐 쇼리의 헐헐 날고,
연상의 노는 빅구 우성변의 한가ᄒ다.
치어다 보니 만학천봉, 구버보니 층암은 절벽이라.
원산은 종종 근산은 첩첩,
틔산은 쥬츔 낙화는 동동 간슈는 잔잔,
이 골 물 져 골 물 한ᄃᆡ 합슈ᄒ여,
구뷔구뷔 츌넝츌넝 흘너 갈 졔,
솟츤 픠엿다가 제절노 지고,
입흔 픠엿다가 한졀을 당ᄒ면,
광풍의 다 써러져 쇽절업시 낙엽이 되어,
아조 펄펄 훗날니니 그도 쏘ᄒᆞᆫ 경이로다.
쏘 ᄒᆞᆫ 곳을 숣혀보니, 버들이 버러시되
당버들의 기버들 슈양버들 능슈버들, 싀로 낫다 홍제원버들
츈풍이 불 제마다 너훌너훌 츔을 츄고,
함젼도화부상류는 가지가지 봄빗치라.
화즁두견류상잉은 곳곳마다 봄쇼리로 난만이 지져괴고,

상을 내면화하는 정돈된 율성보다는 열거법을 통하여 대상을 외화(外華)시키는 불균정한 율성은 발화의 의도에서 차이를 보인다고 할 수 있다. 열거적인 수사가 지향하는 발화의 도달점은 고착된 시각으로 규정된 이전의 세계와는 다른 변화하는 세계일 것이기 때문이다. 그러므로 4음보격에서 복합적인 율격으로 넘어가는 이 변화하는 율성의 흐름 가운데 새로운 양식에 대한 기대를 감지할 수 있다. 이 느낌에 의지하여, 낭송을 위주로 하던 독서 관습이 유지되던 당대의 여러 가지 율문 문체의 총합이 새로운 소설 양식으로 발전하였다는 가설을 제시해 볼 수도 있을 것이다.

작품의 구조나 의미상의 맥락으로 볼 때에 〈춘향가〉와 같은 지향을 지닌 듯하면서도, 『남원고사』계 『춘향전』은 판소리와는 구별되는 양식적 지향을 지니고 있다. 앞서 지적한 노래를 통한 극적 제시라는 항목에서도 판소리와 그 제시 형식을 달리함은, 연창자의 역할의 다름에 따르는 것이다. 판소리는 궁극적으로 광대의 실제 연창을 위한 대본이

---

화간접무분분셜이오 뉴상잉비편편금을,
졈졈낙화쳥계변의 구뷔구뷔 쩌나가고,
또 혼 곳 바라보니, 각싁초목 무셩ᄒ다.
어쥬츅슈이산츈ᄒ니, 무릉도원 복셩화꼿.
츠문쥬가ᄒ 쳐지오, 목동요지 힝화꼿.
북창삼월쳥풍취ᄒ니,옥창오경 잉도화꼿.
위셩조우읍경진ᄒ니, 긱스쳥쳥 버들꼿. 난만화중 쳑촉화
고츄팔월진암초ᄒ니, 만지츄상 국화로다.
동졀츈싱졀ᄒ니, 요님군의 명협화.
셕양동풍 히당화, 절벽강산 두견화.
벽희슈변 신이화요, 슈부목 무궁화.
길픠화계 무금화, 흰초 난초 킈ᄀᆞ튼 파초.
모란 작약 월계 스계, 치즈 동빅 종녀 오동.
왜셕뉴 화셕뉴, 영산홍 왜쳑쥭.
포도 다리 으흐름너츌 얼그러지고 뒤트러졋다"

며, 연창자는 광대라는 사회적 의미를 부여받는 현실 존재라고 한다면, 『남원고사』계 『춘향전』 안의 연창자들은 연창을 위한 존재가 아니라, 연창을 통하여 성격이 드러나는, 곧 노래의 종류가 달라짐에 따라 각기 다른 성격 부여가 이루어지는 형상 존재들이다. 이 차이에서 비롯되는 여러 단위 구성 요소상의 차이는 판소리 〈춘향가〉, 또는 판소리계 『춘향전』과 『남원고사』계 『춘향전』을 각기 다른 양식으로 파악하게 한다.

『남원고사』계 『춘향전』 안의 다종다양한 시가들의 배합 양태를 분석한 앞 장의 작업에 이어서, 이 배합의 의도가 무엇인가를 묻는 이번 장에까지 이르면서 도달한 결과는 이미 앞에서 제안한 바 있는 "창작 소설론"이다. 노래의 서정적 흥취에 의지하는 소설 구상은 영웅소설의 낭만적이고 이상추구적인 작품 세계를 이어받았으면서도, 새로운 경지를 열어 나갔다. 노래판을 서사 공간으로 전환하는 서사방식은 전문 가인(歌人) 수준의 향유가 가능한 작자에 의하여 구체화될 수 있었다. 향유 관습과 노래의 체제에 대한 깊은 감식안이 없이는 노래와 이야기를 결합하는 일이 불가능하기 때문이다.

노래를 통하여서만이 가능한 서사는 노래 애호의 분위기가 무르익은 사회적 조건이 허락하였겠지만, 춘향 이야기를 새롭게 서사양식화하려는 의도는 기존의 소설 양식에 대한 이해를 기반으로 한 작품의 창작이 곧 새로운 양식의 창안이라는 작가의식에 의하여 가능한 것이었다. 『남원고사』계 『춘향전』이 세책으로 제작되었다는 점은 이러한 작가의식에 대한 일정한 시사점을 던진다. 독자 대중의 기호를 적절하게 반영함으로써 세책의 효율을 높이려는 의도가 작가의식의 형성에 영향을 미쳤을 것이기 때문이다. 판소리계 『춘향전』이 판소리 공연의 재연으로써 독자들의 관심을 끌었다고 한다면, 『남원고사』계 『춘향전』은 당대 애창곡목을 배열한 가집으로서의 역할로써 독자의 흥미를 끌었을 것이다.

여기까지가 자료를 바탕으로 한 이번 작업의 도달점이라고 한다면, 다음과 같은 사항은 소설·판소리·시가 간의 관계를 일반화할 수 있는 단계에서 확정할 수 있는 여지가 있는 문제라고 하겠다.

첫째, 노래를 통한 서사 방식이 지속되는 소설 작품들에 대한 문제이다. 구활자본 소설 가운데 『춘향전』을 모의했다고 알려진 『옥단춘전』에는 본관 생일잔치에 광대들이 줄이어 등장하면서 〈사시풍경가〉, 〈안빈낙도가〉, 〈초한가〉, 〈영산가〉, 〈사친가〉, 〈짝타령〉, 〈몽유가〉, 〈강호별곡〉, 〈백발가〉, 〈악양루가〉 등의 노래를 연달아 브르는데, 이들 노래들의 성격이 작품 생성 당대의 가악 향유상을 반영하고 있을 뿐만 아니라, 잔치의 들뜬 분위기 묘사를 노래로써 대신하는 서사 방식에서도 『남원고사』계 『춘향전』을 잇고 있다. 이 밖에도 신구서림에서 1913년에 간행한 『추풍감별곡』은 말미에 이 소설의 총결(에필로그)에 해당하는 가사 〈추풍감별곡〉이 실려 있다. 이들 구활자본 소설들은 주인공을 기생으로 하고, 배경을 기루 주변에 잡음으로써, 당대의 사회 풍속을 일정하게 반영하고 있다. 이런 성향의 작품들이 후일 기생 주인공의 근대소설로 옮아가는 문제도 관심을 가져볼만 한데, 이 관심은 결국 『남원고사』계 『춘향전』처럼 노래와 이야기를 결합한 서사 방식의 연원으로 더듬어 올라가는 일을 필요로 할 것이다.

둘째, 근대소설의 특징인 인정세태의 묘사나 내면 심리묘사의 앞선 모습을 『남원고사』계 『춘향전』에서 찾을 수 있다는 점이다.[31] 이 계통의 출발인 『남원고사』에서부터 이미 노래를 통한 묘사의 곡진함이 이루어졌지만, 이는 한문 애정소설에서 한시를 수창하면서도 실현되었던 사항으로, 운문을 통한 인간 정서 표출이라는 보편적인 차원에서 다루어질 수도 있을 것이다. 그러나 『남원고사』계의 후행본으로 가면서 더 곡진해지는 묘사는 그 정도의 심화를 가져오는 진원이 따로 있다는 생각을 그칠 수 없게 한다. 춘향과 이도령의 애정의 깊이를 양인이 각기 제삼자에게 전하기 위하여 설정한 토로 대목(이도령과 마부 수작 대목 / 이별한 춘향의 탄식 대목)[32]을 보면 당대인들이 애정에 대하여 가진 특수한 인식을 엿보게 한다. 그들은 왜 남녀 사이의 사정(私情)에 그토록 집착하였는가? 주인공들이 닫힌 체제 안의 자유를 초야 동방에서 찾았던 것처럼, 당대인들은 혼돈한 사회상 앞에서 개인적인 애정에의 몰입을 유일한 희망으로 삼았던 것인지도 모른다.

---

31  기생 여주인공의 운명을 다룬 애정 주제의 근대 소설이 『춘향전』의 전통을 이었다는 견해는 이런 점에서 공감할 여지가 있다.

32  특히, 도남문고본 『춘향전』이 이 방면에 능란한 솜씨를 보인다.

제7장

# 맺는말

　이 글은『남원고사』의 세책본의 특징 가운데 하나인 줄거리의 장형화 과정에서 활용된 삽입가요를 살펴보면서 그것이 판소리 〈춘향가〉와 어떤 관계에 있는지 살펴보았다.『남원고사』에는 다양한 형식과 내용의 가요가 실려 있는데, 이들 가운데는 기존 가요들이 그대로 실린 작품도 있고, 작품의 줄거리나 상황에 맞도록 기존 작품을 변개시킨 작품도 있으며, 일부는 줄거리나 상황에 맞춰 창작된 작품도 있었다.

　『남원고사』와 〈춘향가〉의 삽입가요를 비교하여 살펴보았더니,『남원고사』에 실려 있는 가요는 판소리 〈춘향가〉에 삽입된 가요와는 종류와 내용이 다른 것이 대부분이었다. 곧 〈춘향가〉의 삽입가요는 기존 작품보다 창작 가요의 성격이 강한 작품이 많은 데 비해『남원고사』에 실린 가요는 당대 서울에서 유흥의 목적으로 불리던 기존 가요가 다수를 차지하고 있었다. 뿐만 아니라『남원고사』와 〈춘향가〉에 같은 제목으로 실려 있는 가요라고 하더라도 그 내용이 공통된 경우는 거의 없었다. 이러한 사실로 미루어볼 때『남원고사』는 판소리 〈춘향가〉와는 무관하게 성립된 작품일 가능성이 더 크다. 바꿔 말하면『남원고사』는 판소리의 단계를 거쳐 이루어진 작품, 곧 판소리계 소설이 아니라 당대에 유행하던 가요를 춘향 서사에 적극 활용하여 장형화를 이룬 일종의 가집형 소설과 같은 작품이라고 할 수 있다.

현재 전승되고 있는 다수의 가집에 실린 가요와『남원고사』에 실린 가요를 비교해 보면 흥미로운 점을 발견할 수 있다. 그것은『남원고사』에 실린 가요들이 연행적 성격을 가진 가집들의 가요들과 관련되어 있다는 점이다. 이러한 점은『남원고사』에 실린 가요들이 유흥적 성격이나 분위기에 맞는 작품들 위주로 선택되었을 가능성을 시사하고 있다. 말하자면『남원고사』의 작자는 세책본 소설의 상품성을 높이기 위한 방안으로 유흥문화와 관련이 깊은 가창가요, 곧 당대 서울에서 불리던 가요를 작품의 서사화에 적극적으로 활용한 것으로 보인다. 작품 내용을 살펴보면『남원고사』의 작자는 새로운 유흥문화에 관련된 변천하는 가요사의 실상을 반영하기 위하여 서울 출신의 이도령에게 새로운 경향의 노래를 부르게 하고, 이와 대조적으로 춘향은 아직 지방에 남아있는 전 시기의 노래들을 부르게 하였다.『남원고사』의 작자는 시가의 여러 가지 종류에 대하여 해박한 소양을 지녔을 뿐만 아니라 시가사가 변천해 나가는 방향까지도 전망할 수 있는 '가객'이요 '좌상객'으로서의 자질을 갖추었다. 그렇기 때문에 수많은 당대의 가요를 싣고 있는『남원고사』는 서민 광대의 연행과 관련된 판소리 사설 정착본이 아니라 취미와 교양으로서의 향유가 목적인 양반 시가문화의 영향으로 편찬되던 시가집으로서의 특징을 더 많이 지니고 있다고 할 수 있다.

필자들의 논의가 여기에 이르기까지는 판소리 연구에 대한 기존의 성과가 음양으로 참조되었다. 비록, 시가사 발전이라는 요인을 대입하여 판소리의 정착이 판소리계 소설이라는 기존의 논의와는 상당한 거리를 두고 객관화할 수는 있었지만, 줄거리 면에서는 『남원고사』가 판소리 〈춘향가〉와 관련을 가지는 산물임은 끝까지 남아 있다는 사실이다. 따라서 필자들은 『남원고사』를 다종다양한 시가들이 등장했던 '잡가' 단계의 시가집의 하나로서 볼 뿐만 아니라 역시 다종다양한 노래들의 총합체인 판소리와 관련해서도 볼 필요가 있다고 생각한다. 이에 관한 논의가 당연히 아우러졌어야 하지만, 현 단계의 판소리 연구 성과에 기대어서는 이 문제를 쉽게 풀어나갈 수가 없었다. 필자들은 다만 『남원고사』에는 완판본 『춘향전』으로 귀결하는 판소리와는 다른 계통의 판소리 발전사가 관여하고 있으며, 이 판소리는 아마도 가사창에 가까웠다는 고형 판소리로부터 나온 지 얼마 되지 아니하는 계통이리라고 짐작하고 있을 따름이다.

『남원고사』는 호남 판소리 광대의 가창 방식과는 다른 서울에 거주하던 가인들이 연창하던 가창가사 위주의 가창 방식으로 성립되었을 가능성이 있다. 그러므로 지금까지 논의되었던 전라도 무가나 육자배기에서 판소리가 발생하였을 것이라는 주장을 재검토할 필요가 있다. 아울러 최근 배연형 등에 의하여 새롭게 제기된 중고제 기원설, 곧 판소리가 서울 경기에서 시작하여 충청도를 거쳐 전라도로 내려갔다는 주장도 음악과 관련지어 새롭게 조명해볼 필요가 있다고 본다. 이를 후일의 과제로 남기며 이 글을 마무리한다.

**참고문헌**

## I. 저서 및 자료집

『가곡』, 연세대 도서관(소장).
〈노인가〉, 일본 동양문고본 「가사육종」(1850년 무렵)
『뿌리깊은나무 판소리 〈춘향가〉』, 한국브리태니커회사, 1982.
〈사랑가〉, 김소희 창.
〈집장가〉, 『악부』(고려대 소장. 1930년 대 이용기 편찬).
洪翰周, 『智水拈筆』, 「國朝歌曲」조.


강한영 교주, 『신재효 판소리 사설집』, 민중서관, 1972.
구자균 교주, 『춘향전』(신정판), 교문사, 1984.
김동욱 편, 『고소설판각본전집』3, 인문과학연구소, 1973.
________, 『증보춘향전연구』, 연세대 출판부, 1976.
________, 『한국가요의연구』, 을유문화사, 1976.
김동욱 · 권영철 · 김태준, 『춘향전사본선집』1, 명지대 출판부, 1977.
김동욱 · 김태준 · 설성경, 『춘향전비교연구』, 삼영사, 1979.
김동욱 · 임기중 편, 『교합악부』, 태학사, 1982.
________________, 『교합가집』一, 태학사, 1982.
김성배 외, 『주해 가사문학전집』, 집문당, 1981.
김진영 · 김현주 · 김희찬, 『춘향전전집』2, 박이정, 1997.
김헌선 역주, 『한국고전문학전집 18－일반무가』, 고려대 민족문화연구소, 1995.
김현주, 『판소리 담화분석』, 좋은날, 1998.
박성의 교주, 『농가월령가 · 한양가』, 민중서관, 1974.
백대웅, 『다시 보는 판소리』, 어울림, 1996.
설성경, 『춘향전의 통시적 연구』, 서광학술자료사, 1994.

_____,『한국고전소설의 본질』, 국학자료원, 1991.

윤덕진,『조선조 장가, 가사의 연원과 맥락』, 보고사, 2008.

이가원,『조선문학사』중, 태학사, 1997.

이창배,『한국가창대계』, 홍인문화사, 1976.

임동권,『한국민요집』I, 집문당, 1980.

_____,『한국민요집』II, 집문당, 1980.

임형택 편,『옛노래, 옛사람들의 내면풍경』, 소명출판, 2005.

장사훈,『국악대사전』, 세광음악출판사, 1984.

赤松智城・秋葉隆 편,『朝鮮巫俗의 硏究』上卷, 1937.

정노식,『조선창극사』, 조선일보사, 1940.

정재호・김홍규・전경욱 편,『주해 악부』, 고려대 민족문화연구소, 1992.


로버트 슐즈・로버트 겔로그, 임병권 역,『서사의 본질』, 예림기획, 2001.


Robert Donington, *The Rise of Opera*, Faber & Faber, London&Boston, 1981.


## II. 논문

강명관,「조선후기 서울의 중간계층과 유흥의 발달」,『조선시대 문학예술의 생성 공간』, 소명출판, 1999.

김동욱,「춘향전 근원설화고」,『춘향전연구』, 연세대 출판부, 1965.

김석배,「남원고사계 춘향전의 이본연구」,『금오공대 논문집』제12집: 금오공과대학교, 1991.

김유경,「편지왕래형 구애가사 연구」,『연민학지』5, 연민학회, 1997.

김종철 주석,「게우사」,『판소리연구』제5집, 판소리학회, 1994.

_____,「판소리의 수용과 수용의식의 변모양상」,『판소리사 연구』, 역사비평사, 1996.

김홍규,「19세기 전기 판소리의 연행 환경과 사회적 기반」,『어문논집』30권, 민족어문학회, 1991.

류재일,「이제현의 작품을 수용한『남원고사』의「쇼상팔경」연구」,『연민학지』제2집, 연민학회, 1994.

배연형,「'별춘향전'(완판 29장본)연구」,『판소리연구』제22집, 판소리학회, 2006.

사재동, 「한국음악관계 문헌의 희곡론적 고찰」, 『열상고전연구』 제16집, 열상고전연구회, 2002.

설성경, 「남원고사 연구」, 『동방학지』 제67집, 연세대 국학연구원, 1990.

______, 한국고소설연구회 편, 「춘향전의 계통과 보편 구조」, 『춘향전의 종합적 고찰』, 아세아문화사, 1991.

안대회, 「연작가사 〈승가〉의 작자와 작품성격」, 『한국시가연구』 제26집, 한국시가학회, 2009.

윤덕진, 「가사집 '기사총록'의 성격 규명」, 『열상고전연구』 제12집, 열상고전연구회, 1999.

______, 「가사집 〈잡가〉의 시가사상 위치」, 『열상고전연구』 제21집, 열상고전연구회, 2005.

윤덕진 · 임성래, 「남원고사 연구(1)」, 『열상고전연구』 제13집, 열상고전연구회, 2000.

____________, 「남원고사 연구(2)」, 『열상고전연구』 제15집, 열상고전연구회, 2002.

____________, 「남원고사 연구(3)」, 『열상고전연구』 제18집, 열상고전연구회, 2003.

____________, 「남원고사 연구(4)」, 『열상고전연구』 제22집, 열상고전연구회, 2005.

이병기, 「시조의 발생과 가곡과의 구분」, 『진단학보』 제1호, 진단학회, 1934.

심경호, 「아전 출신 문인 兪漢緝의 『翠葢遺稿』에 대하여」, 『어문논집』 37권, 민족어문학회, 1998.

이상주, 「춘면곡과 그 작자」, 『우봉 정종복박사 화갑 기념 논문집』, 화갑논문간행위원회, 1990.

이윤석, 「〈삼설기〉 성격에 대하여」, 『열상고전연구』 제14집, 열상고전연구회, 2001.

이혜화, 「『해동유요』 소재 가사고」, 『국어국문학』 96집, 국어국문학회, 1986.

임성래, 「나로도의 무가 연구」, 『남도문화연구』 제2집, 순천대 남도문화연구소, 1986.

정출헌, 「판소리 담당층의 변화에 따른 19세기 판소리사와 중고제의 소멸」, 『민족문화연구』 제31집, 고려대 민족문화연구원, 1998.


Thedor. W. Adorno, "Bourgeois Opera", *Opera Through other Eyes*, Stanford University Press, 1993.

## 일반 사항


**/ ㄱ /**

가명 부여　179

歌舞樂 종합 연행　217

가사집　43, 52, 53, 158, 164, 165, 167, 168, 179, 200, 208, 227

가사체　70, 79, 85, 102, 158, 180, 187, 192

가악 판도　167, 177, 178, 183, 194, 196, 207

가악관　209

가악의 격조　193

가요 결집 현상　176

가요 집성　161

가요 차용 원리　25

가요의 수용　215

가자(歌者)　217

가집　21, 23, 46, 47, 52, 68, 117, 159, 160, 164, 165, 168, 177, 178, 184, 189, 206, 241, 244

가집형 소설　244

가창 흥왕기　169, 210

가창가사　91, 160, 167, 169, 170, 181, 183, 193, 194, 198, 199, 206~208, 212, 217, 221, 236, 238, 245

가창대본　216

가창자　186

갈등 해소　195

강호가사　12, 15, 20, 24, 52, 103, 123, 127,
179, 183~185

강호시가　12, 15, 20, 22, 24, 27, 123, 127

京城 소리　54

계면조　206, 220, 234

계몽 담론　230

界三數大葉　183

界二數大葉　183

계통론　213, 214

고형 판소리　245

공사상　173

공식구적 관용 표현　174

공연 예술　158, 215

광대　7, 8, 20, 186, 208, 211, 212, 235, 237, 239~241, 244, 245

광한루　28, 31, 77, 122, 123, 131

군웅굿　76, 78

극가　217

극적 구조　186, 233

극적 독백　226

극적 정황　186, 233

기생 주인공　241

김성탄　230

**/ ㄴ /**

나손 김동욱　213

樂戲調　183

男女相悅之詞　74
노동요　85, 112
노래책　164, 167, 175
노래판　55, 86, 174, 185, 193, 196, 201, 204,
　　205~207, 209, 210, 231, 232, 237, 240

/ ㄷ /
단가　21, 22, 29, 123, 127, 173, 174,
　　180~182, 217
단락의 독립성　180
대중적 성향　205
더늠　156, 157, 160
독서물　158, 175, 186, 209
동악(東岳) 이안눌(李安訥)　218

/ ㄹ /
로망스　227

/ ㅁ /
蔓橫　183
명가자　205, 222
명인　205
문예관　166, 230
미학적 충동　227

/ ㅂ /
발생론　213
본사가(本事歌)　237
본사가　237
부분창　212
비애감　218, 226

/ ㅅ /
사설 정착　9, 161, 244
사설시조　12, 13, 15, 17, 20~23, 65, 86, 123,
　　127, 143, 160, 169, 170, 173, 177, 178
사화집(Anthology)　166

상사연정가사　102, 103, 116, 185, 187
서두부　19~22, 173, 174, 179, 229, 237
서사 요인　195, 233
서사물　21, 157, 229, 232, 237
서사시　166
서사화 방식　10, 159, 160
서술자 개입　186, 212
서술자의 개입　158
서양 가곡　223
서정노래　217
서정적 발현　231
서정적 세계　25, 194
석주(石洲) 권필(權韠)　218
설화발생론　213
세책본　8, 9, 11, 30, 119, 168, 243, 244
소설 담화　186
소지(所志)　78
송만재의 〈관우희(觀優戱)〉　160
송상기(宋相琦)　219
수산자(水山子)　229, 230
시가발전 단계　162
시가발전사　162
시가사　163, 166, 167, 177, 181, 197, 208,
　　244, 245
시가사적 전망　166
시정(市井)　222

/ ㅇ /
애정가사　102
양반 품격　194
양식적 의사성　175
양식적 지향　175, 209, 212, 239
어희요　59, 63
言弄　183
여항민요　229
연작형　229
연정가사　26

연행 정황　88, 89, 168, 183, 197, 217
열거법　239
영웅 주인공　230, 231
영웅소설　230~232, 240
詠唱(reciting)　224
오페라　223, 224, 226, 233, 234
翫物喪志　202
왈자패　86, 97
羽樂時調　183
우조(羽調)　220
원본　22, 27, 53, 74, 102, 174, 187, 193
원사(原辭)　165
원사　182, 183, 186, 192, 238
유흥가사　53
유흥문화　244
유흥적 공연 공간　198
율문　95, 158, 175, 239
율성　238, 239
李緖　181
이선유　119, 122~136~141, 143, 145, 146,
　　　148, 150, 151, 153~157, 159
李世輔　203
이하곤(李夏坤)　219
이학규(李學逵)　220
익재 이제현　29, 182
인물 형상화　158, 183
일인 연창　158
일인창　212

/ ㅈ /
자기 표백(表白)　232
작시 원리　154
작자 선정　179
'잡가' 단계　245
장르 교섭　162
장르 혼재　174
장면 분할　175

장면의 확대　215
장면화　215
전고　23, 79, 80, 92, 178, ´82
정본 확인　179
정풍의 가악　203
제사(題辭)　78
좌상객　185, 244
주석적 화자　211
주인공의 일대기　230
줄거리의 장형화　9, 11, ε2, 243
중고제 판소리　236
지적 충동　227, 229
집단 향유　158

/ ㅊ /
창과 아니리　164, 170, 235
창본(唱本)　119
창작소설론　240
淸陰 金尙憲　53
초기 판소리　235, 236
총결(에필로그)　241
총합적 장르　162
춘향 서사　157, 166, 197, 209, 213, 215,
　　　227~230, 244
춘향 이야기　9, 25, 157, 161, 209, 240
忠臣戀主之詞　74, 193

/ ㅌ /
타령조　175, 186
텍스트 보편화　182
토의체 소설　230

/ ㅍ /
판소리계 소설　7, 8, 117, 118, 159, 161, 162,
　　　164, 176, 213, 230, 244, 245
編樂　183
평조(平調)　220

/ ㅎ /

한국 희곡　216
한문 애정소설　242
한시　13, 14, 16, 18, 29, 30, 46, 52, 53, 63,
　　79, 80, 92, 94, 155, 181~183, 228, 242
한시구　33, 180, 181

허두가　20~23, 37, 123, 161, 165, 236, 237
허두사　12, 15, 20~22, 27
현실 재현　158
현장성　231
형상 존재　240

## 작품, 서책명

/ ㄱ /

『歌集』(1930년대)　66
경판『춘향전』　66
『고금가곡』　165, 206
『가곡원류』　66, 67, 165
「광한루기(廣寒樓記)」　229
「광한루악부(廣寒樓樂府)」　229
『구운몽』　15, 21, 22, 27, 86, 123, 173
『기사총록』　43, 44, 46, 59, 68, 69, 88, 91,
　　96, 104~109, 165, 167, 189, 191, 192, 208

/ ㄴ /

『낙하생고(洛下生藁)』　220
『남훈태평가』　65, 68, 88, 89, 91, 104, 105,
　　107, 160, 165, 178, 189, 206
『노계가사』　164

/ ㅁ /

『망로각수기』　169
『삼설기』　94, 208

/ ㅅ /

「서상기(西廂記)」　230
〈선소리〉　13, 17, 85, 110, 112, 125~127, 155

『송강가사』　164
〈송서〉　125~127, 155
〈십이가사〉　47
〈십이잡가〉　46, 104

/ ㅇ /

『악부』(고대본)　104, 105, 108, 109
「어부사」(굴원)　94
「열녀춘향수절가」　83, 84, 175, 227
『옥단춘전』　241
『옥중화』　227

/ ㅈ /

『잡가』　52, 53, 165, 167
「장편가집」　70, 192
「전·후적벽부」　94
『증보신구잡가』　46

/ ㅊ /

『창악대강』　23
『청구영언』(육당본)　169, 206
『청구영언』(가람본)　169, 206
〈춘향가〉　7~10, 20~22, 55, 60, 61, 63, 64,
　　76, 77, 117~119, 128, 136, 143, 154,

156~159, 161, 213, 228, 229, 235, 239,
240, 243~245
〈춘향가〉창본   22
「출사표」   94

/ ㅎ /
「한경사(漢京詞)」   221
『해동유요』   52, 53, 165, 169, 199
『협률대성』   46, 165


## 가명(歌名)

/ ㄱ /
〈강촌별곡〉   25~27, 123, 127, 185
〈강호별곡〉   241
〈거문고병창〉   13, 16
〈격양가〉   110, 112
〈계우사〉   158, 170
〈過松江墓有感〉   218
〈관노 복색치레〉   77
〈관등가〉   160, 181
〈관산융마〉   94
〈군노사령치레〉   13, 125, 127, 156
〈권주가〉   13, 16, 18, 45, 46, 52, 124, 126,
127, 155, 199
〈귀전가〉   52
〈규원가〉   108
〈그른 내력〉   12, 134
〈글자타령〉   13, 16, 46, 61, 82, 124, 127, 155
〈금옥사설〉   12, 16, 123, 124, 127, 132, 133, 156
〈기명사설〉   12, 16, 46
〈기생권주가〉   14, 18
〈기생욕설권주가〉,   14, 18
〈기생점고〉   13, 14, 17, 18, 125~127, 156
〈긴녕조〉   114
〈꽃타령〉   12, 15, 28, 32, 33, 155, 207, 208, 212

/ ㄴ /
〈나귀·이도령치레〉   12, 122, 123, 127,
129, 156
〈나무타령〉   12, 14, 15, 17, 28, 32, 33, 126,
155, 212
〈낙빈가〉   26, 123, 127, 135
〈樂志歌〉   181
〈노름타령〉   14, 17, 95, 125~127, 155, 170, 206
〈노처녀가〉   170, 185, 207, 208
〈놀이요〉   14, 17, 125~127, 155
〈농부가〉   14, 17, 112, 126, 127, 149, 150, 157
〈누대명승풀이〉   12, 15, 122, 123, 127, 155

/ ㄷ /
〈단가〉   108
〈단장사〉   102, 187
〈大觀江山〉   23
〈덕자타령〉   13, 16, 46, 61
〈독수공방사설〉   146

/ ㄹ /
〈리도령생각〉   103

/ ㅁ /
〈萬古江山〉   23
「메나리」   112
〈명당가〉   38, 42~44, 192
〈목동가〉   52
〈몽유가〉   241

/ ㅂ /

〈바리가〉　13, 16, 45, 54, 56, 59, 124, 127,
　　155, 170, 181
〈백구사〉　13, 16, 30, 31, 45, 47, 124, 127,
　　155, 160, 199
〈백발가〉　241
〈별별상사곡〉　102, 187
〈별별상사곡〉　102, 187
〈보고지고타령〉　12, 16, 123, 127, 155
「卜地」대목　192
〈봄타령〉　12, 15, 122, 127, 155
〈부벽서사설〉　16, 138
〈부벽화사설〉　12, 138~140
〈비점가〉　13, 16, 46, 59, 61, 63, 201

/ ㅅ /

〈사랑가〉　12, 13, 16, 33, 60, 61, 64, 123,
　　124, 127, 142, 143, 156
〈사미인곡〉　13, 14, 17, 71, 74, 101,
　　103~107, 109, 124, 125, 127, 146, 148,
　　155, 170, 192, 193
〈사벽도사설〉　12, 16
〈사시풍경가〉　241
〈사친가〉　108, 241
〈산유화〉　111
〈산유화가〉　14, 17, 112, 126, 127, 157
〈산천경개풀이〉　12, 15
〈상봉환희가〉　14, 18, 126, 153, 157
〈상부가〉　102, 187
〈想夫歌〉　106, 108
〈상사가〉　52
〈상사곡〉　52
〈상사별곡〉　13, 17, 52, 67~69, 102,
　　104~107, 124, 125, 127, 146, 155, 167,
　　184, 187, 189, 191, 198, 199, 217
〈상사진정몽가〉　102, 187
〈새타령〉　12, 14, 15, 17, 35~37, 109, 110,
　　126, 155
〈서유기〉　13, 17, 93
〈성조본가〉　38
〈成造神歌〉　43, 44
〈소상팔경가〉　28~30, 79, 182
〈소상팔경시〉　12, 15, 29, 122, 127, 155
〈소춘향가〉　58, 160
〈손굿〉　77
〈송서〉　13
〈송여승가〉　165
〈쇼춘향가〉　104
〈수호지〉　13, 17, 92
〈술병사설〉　12, 16, 46
〈술사설〉　12, 16, 46
〈술타령〉　13, 16, 45, 48, 124, 127, 155
〈승가〉　184
〈시절가〉　14, 17
〈신관 노정기〉　75
〈신관노정기〉　13, 17, 125, 127, 155, 156
〈신관도임행차사설〉　13, 17
〈신선가〉　13, 17, 86, 125~127, 155
〈신세자탄가〉　12, 15, 33~35, 122, 127, 155
〈십자푸리〉　80
〈십장가〉　13, 17, 58, 82, 125~127, 157
〈십티가(十馱歌)〉　59

/ ㅆ /

〈짝타령〉　58

/ ㅇ /

〈악양루가〉　80, 241
〈안빈낙도가〉　241
〈양양가〉　181
〈어부사〉　13, 17, 89, 91
〈어부사〉(농암)　91
〈어사노정기〉　14, 76, 126, 127, 157
〈어사복색치레〉　14, 77, 126, 127, 157

〈어사출도가〉　14, 126, 127, 157
〈여승가〉　229
〈연자타령〉　13, 16, 46, 61, 62, 63
〈영남가〉　53
〈영산가〉　241
〈옥중가〉　113
〈옥중몽중가〉　14, 17, 126, 127, 150, 157
〈옥중상봉가〉　14, 18, 126, 127, 152, 153, 157
〈옥중자탄가〉　14, 17, 125, 127, 147, 148, 157, 187
〈왈자타령〉　158
〈용저가〉　52
〈운림처사가〉　13, 45, 49, 124, 127, 155, 199, 200
〈월매기쁨사설〉　14, 18
〈유산가〉　12, 14, 15, 17, 25, 28, 30, 31, 123, 126, 127, 155, 181, 183, 184
〈유산곡〉　52
〈은사가〉　26
〈음식사설〉　12, 16, 46
〈음창가(추풍감별곡)〉　184
〈음창가〉　69, 106~109, 191, 192
〈이별가〉　13, 16, 17, 124, 125, 127, 144, 145, 156
〈인자타령〉　13, 16, 46, 61~63

/ ㅈ /
〈자탄가〉　34, 35
〈장긔가〉　96
〈장사탄(長思歎)〉　123
〈將進酒〉　183
〈장진주사〉(송강)　46, 218
〈장진주사〉(이백)　46
〈적성가〉　12, 15, 122, 123, 127, 130, 156, 157, 159
〈정원사설〉　12, 16
〈주효기명사설〉　12, 16, 45, 46, 124, 127, 156

〈죽지사〉　13, 17, 78, 125, 127, 155
〈진정편〉　102, 187
〈짐승타령〉　12, 15, 37, 155
〈집장가〉　13, 17, 83, 84, 104, 125, 126, 127, 156
〈짝타령〉　241

/ ㅊ /
〈책방 서책풀이〉　55
〈처사가〉　13, 17, 53, 88, 125~127, 155, 160, 200
〈천자뒤풀이〉　12, 55, 124, 127, 135, 136, 156
〈천자풀이〉　13, 16, 45, 54, 59, 82, 124, 136, 212
〈청루원별곡〉　102, 187
〈초한가〉　241
〈추천가〉　12, 123, 124, 127, 131, 156
〈추풍감별곡〉　70, 108, 188, 191, 241
〈춘면곡〉　13, 17, 68, 69, 87, 89, 102, 105~107, 125~127, 155, 160, 167, 187, 189, 191, 198, 199, 217, 219, 220
〈춘향 소원〉　79
〈춘향방 세간사설〉　12
〈춘향의 방중 사설〉　55
〈춘향집치레〉　12, 16, 38, 42~44, 124, 127, 137, 138, 140, 156

/ ㅍ /
〈팔도담배가〉　12, 16, 45, 124, 127, 140, 141, 156
〈팔자요〉　34
〈푸른 산등〉　86

/ ㅎ /
〈한문사랑가〉　13
〈한별가〉　52
〈한양가〉　206
〈해몽점복사〉　14, 126, 127, 155
〈홍도상사가〉　102, 188
〈화류가〉　52

〈화용도〉　13, 17, 92
〈화조가〉　32
〈화조연가〉　80
〈화초사설〉　12, 16
〈환별가〉　104, 107
〈환별곡〉　70, 106, 191

〈황계사〉　13, 16, 17, 65~67, 124, 125, 127,
　　145, 155
〈황계타령〉　67
〈황제풀이〉　38
「황제푸리」　43, 44

　　새 천 년이 시작된 지도 벌써 몇 해가 지났다. 식민지와 분단국가로 지낸 20세기 한국 역사의 와중에서 근대 민족국가 수립과 민족 문화 정립에 애써온 우리 한국학계는 세계사 속의 근대 한국을 학술적으로 미처 정리하지 못한 채 세계화와 지방화라는 또 다른 과제를 안게 되었다. 국가보다 개인, 지방, 동아시아가 새로운 한국학의 주요 대상이 된 작금의 현실에서 우리가 겪어온 근대성을 다시 한 번 정리하고 21세기에 맞는 새로운 모습으로 탈바꿈시키는 것은 어느 과제보다 앞서 우리 학계가 정리해야 할 숙제이다. 20세기 초 전근대 한국학을 재구성하지 못한 채 맞은 지난 세기 조선학·한국학이 겪은 어려움을 상기해 보면, 새로운 세기를 맞아 한국 역사의 근대성을 정리하는 일의 시급성은 아무리 강조해도 지나치지 않다.

　　우리 근대한국학연구소는 오랜 전통이 있는 연세대학교 조선학·한국학 연구 전통을 원주에서 창조적으로 계승하고자 하는 목표에서 설립되었다. 1928년 위당·동암·용재가 조선 유학과 마르크스주의, 그리고 서학이라는 상이한 학문적 기반에도 불구하고 조선학·한국학 정립을 목표로 힘을 합친 전통은 매우 중요한 경험이었다. 이에 외솔과 한결이 힘을 더함으로써 그 내포가 풍부해졌음은 두말할 나위가 없다. 연세대학교 원주캠퍼스에서 20년의 역사를 지닌 매지학술연구소를 모체로 삼아, 여러 학자들이 힘을 합쳐 근대한국학연구소를 탄생시킨 것은 이러한 선배학자들의 노력을 교훈으로 삼은 것이다.

이에 우리 연구소는 한국의 근대성을 밝히는 것을 주 과제로 삼고자 한다. 문학 부문에서는 개항을 전후로 한 근대 계몽기 문학의 특성을 밝히는 데 주력할 것이다. 역사 부문에서는 새로운 사회경제사를 재확립하고 지역학 활성화를 위한 원주학 연구에 경진할 것이다. 철학 부문에서는 근대 학문의 체계화를 이끌고 사회과학 분야에서는 학제 간 연구를 활성화시키며 근대성 연구에 역량을 축적해 온 국내외 학자들과 학술 교류를 추진할 것이다. 이러한 연구들은 일방성보다는 상호 이해와 소통을 중시하는 통합적인 결과물의 산출로 이어질 것이다.

근대한국학총서는 이런 연구 결과물을 집약적으로 정리하기 위해 마련한 총서이다. 여러 한국학 연구 분야 가운데 우리 연구소가 맡아야 할 특성화된 분야의 기초자료를 수집·출판하고 연구성과를 기획·발간할 수 있다면, 우리 시대 연구자들뿐만 아니라 학문 후속세대들에게도 편리함과 유용함을 줄 수 있을 것이다. 새롭게 시작한 근대한국학총서가 맡은 바 역할을 충분히 할 수 있도록 주변의 관심과 협조를 기대하는 바이다.

2003년 12월 3일
연세대학교 원주캠퍼스 근대한국학연구소